로크미디어가
유혹하는
재미있는 세상
ROK
MEDIA
로크미디어

다시 사는
재벌가
망나니

다시 사는 재벌가 망나니 19

2022년 6월 20일 초판 1쇄 인쇄
2022년 6월 23일 초판 1쇄 발행

지은이 맹물사탕
발행인 김정수 강준규

기획 이기헌 왕소현 박경무 강민구
책임편집 김홍식
마케팅지원 이원선

발행처 (주)로크미디어
출판등록 2003년 3월 24일
주소 서울시 마포구 성암로 330 DMC첨단산업센터 318호
Tel (02)3273-5135 **편집** (070)7860-2726 **Fax** (02)3273-5134
홈페이지 rokmedia.com E-mail rokmedia@empas.com

값 8,000원

ISBN 979-11-354-7867-3 (19권)
ISBN 979-11-354-9456-7 04810 (세트)

다시 사는 재벌가 망나니

맹물사탕 현대 판타지 장편소설

19

Contents

1장

"조금 어지럽죠?"

김보성은 정중하지만 사무적인 어조로 전예은에게 말을 건넸다.

"네? 아, 아뇨."

전예은은 긴장한 얼굴로 대답했고, 김보성은 그런 그녀를 보며 일부러 미소를 지었다.

"너무 어려워하실 것 없습니다. 비서님을 이 자리에 모신 건 그저 조금, 오늘 있었던 일에 대해 여쭤볼 것이 있어서니까요."

전예은은 김보성이 속으로는 자신을 애 취급하면서도 겉으론 이를 내색하지 않는 부분이 제법 흥미로웠다.

"네……."

"일단 안쪽으로 오시죠."

김보성은 뻥 뚫린 안쪽 문간을 지나 (이제는 개방되어 별 의미도 없어 보이는)개인 사무실로 전예은을 안내했다.

전예은은 인테리어치곤 무의미하고 괴상한 경계선을 지나며 생각했다.

'여기서 싸움도 하고, 별일이 다 있네. 따지고 보면 경찰서 한가운데, 그것도 검사 사무실인데.'

전예은은 김보성이 내심 사무실 문짝이 달아난 이야기를 묻지 않길 바란다는 걸 간파해서 아무 말도 하지 않았다.

"혹시 커피 드십니까?"

"아, 네. 감사합니다."

전예은이 책상 앞에 앉으며 대답했다.

"설탕은 없어도 됩니다."

그러면서 취향과 달리 의도적으로 블랙을 주문하면 조금 어른스러워 보이지 않을까, 의도하는 것부터가 그녀의 속내가 아직 어리단 방증이었지만.

한편, 김보성은 속으로도 전예은의 커피 취향에 왈가왈부하지 않아서 그녀는 '취향대로 설탕을 탈 걸 그랬다'고 조금 후회했다.

김보성의 사고는 다층적이고 복잡해, 전예은일시라도 미리 대비하는 것이 힘겨웠다.

'저 생각을 한 가지로 집중시킬 수는 없을까.'

김보성이 미리 한 차례 끓여 둔 포트는 초면의 둘 사이에서 어색한 시간이 돌지 않게 다시 빠르게 끓어올랐다.

'역시 철두철미한 사람이구나.'

그 짧은 시간 동안 전예은이 그를 관찰하듯, 김보성 역시도 그녀를 관찰하고 있었다.

'게다가 생각의 흐름이 빠르고 복잡해. 여러 가지 생각이 머릿속을 스쳤다가 사라져서 읽어 내기가 힘들어. ……그런데 내 나이가 그렇게 궁금한가?'

그는 익숙한 동작으로 커피를 탄 뒤 전예은 앞에 머그컵을 내려놓았다.

"여기 있습니다."

"감사합니다."

전예은은 얌전히 머그컵을 받아 들었고 김보성은 제 몫의 커피를 타 책상을 사이에 두고 그녀의 맞은편에 앉았다.

"오늘은 덕분에 큰 위험을 피할 수 있었습니다. 광역수사대를 대표해 귀사께 감사를 드립니다."

전예은은 김보성의 정중한 인사를 미소로 받았다.

"아닙니다. 저희가 도움이 되었다니 다행이네요."

다만, 그 표면의 정중함과 달리 김보성의 속내는 전예은이 진술할 사안의 허점과 모순을 찾아내려 복잡하게 돌아가고 있었다.

김보성이 입을 뗐다.

"초면에 무례하게 비칠지 모르나 용서하십시오. 물론 제 질문에 대답하지 않으셔도 비서님께는 그 어떤 것도 해가 되지 않습니다."

사무적으로 운을 뗀 김보성이 볼펜을 꺼내며 말을 이었다.

"절차상 필요한 일이어서 질문을 드립니다만 비서님께서는 귀사에서 어떤 업무를 담당하고 계시는지요?"

전예은은.

'가장 궁금해하는 내 나이는 필사적으로 안 물어보네. 그 생각이 독심에 방해가 되니까 한 번 끊어 내야겠어.'

그렇게 생각하며 사무적으로 대답했다.

"주 업무는 사장님의 스케줄을 관리하는 것입니다. 그 외에는 사장님의 재량에 따라 특수한 임무를 배정받기도 합니다."

김보성은 고개를 끄덕이곤 전예은에게서 눈을 떼지 않은 채 이면지 위로 메모를 끼적였다.

"특수한 임무라 하심은?"

"네. 협력 업체와 업무 추진을 진행하기도 하고, 오늘처럼 SBY의 스케줄을 따라 이동하며 자회사 파견을 나가는 일도 있습니다."

"일반적인 비서식에 비해 업무 범위가 포괄적이시군요."

"저희 사장님의 경영 방침입니다."

전예은은 한 차례 선을 그은 뒤 대답을 이었다.

"아무래도 회사 규모가 작다 보니 다방면에 걸쳐 인사를 배정하는 편이에요."

그녀가 드러낸 약간의 빈틈에 김보성은 기회를 놓치지 않고 궁금해하는 걸 물었다.

"저, 실례지만 나이가 어떻게 되십니까?"

"열일곱 살입니다."

"……."

김보성은 잠깐 멈칫했다가 대답했다.

"어리시군요."

보기보단 많지만, 이라는 말은 삼켰으나, 전예은은 미소 띤 얼굴로 대답했다.

"네, 동안이라는 이야기 자주 들어요."

김보성은 '동안? 아니, 그런 걸 운운하기 이전에 미성년자 아닌가?' 하는 생각을 하며 습관적으로 볼펜 끝을 이면지에 가볍게 두드렸다.

"……저, 검사님. 혹시 이번 일에 필요한 질문이었나요?"

전예은의 조심스러운 질문에 김보성은 방금 전 언행과 지금의 습관이 자칫 용의자를 상대로 한 취조처럼 비칠지도 모른단 걸 스스로 깨닫곤 슬그머니 동작을 멈췄다.

"아뇨. 개인적인 호기심이었습니다. 실례했습니다."

"아니에요. 다들 궁금해하시거든요. 아무래도 저희 사장님께서는 나이며 학력, 경력에 아랑곳하지 않고 채용을 하시다 보니 저에 대한 선입견도 있곤 해서요."

"아닙니다. 개인적으로는 두루 귀감이 될 만한 경영 방침이라고 생각합니다."

김보성은 방금 전 무례를 벌충하듯 부드러운 어조로 덧붙였다.

"따지고 보면 귀사의 사장님도 아직 초등학생이니 말입니다."

"네. 그렇죠. 보통은 선입견이 작용할 수 있다 보니 사장님께서도 일부러 드러내지 않아 잘 모르는 일입니다만……."

전예은은 일부러 지은 순진한 얼굴로 물었다.

"……검사님께선 이미 알고 계셨군요?"

김보성은 그 말에 멈칫했다.

'끙, 실수했군.'

마음만 먹으면 다른 사람에게 들었다거나 정진건 형사에게 들었단 식으로 둘러댈 수도 있는 일이었지만, 그 대답 자체가 리스크였다.

아니, 처음부터 발을 잘못 들였다고 해야 할까.

'외통수야.'

'일부러 알아보려 하지 않으면 알 수 없는' SJ컴퍼니의 경영자며 경영 방식에 대해 이미 알고 있었다고 한다면 그 자체가 민간사찰 혐의가 적용될 수 있었다.

'공식적'으로 SJ컴퍼니는 이번 일에 처음으로 개입한 것이었고, 응당 수사 지휘권자인 김보성과는 모르는 사이어야 했다.

그런 김보성을 살피며 전예은은 속으로 쓴웃음을 지었다.

'그렇게 철저할 필요는 없는데. 저분의 완벽주의자 기질이 스스로 발목을 붙잡는구나.'

결국 예상한 대로 김보성은 (하는 수 없이) 시인했다.

"예. 귀사의 사장님께선 제 아들과 동문이어서요."

말하고 보니, 그것도 좀 우스운 꼴이지만.

"또, 여기엔 사장님과 개인적인 친분이 있던 정진건 형사님이나 강하윤 형사님도 계시다 보니 미리 전해 들었습니다."

"그랬군요. 두 형사님을 제하더라도 사장님이 검사님과도 인연이 닿아 있었다니 대단한 우연이네요."

그러면서 전예은은 대화의 주도권을 슬쩍 자신에게 가져왔다.

"하지만 사장님께선 아무 말씀도 없으셨는데…… 그런 줄 알았으면 저도 사장님을 모시고 올 걸 그랬네요. 하다못해 무언가 다과라도……."

정작 이성진은 자신과 면식까지 있는 관계에 대해 아무 언질도 주지 않았다는 대목에 김보성은 쓴웃음을 지었다.

"……아닙니다. 신경 쓰지 마십시오."

저쪽이 공과 사를 구분하는 이상, 더 캐묻는 것도 구차한 일.

김보성은 더 이상 세부 조사를 시도하지 않았다.

별것 아닌 듯한 잡담 한 번으로 그가 더 이상 전예은의 구체적인 업무가 무엇인지 묻지 않게 된 것은 덤이었다.

"죄송합니다. 사담이 길었군요. 다시 본론으로 돌아가서."

전예은이 소소한 승리를 내심 기뻐하고 있으려니, 김보성은 대수롭지 않은 척하며 다시 사무적으로 입을 뗐다.

"이런 말씀을 드리기는 부끄럽지만 워낙 최근의 일이어서 아직 어떻게 된 일인지 파악을 못 하고 있습니다. 혹시 이 일에 대해 아시는 바가 있다면 기탄없이 말씀해 주실 수 있겠습니까?"

그러면서도 사건을 구체적으로 명시하지 않고 '이 일'이라고 두루뭉술하게 묻는 건, 역시 방심해선 안 될 사람이라고 생각하며 전예은이 고개를 끄덕였다.

"예. 주차장에서 오는 강하윤 형사님께도 말씀드렸습니다만……."

전예은은 강하윤에게 깔아 두었던 입장-이 모든 것은 우연의 일치임을 고수했다.

"……이렇게 된 일이었습니다."

물론 그러면서 강하윤에게 했던 말 전부를 옮기지는 않았고, 그녀는 의도적으로 몇 가지—이를테면 강이찬의 존재 등—를 의도적으로 감췄다.

"그랬습니까."

김보성은 적당히 맞장구를 쳤지만 그녀의 말을 완전히 믿진 않는 눈치였다.

짧은 여백 사이, 전예은은 김보성이 타 준 블랙커피를 한 모금 마셨다.

'으으, 써. 이 쓴맛을 중화시킬 단맛이 필요해.'

하지만 속내와 달리 전예은은 표정 변화 없이 뜨겁고 쓴 커피를 삼켰다.

'……아무튼 그는 하윤 언니와 달리, 내가 말한 게릴라 이벤트라는 발언에도 불구하고 이번 일을 단순한 우연의 일치라고 생각하지 않고 있어. 이제 공격을 해 오겠네. 하지만 그것도…….'

그는 전예은이 커피를 한 모금 마시길 기다렸다가 천천히 입을 뗐다.

"무척 공교로운 일이군요. 즉, 비서님의 말씀을 정리하자면 SBY 측은 이번 일을 게릴라 이벤트의 일환으로 여기고, 대상을 범인인지 모른 채 제압했단 말씀입니까?"

"아직 SBY와 이야기를 해 본 바가 아니어서 확답은 드릴 수 없습니다만, 그런 듯합니다."

김보성은 잠시 생각에 잠겼다.

그런 김보성을 보며 전예은은 속으로 생각했다.

'……역시, 방금 전 그게 이렇게 이어지네.'

원래 그라면 이 말도 안 되는 어색하기 짝이 없는 '우연'을 붙들고 집요하게 공격을 했겠지만, 이번에도 그의 완벽주의 기질이 스스로의 모순—이성진과 자신의 아들(딸)이 동문이라는 우연 그 자체—에 발목이 잡혀 이를 선뜻 파고들 수 없었다.

결국 김보성은 당초 예정을 바꿔 다른 지점을 파고들었다.

"SBY는 게릴라 이벤트의 내용을 모르고 있었습니까?"

"음, 저희 멤버들은 사실 '대본대로' 일을 진행하는 것에 익숙하질 않아서요."

전예은은 일부 진실을 섞어 말을 이었다.

"그래서 이따금 예능 방송에 출연할 일이 있을 때도 대본은 상세한 지시 없이 흐름만을 숙지한 채 녹화에 임하고 있습니다. 팬 여러분도 멤버들의 그런 자연스러운 모습을 더 사랑해 주시거든요."

김보성이 예능 방송을 즐겨 보는 입장은 아니어서 지금은 그러려니 고개를 끄덕이지만, (시대를 앞서간)SBY의 예능 연출 방식에 대해선 늦게라도 교차 검증을 해 볼 것이다.

"그랬군요. 그러면 SBY는…… 이렇게 표현하면 이상하지만 한편으론 그런 방식에 익숙하겠습니다."

"익숙하다고 할 정도는 아니지만, 어느 정도 매사에 마음의 준비는 하고 있을 거라고 생각해요. 물론 저희도 그에 맞춰 기획 의도대로 상황이 흘러가도록 최대한 맞추고 있습니다."

"그래서 비서님께서도 당시 현장에……?"

"네. 정확히는 차량에 탑승한 채로 근처에 있었습니다."

전예은 역시, 그가 입안의 가시처럼 생각하는 '우연'을 막아 낸 것만으로 이 취조 아닌 취조가 마무리되리라곤 생각하지 않았다.

방금 그건 어디까지나 대화의 흐름을 유리한 방향으로 끌고 오기 위한 것.

전예은은 김보성이 자신이 쳐 둔 그물로 들어오길 기다렸다.

김보성이 전예은의 대답에 고개를 끄덕였다가 그 눈빛 속에 슬쩍 진지한 기색을 빛냈다.

"그렇다면 왠지 비서님께서는 현장을 관찰하며 당초 기획한 게릴라 이벤트와 상황이 달라졌다는 걸, 어느 순간 인지하셨을 것 같은데요."

여기서 이렇게 들어오다니.

"또, 이후 현장을 빠져나간 까닭은요? 비서님이라면 SBY를 도와 현장에 도착한 강하윤 형사님께 사정 청취를 드릴 수 있었을 것 같아서 말입니다."

"……."

전예은은 생각할 시간을 벌기 위해 커피를 천천히 한 모금 마셨다.

다른 사람은 몰라도 김보성만큼은 이번 일을 단순히 '우연의 일치'라는 입장을 고수하는 것만으로는 충분하지 않다.

'설령 그렇다 하더라도 표면상으론 아무런 문제가 없다는 듯 넘어가겠지. 하지만 김보성 검사님이 품기 시작한 의혹은 사장님께 두고두고 불리하게 작용할 거야.'

좀 더 결정적인 한 방.

핵심을 찌르고 그가 품은 모든 의혹을 종식시킬 한 방이 필요했다.

'그러니, 여기선 이렇게 해 볼까.'

생각을 마친 전예은이 머그컵에서 입술을 뗐다.

"말씀대로예요."

전예은은 김보성의 지적을 부정하지 않았다.

전예은은 김보성의 잽을 가볍게 받았다.

"현장을 이탈한 것 자체는 제가 비난을 감수해야 할 일이라고 생각합니다. 검사님 말씀대로 제가 그 자리에 있었다면 현장에 도착한 강하윤 형사님을 통해 충분히 사정 청취를 드릴 수 있었겠죠. 하지만."

전예은이 차분하게 말을 이었다.

"당시 판단하기로는 만약 그 자리에 저희가 있으면 상황이 복잡해질 것이라 생각했고, 또한 저는 공무에 앞서 이 일을 상사에게 보고하는 것이 우선이라고 여겼습니다."

묵묵히 전예은의 말을 들은 김보성은 차분한 눈빛으로 그녀를 바라보았다.

"흠, 알겠습니다. 그런데 제 착각이 아니라면 비서님의 말씀에 조금 비약이 느껴집니다만, 비서님께서는 어째서 상황이 더 복잡해질 것이라 판단하셨습니까?"

"그게……."

전예은은 그 질문에 우물쭈물하다가 조심스럽게 대답했다.

"아까 전 여쭙기로는 '당초 기획한 게릴라 이벤트와 상황이 달라진 걸 언제 인식하셨는지'를 물어보셨죠?"

"예, 그렇습니다."

"……실은 저보다 먼저 현장의 위화감을 눈치챈 분이 계세요."

전예은의 대답에 김보성은 자세를 고쳐 앉았다.

"그게 누굽니까?"

이때 전예은은 김보성에게 처음으로 강이찬의 존재를 언급했다.

"강이찬 씨라고, SJ컴퍼니에 고용된 운전기사분이에요."

강이찬.

김보성은 그 이름을 처음 듣는다는 듯 강이찬 이름 석 자를 이면지에 끼적였다.

"운전기사가요?"

전예은은 일단 조심스레 김보성의 말을 받았다.

"저는 아직 운전면허를 딸 수 있는 나이가 아니다 보니 사장님의 배려로 업무상 차량과 운전수를 회사에서 지원받고 있습니다만…….”

뒤이어 그녀는 아차 하며 얼버무렸다.

“아, 그런데 제가 이 자리에서 강이찬 씨에 대해 말씀을 드려도 될지 모르겠어요.”

“괜찮습니다.”

김보성은 무언가를 잡아챈 눈치였지만 대수롭지 않은 척 하며 전예은을 얼렀다.

“어디까지나 절차상 필요한 일이어서 여쭤보는 것뿐이지, 비서님이나 귀사에는 그 어떤 해가 될 일도 없습니다.”

김보성은 일부러 이 일이 별로 필요하진 않으나 절차상 필요한 일에 불과하다는 걸 강조하듯 사무적인 어조로 재차 말을 이었다.

“그러면 강이찬 씨……라고 하는 운전기사는 사장님 개인에 고용된 것이 아닌, 공식적으로 귀사에 소속된 사원입니까?”

“네. 강이찬 씨 역시 SJ컴퍼니에 소속되어 있습니다. 저, 자세히는 모르지만 제가 알기로는 법적으로 문제 되지 않는 것으로 아는데요.”

“오해하지 마십시오.”

김보성이 미소를 지었다.

“어디까지나 그분이 관계자에 속해 여쭤보는 것뿐입니다. 물론 비서님께서 정 내키지 않으시다면 대답하지 않아도 무방하고요."

보통은 거기서 안심하겠지만 전예은은 평범한 사람이 아니었다.

'한고비는 넘겼고.'

그녀는 김보성이 무대에 올라선 강이찬의 존재에 주목하기 시작했음을 꿰뚫어 보곤 속으로 미소를 지었다.

하지만 속내야 어쨌건, 겉으로는 검사 앞에서 타인을 이야기해야 하는 상황의 곤혹스러움을 연기해 냈다.

"아뇨, 제가 아는 한에서는 말씀드리겠어요. 그러면 어디서부터 말씀드려야 할지……."

그녀는 강이찬에 대해 앞서 강하윤에게 말했던 내용과 모순됨이 없게끔, 그러면서도 사적 영역과 공적 영역을 구분해 불필요한 말은 언급하지 않는 선에서 '그녀가 아는' 강이찬을 설명했다.

"그러면 즉."

김보성이 전예은의 말을 받았다.

"강이찬 씨는 비서님이 입사하시기 전에 고용된 인물로, 사장님은 아는 사람을 통해 그를 소개받아 운전기사로 특별 채용을 했다는 말씀이시군요."

"네. 심영한 씨, 아, 그 범인분 이름은 오면서 강하윤 형사님께 들은 거지만, 심영한 씨를 현장에서 제압한 것도 강이찬 씨예요."

범인을 높여 부르는 전예은의 말씨에 김보성은 속으로 웃으며 고개를 끄덕였다.

"그렇군요. 흠. 제가 보고받기로는 당시 심영한은 흉기를 소지하고 있었습니다만…… 그것도 체격이나 신장이 일반인보다 크고 건장한 사람을 상대로 제압을 해냈다고요?"

"아, 네. 제가 알기로는 입사하시기 전에 특수부대에 있었다고……. 그 외에 자세히는 몰라요. 여쭤보지 않았거든요."

실은 이성진이 강이찬을 파악하고 있는 것 이상으로 자세히 알고 있지만.

'지금으로서는 두 사람이 대면할 일은 없어. 김보성 검사님은 그 신중한 성격 탓에 이번 일에 깊이 발을 들이려 하지 않고 계시니까.'

한편, 전예은의 말을 들은 김보성은 잠시 생각했다.

'하긴, 이성진은 그래 봬도 자타가 공인하는 재벌가 도련님이니 운전 일뿐만 아니라 경호를 겸해 그를 고용한 모양이군. 다만.'

김보성은 전예은의 대답에서 느낀 모종의 위화감을 에둘러 지적했다.

"아무리 그쪽으로 훈련을 받았다고는 하나 강이찬 씨는 위험할지도 모를 일에 선뜻 몸을 던지셨군요."

전예은이 우물쭈물 대답했다.

"……네. 그래서 일이 잘못되었단 걸 깨달았을 땐 이미 늦었고, 그때 가서야 강이찬 씨도 부랴부랴 수습에 나섰던 거예요."

김보성이 고개를 끄덕였다.

'흠, 당초 예정과는 달리 일정이 틀어졌다는 걸 깨달은 건 제압하던 도중이었나 보군.'

지금 그는 전예은의 말이 사실임을 전제로 사고하는 중이었다.

전예은은 그 틈을 놓치지 않고 조심스레 말을 이었다.

"사실은 그 일로 사장님께서도 화를 내셨어요."

이성진이 화를 냈다?

어째서인지—선입견 때문일까—이성진이 화를 내는 모습은 영 상상이 가질 않았다.

"이성진…… 아니, 사장님께서요?"

설마 이 일로 조광과 연루되었단 것에 화를 낸 건가.

김보성은 잠시 뜸을 들였다가 슬쩍 말을 던졌다.

"……이벤트 실패로 화를 내신 겁니까?"

그가 일부러 던진 하릴없는 질문에 전예은은 역시나 일부러 딱딱하게 굳은 얼굴로 김보성의 말을 부정했다.

"……아뇨. 사장님께서는 그런 일로 화를 내는 분이 아니에요."

"아, 실례했습니다."

김보성은 전예은의 이성진을 향한 충성심을 간과했다는 듯 사과했지만, 전예은은 그런 김보성의 생각을 내버려 두었다.

"아뇨. 괜찮습니다. 저야말로 언동이 조금 거칠었어요."

이성진에게 충성하고 있다는 그 생각의 일부는 사실이기도 하고.

오히려 김보성은 방금 전 의도적으로—평소 용의자를 취조하던 일종의 직업병이 발휘되어—전예은을 도발한 것이 그녀로 하여금 취조에 비협조적으로 나올지 모른다는 점을 저어하는 중이었다.

김보성이 헛기침을 하곤 입을 뗐다.

"흠, 흠. 그러면 그때 보고차 회사로 돌아갔을 때 상황을 말씀해 주실 수 있겠습니까?"

전예은이 고개를 끄덕였다.

"네, 말씀드리겠습니다."

전예은은 대답에 앞서 잠시 뜸을 들이기 위해 블랙커피를 별생각 없이 마셨다가 인상을 구기곤, 얼른 미간 주름을 폈다.

"……저희는 현장을 벗어난 뒤 보고를 위해 일단 회사로 복귀를 했습니다. 사장님께서는 우선 저와 면담을 하고, 그 다음 강이찬 씨를 따로 부르셨어요."

"사장님이 화를 냈다고 하신 건 그때?"

"네. 그 일로 저나 강이찬 씨 그리고 SBY 멤버 여러분이 위험에 처할 뻔했다는 것에 화를 내면서 저를 문책하셨죠."

김보성은 그 말을 들으며 '감봉이라도 했나' 하는 생각을 하는 중이었지만, 전예은은 굳이 그 생각을 정정하지 않았다.

되려 김보성은 이성진이 직원들의 안위를 걱정해서 화를 냈다는 대목에 의외라는 듯한—한편으로는 그 스스로도 그런 선입견이 작용했다는 것이 의아해하면서—감정을 속으로 누르는 중이었다.

"그러면 직후, 강이찬 씨도 면담을 하셨다는 것으로 들리는데 내용은 알고 계십니까?"

전예은이 고개를 저었다.

"저는 그 자리에 없어서 사장님과 강이찬 씨가 무슨 이야기를 나눴는지 모릅니다. 하지만 저에게 하신 것처럼 강이찬 씨에게도 문책을 하신 거 같아요. 아, 물론 제 생각일 뿐이지만요."

"……."

전예은의 이야기를 들으며 김보성은 볼펜 끝을 이면지로 위로 툭툭 두드렸다.

그는 지금 현 상황에 몰입하는 바람에 앞서 다잡은 습관이 저도 모르게 다시 새어 나오고 있는 것이다.

이는 전예은에게는 좋은 징후였다.

김보성이 입을 뗐다.

"……혹시 사장님께서는 강이찬 씨의 이력이 어떻다는 걸 모르고 계셨습니까?"

"아뇨. 알고 계셨다고 생각해요. 비록 소개로 알게 된 사이지만, 강이찬 씨는 정식으로 SJ컴퍼니에 고용된 신분이고, 따라서 저도 알고 있는 이력을 사장님께서 모를 리 없다고 생각합니다."

그렇군.

김보성은 고개를 끄덕였다.

"그러면 강이찬 씨는 누구 소개로 사장님과 알게 된 사이입니까?"

"죄송합니다. 저도 거기까지는 잘……."

그녀는 강이찬을 이진영이 소개했다는 걸 알고 있지만, 모른 척 순진한 얼굴로 물었다.

"전화로 한번 여쭤볼까요?"

"아뇨. 괜찮습니다."

그러면서 김보성은 들으라는 듯 덧붙였다.

"어차피 중요한 일도 아니고요. 아무튼 알았습니다."

물론 말하는 것과는 달리, 그는 지금 강이찬을 이번 사건의 핵심 관계자로 여기는 중이었다.

'그는 지금 사장님이 조광과의 갈등 속에서 이번 사건을 어느 선까지 파악하고 있었는지, 조광과 갈등 중인 건 맞는지, 이 모든 걸 알고서 배후에서 암약 중인지 의심하고 있으니까.'

그 와중 강이찬이라는 변수의 등장은 김보성으로 하여금

'새로운 단서'이자 이성진이 사건에서 멀어지게끔 현혹하는 효과가 있었다.

'아마 나를 보내고 난 뒤, 강이찬 씨에 대해 조사를 시작하겠지.'

여기서 설령 김보성이 변덕을 발휘해 '강이찬과 만나 보고 싶다'고 한들, 문제 될 것은 없다.

강이찬은 진술을 거부할 것이며, 필요하다면 안기부라는 숨겨 둔 패를 사용해 가며 김보성의 입을 다물게 하리라.

'오히려 조사 끝에 이찬 오빠가 안기부에서 회사에 심은 사람이라는 걸 알아주면 더 좋은데.'

뿐만 아니라.

'더욱이 김보성 검사님은 이미 안기부 사람을 만나 수수께끼 선문답 같은 대화를 나눴던 전적이 있고.'

비록 곽철용을 실제로 만나 본 적은 없어 그 인물됨까지 파악한 것은 아니지만. 그녀는 강이찬과 김보성 사이의 교집합에 곽철용이 자리하고 있음을 직감했다.

그런 전예은의 속내를 알 리 없는 김보성은 그 나름의 복잡한 생각을 감추며 입을 뗐다.

"다시 돌아가서, 위화감을 느꼈다는 강이찬 씨의 판단은 차치하고…… 비서님이 현장에 머물러 있었을 경우 상황이 복잡해질 수 있었다고 판단하신 이유는 무엇입니까?"

"그건……."

전예은이 멋쩍어하며 대답했다.

"크게 두 가지예요. 하나는 아까 전에도 말씀드렸지만, SBY는 이 일을 아직도 게릴라 이벤트의 일환으로 생각하고 있는 듯했거든요. 현장에는 많은 팬과 군중이 모여 있었고, 거기서 SBY 측이 '이 일은 이벤트가 아니었다'고 생각해 버리면 그 장소가 더 혼잡해질지도 모른다고 생각했어요."

"……그렇군요."

흠, 그 자체는 방금 전에 한 말과도 모순이 없군.

'자세한 건 강하윤 형사에게 그들이 진정으로 그렇게 여기고 있을 뿐인지를 물어봐야겠지만.'

김보성은 듣지 않아도 왠지, 전예은의 판단이 옳을 것 같다고 생각했다.

이어서 전예은이 김보성을 살피며 말했다.

"두 번째로는…… 현장에 혹시 있을지 모를 팬이나 언론이 SBY 외에 강이찬 씨가 범인을 제압한 것에 의구심을 느낄지 모른다고 생각했습니다. 왠지 강이찬 씨의 입장상, 그분의 신분이 대외에 노출되면 안 될 거 같다고 생각해서……."

과연.

김보성이 고개를 끄덕였다.

'나도 하마터면 현장에 있을 언론의 존재를 간과할 뻔했군. 오히려 비서의 현장 판단 대응은 적절하다고 볼 수 있어.'

전예은의 말은 마치 이렇게 될 거라고 예상이라도 한 듯 상황과 얼추 앞뒤가 맞아떨어져 가는 듯 보였다.

그리고 전예은은 김보성의 생각을 읽으며 속으로 웃었다.

'생각대로네.'

김보성은 '우연'을 믿지 않는다.

하지만 만약 어느 사건 사이에 일어난 개별적 우연의 틈새로 필연의 여지가 엿보이기 시작한다면, 김보성은 그 철두철미한 성격이 발목을 붙잡아 역으로 그 수렁에 빠져들 것이라는 걸, 전예은은 진즉에 꿰뚫어 보고 있었다.

그리고 김보성은 진실의 취사선택 앞에서 전예은이 말한 거짓, 강이찬이 말할지도 모를 거짓, (그녀 스스로도 짐작하기 어려운)이성진이 말할지도 모를 거짓 사이에서 그 나름의 확증편향에 빠져들게 되리라.

'그리고 김보성 검사님은 지금처럼, 정답은 언제나 단순하다는 격언을 향해 나아갈 거야.'

그렇게 전예은은 진실과 거짓을 섞어 허위의 탑을 쌓아 올렸다.

새삼스러운 이야기지만.

김보성은 전예은의 말을 들으며 소위 '게릴라 이벤트'라는 것도 결국은 짜고 치는 판 위에서 벌어지는 것에 불과하다는 걸 알게 되었다.

'하긴, 모든 것이 즉흥적으로 이뤄지지는 않을 거야. 어떤 일이건 실패 리스크는 최소화해야지.'

동시에, 만일 현장이 그런 것이라면.

'그 장소 또한 평소보다 북적였을 테고, 오히려 상황이 더 복잡해지지 않게끔 자리를 피한 거라면 그럴듯해. 세상 사람 모두가 카메라를 반기는 건 아니니까.'

물론 그건 어디까지나 광수대가 아닌 전예은의 입장에서 할 수 있는 이야기지만.

'그나저나 비서의 말대로라면 우리가 나서기 전에 언론이 이 일을 먼저 물어 버릴지도 모르겠어.'

하지만 따지고 보면 그것도 김보성 입장에선 결코 나쁜 일이 아니었다.

만일 언론을 통해 조광 측이 극단적인 방법을 사용해 가며 이 일을 덮으려고 했다는 것이 대서특필되면, 지금도 귀찮게 물고 늘어지는 상부도 더 이상 개입할 명분을 잃게 될 것이니까.

'그것도 딱딱한 사회면이 아닌, 연예 오락 페이지에 실리게 되겠지.'

의도한 바는 아니었지만, 그렇게 되면 이런 일에 무관심한 일반 대중의 시선도 끌어올 수 있을 것이며 대중적 인기를 구가하는 SBY를 통해 그들 일반 대중 여론을 아군으로 만드는 것 역시 가능하리라.

'흠, 그렇게 되면 SJ컴퍼니 측에서도 손해 보는 이야기는 아니게 된다. 지금은 걱정스레 말하고 있지만 나쁜 일도 아니고, 이 영웅적 업적을 언론 및 공공 기관이 공짜로 마케팅을 해 주는 일이니 이득을 보면 보았지, 손해는 결코 아니야.'

한 가지 걸리는 건, 그럼에도 불구하고 이성진은 이 일로 '화를 냈다'는 점이었다.

이성진은 이 일을 단순한 호재로 취급하지 않았거나, 아니면 전예은의 말대로 직원들이 신체적 위험에 처할 뻔했다는 리스크를 짊어질 뻔했다는 사안에 대해서 언짢게 생각했단 의미가 되는데…….

생각을 이어 가던 김보성은 속으로 쓴웃음을 지었다.

'어째, 나도 모르게 이성진에 대한 선입견이 있었던 모양이군.'

비록 그가 또래에 비할 바 없이 영특하고 잔망스럽다곤 하나, 그래도 아직 초등학생에 불과한—자신의 장남과 동갑내기인—소년에 지나지 않았다.

'그 순간만큼은 언론을 통해 얻을 이익에 기뻐하기보단 그로 인해 처할 위험을 먼저 걱정했다고 보아도 되겠지.'

생각을 하면서도 어째 가슴속에서 턱 하고 걸리는 점이 없진 않지만.

'어쩌면 이성진도 이 일을 전혀 몰랐던 걸지도 모르겠어.

일단은…… 이번 일을 긍정적으로 생각해도 되겠지. 언론 쪽은 이쪽이 이용해 볼 수도 있겠어.'

생각을 마친 김보성은 빙그레 미소를 지으며 고개를 끄덕였다.

"아무튼 잘 알겠습니다. 그러면 비서님께 들을 수 있는 건 모두 들은 것 같군요."

"그런가요?"

전예은의 말에 김보성이 미소를 지었다.

"예. 제가 이해한 바대로 비서님과 방금 전까지 나눈 이야기를 정리하자면."

김보성이 의자에 등을 기댔다.

"이번 일에서 자회사인 SJ엔터테인먼트를 비롯한 SJ컴퍼니 측은 우연히 사건에 휘말렸으나, 그 와중 민간인을 보호하고 범인을 체포하는 일에 협조해 주신 것……으로 정리해도 되겠습니까?"

전예은은 멍하니 고개를 끄덕였다.

"아, 네."

"이번에 귀사가 협조해 주신 일은 부족하나마 일단 제가 대표해서 감사드리겠습니다."

그때 전예은이 멈칫하더니 조심스레 입을 뗐다.

"그런데 저, 이걸로 괜찮을까요? 그, 언론이라든가……."

전예은이 우물쭈물하며 말을 이었다.

"오는 길에 강하윤 형사님께 들은 내용입니다만, 이번 납치 미수는 독립된 사건이 아닌, 아직 수사가 진행 중인 건과도 밀접하게 연계되어 있다고 들었거든요."

그 말에 김보성은 수사 중인 사안을 민간인에게 유출한 강하윤에 대해 다소 언짢은 기분을 느꼈지만, 그 일로 가타부타 물고 늘어지지는 않았다.

'하긴, 이젠 전혀 무관한 입장도 아니고……. 언론을 염두에 두고 있었단 건 그녀도 실무자 입장에서 사건이 어떻게 흘러가게 될지 짐작하고 있었던 모양이군.'

김보성은 그렇게 생각하며 일단 걱정스레 고개를 끄덕였다.

"현재 진행 중인 수사는 둘째 치더라도, 일단은 언론이 문제군요."

이미 다 생각해 두었으면서도 새삼스럽단 그 반응이 전예은으로 하여금 어딘지 쓴웃음이 나게 했다.

"네, 그러니 이번 일을 비공개 처리하면 좋겠지만……. 어쩌면 현장에는 이벤트를 취재하려 기자들이 대기하고 있었을지도 모르고요. 저로서는 그럴 일이 없길 바라지만요."

"흐음."

김보성은 곤혹스럽단 듯 얕게 신음했다.

그 연기는 오래가지 않았다.

"아. 좋은 생각……이라고 말하긴 어려울지 모르겠지만,

문득 이 상황에서 최선의 수라고 할 만한 방법이 생각났습니다.”

“네? 무엇인가요?”

김보성이 볼펜을 내려놓으며 책상 위로 깍지 낀 손을 얹었다.

“차라리 이 기회에 정공법을 택하는 건 어떻겠습니까?”

전예은은 정공법을 택하자는 김보성의 말에 아무것도 모르는 척 순진한 얼굴로 고개를 갸웃했다.

“정공법이라뇨?”

“예. 이번에 SBY 일동이 한 일을 대중 앞에 공표하는 거죠.”

김보성이 재차 말을 이었다.

“범인 검거에 도움을 준 SBY에게 경찰청에서 공식적으로 표창장과 감사패를 증정해 드리는 한편, SBY를 광역수사대 홍보대사로 임명하는 것이 어떨까, 합니다.”

“…….”

김보성은 갑작스러운 제안에 곤혹스러워하는 전예은을 보며 뒤로 슬쩍 한발 물러섰다.

“그 전에 귀사께서 협조해 주시는 것이 선결 조건이 되겠지만요. 제 생각입니다만, SBY 측은 이 일을 공론화해서 모두가 주목하게끔 하는 편이 더 안전할 거라고 봅니다. 물론 필요하다면 불의의 사태를 대비한 경호 지원도 해 드리겠습

니다.”

사실, 김보성의 제안은 서로에게 윈윈인 전략이었다.

그건 피차 이해관계가 일치할 뿐만 아니라, 그 말만큼은 김보성의 진심이 느껴졌다.

더군다나 김보성의 제안은 이성진이 전예은에게 말했던 바와도 일치했다.

「암만 궁지에 몰린 조설훈이 막 나간다고 하더라도 여론의 관심이 쏠린 SBY에게 해코지를 가하지는 못할 겁니다.」

‘그렇게 된다면 사장님이 바라시는 대로네.’

물론 그렇다고 해서 전예은도 이번 제안을 덥석 물어 버릴 만큼 순진하지는 않았다.

“제안은 무척 감사드립니다만 제 선에서 결정할 문제는 아닌 것 같아요.”

조심스럽게 말을 받은 전예은이 김보성의 눈치를 살피며 말을 이었다.

“저, 괜찮다면 잠시 사장님께 여쭤보고 와도 될까요?”

겸사겸사 이성진에게 보고도 할 겸.

“물론입니다.”

여유롭게 대답하는 김보성은 이성진이 이 제안을 거절하지 않을 것이라고 확신하고 있었다.

전예은 또한 그러했다.

"감사합니다."

고개를 꾸벅 숙이는 전예은에게 김보성이 미소를 지었다.

"아닙니다. 귀사 측엔 저희가 어떤 감사를 표해도 부족할 지경입니다. 편하지 않은 자리였을 텐데, 협조해 주셔서 감사드립니다."

"아니에요. 검사님께서 친절히 대해 주셔서 저도 편안했습니다. 그러면 잠시 실례하겠습니다."

이걸로 끝이군.

그리고 전예은이 자리에서 일어나려는 찰나, 김보성이 입을 뗐다.

"아, 커피는 제가 치울 테니 걱정 마십시오."

"……."

정말.

블랙커피 못 마신다는 거 다 알면서 마지막까지 한 방 먹이네.

김보성의 말에 전예은은 미소 띤 얼굴로 보란 듯 커피를 비웠다가 그러지 말걸, 하고 후회했다.

모두의 예상대로 이성진은 전예은의 통화를 들으며 이 일

을 공론화해서 진행하는 건에 찬성했다.

—좋습니다. 계획대로군요.

이성진이 말을 이었다.

—혹시 강이찬 씨에 대해서 따로 물어보거나 하진 않았습니까?

그 존재를 의식은 하되 노골적으로 물어보진 않았다는 전예은의 말을 들은 이성진은 생각에 잠겼는지 수화기 너머로 잠시 침묵하다가 말을 이었다.

—알겠습니다. 그쪽은 미리 대비를 해 두죠. 오늘 협의한 내용은 잠시 함구하고 계시되 천희수 실장님이나 마동철 전무님 선에서만 보고를 하십시오.

"네, 사장님. 분부대로 진행하겠습니다."

—아뇨, 수고하셨습니다. 추후 회사에서 뵙죠.

통화를 마친 전예은은 즉시 김보성을 찾아가 일이 성사되었음을 보고했다.

김보성은 티 나지 않게—그러는 한편 당연하단 반응을 감추며—기뻐했다.

그 뒤로 잠시 사무적인 인사치레와 감사가 오간 뒤, 김보성이 덧붙였다.

"그러면 사장님께 안부 부탁드립니다."

그렇게 전예은을 돌려보낸 김보성은 그대로 강하윤을 호출했다.

아직 범인 취조에 동행할 만큼 짬이 쌓이지 않은 그녀는 즉각 호출에 응했다.

지유진을 집에 돌려보내고 석동출이 맡기고 간 박상대 자료를 조사하는 등 그녀도 한가한 건 아니었지만, 김보성이 강하윤을 따로 부르는 일은 좀처럼 없었기에 그녀는 김보성이 전예은에 대해 물어보려는 건가, 하고 짐작했다.

강하윤의 짐작은 틀리지 않았다.

"혹시, 전예은 씨와 주차장에서 사무실까지 오는 길에 어떤 대화를 나누셨습니까?"

"……."

거기에 더해 약간의 문책까지.

강하윤은 김보성의 은근한 압박 앞에 깨갱 하면서 그가 묻는 다소 사적인―그녀가 전예은과 쌓아 올린 친분 관계―물음에도 대답해야만 했다.

김보성은 전예은이 예의 요한의 집 출신이며, 그 인맥을 통해서 박강선의 심리 케어에 일조했음을 들었다.

그녀의 이야기에서 김보성은 전예은이 중학교를 졸업하자마자 SJ컴퍼니에 입사하게 된 경위를 대강 추측할 수 있었다.

아니. 그보단 조금 공교롭단 생각이 앞섰다.

'흠. 이번에도 요한의 집이군.'

요한의 집이 어떻고, 해당 보육 기관이 이성진과 어떤 관계를 맺고 있는가에 대해선 정진건에게 이미 들은 뒤였지만, 방금 전까지 이야기를 나눈 전예은까지 요한의 집 출신이었단 점은 김보성조차 '우연의 일치'를 떠올리지 않기 힘겨웠다.

'……분명, 이성진이 뭔가 아는 눈치이긴 한데.'

능력이 있는 녀석이니, 자신의 주변에서 무슨 일이 벌어지고 있는지 전혀 모르진 않을 것이다.

다만 만약 이성진이 이번 사건의 배후에 있다고 하면, 그로 인해 이성진이 얻을 이득이 무엇인지 김보성조차 명확하게 생각나는 것이 떠오르질 않았다.

'정말로 우연에 불과했던 건가?'

고민에 빠진 김보성을 앞에 두고 강하윤은 우물쭈물, 눈치를 살피다가 조심스레 입을 뗐다.

"저, 검사님. 달리 하명하실 것이 없다면 이만 돌아가 보아도 괜찮겠습니까?"

아차.

김보성은 강하윤을 앞에 두고 생각에 잠겨 있었던 걸 반성했다.

지휘권은 본인에게 있으나, 그렇다고 경찰이 부하인 것은 아니다.

"아, 죄송합니다. 강 형사님. 수고하셨습니다."

"아뇨, 아닙니다. 그럼 저는 이만 복귀하겠습니다."

인사는 데면데면했다.

솔직히 강하윤은 왠지 모르게 김보성이 조금 어려웠다.

경례 후 얼른 자리를 피하려는 강하윤에게 김보성이 문득 생각났다는 듯 그녀를 붙잡았다.

"저, 강 형사님."

"예?"

"강 형사님께선 전예은 씨와 개인적인 친분이 있는 것으로 보입니다만, 혹시 강이찬 씨와도 알고 지내는 사이입니까?"

"……강이찬 씨, 말씀입니까?"

강하윤이 고개를 갸웃했다.

"그게, 어쩌다 보니 몇 번 얼굴을 본 적은 있습니다만, 인사나 주고받는 사이여서……."

"흠. 그렇습니까."

김보성이 말을 이었다.

"그래도 혹시 그분에 대해 아는 게 있다면 말씀해 주실 수 있겠습니까? 사소해도 좋습니다."

딱히 없는데.

'강이찬 씨가 특수부대 출신이었다는 것도 오늘 예은이에게 듣고서야 알았고.'

그것 역시도 문책 도중 보고를 마친 일이다.

그러나 이 상황은 어딘지 김보성의 기대를 배신하기도 뭣한 상황이어서, 강하윤은 강이찬에 대해 그녀가 따로 아는 게 없는지 생각을 쥐어짜 냈다.

"아, 있습니다!"

"뭡니까?"

"강이찬 씨는 저랑 동성동본입니다."

"……."

표정을 보니 아무래도 김보성이 원한 대답은 아니었던 모양이다.

강하윤은 멋쩍음에 헛기침을 했다.

"어, 어흠, 그게……."

강이찬은 원체 조용한 사람이어서, 예전부터 무언가 프로 같단 생각은 들었지만 그녀와는 일부러 친해지려고 할 사이도, 피차 그럴 의무도 없었던 사이였다.

'독서를 좋아한다, 는 것도 아니고.'

강하윤은 생각 끝에 우물쭈물, 자신이 아는 바를 자신 없이 중얼거렸다.

"저도 굳이 말씀드리자면 성진이…… 아니, 이성진 사장에게 강이찬 씨를 소개해 준 게 이성진 사장의 친척 형님이라는 정도입니다."

이번엔 강하윤의 말에 김보성이 반응을 보였다.

"친척 형님이요?"

"예. 구체적인 촌수가 어떻게 되는지는 모르겠습니다만, 듣기로는…… 그랬습니다."

흠.

'하긴, 벼룩시장에 채용 공고를 올린 건 아니겠지.'

그러잖아도 아직 제대로 그 뒤를 파 본 건 아니지만 그 정도 인재가 발에 채일 리는 없다는 생각을 하고 있었다.

마침 그런 인물을 이성진에게 소개해 준 사람이 이성진의 친척 형님이라니.

'어쩌면 그쪽으로 조금 파 볼 가치가 있을지도 모르겠군.'

그러면서 김보성은 이휘철로부터 이어지는 삼광 그룹 본가 구성원을 머릿속으로 떠올리며 이성진에게는 딱히 '사촌 형님'이라 부를 사람이 없다는 걸 상기했다.

'굳이 꼽자면 이성진을 기준으로 당숙 일가에 비슷한 또래가 몇 명 있다고 듣긴 했지만.'

김보성이 다시 입을 열었다.

"혹시 그 친척 형님이라는 사람에 대해 좀 더 구체적으로 아는 바는 없습니까?"

"그게……. 아, 얼핏 듣기로는 강이찬 씨를 소개하면서 자가용까지 선물로 주었다고 들었습니다."

"……."

자가용을 선물로?

김보성은 잠시 재벌가의 스케일에 질려 순간적으로 할 말을 잊었다.

'아무리 그래도 그런 고급 승용차를 선물로 주고받나?'

그것도 전예은이 오기 전 창문으로 힐끗 살펴본 바, 자신

같은 평범한(아내가 부자여서 곤궁하진 않지만) 공무원 월급쟁이는 꿈도 꾸지 못할 고급 외제 차였다.

"……그렇습니까?"

"예. 게다가 요한의 집 원생들도 한 번 본 적이 있다고 했습니다."

설마 그도 요한의 집 관계자였나?

김보성이 물었다.

"그 친척도 요한의 집에 후원을 하고 있었습니까?"

"아뇨. 그게 아니라, 음……. 아이들에게 듣기론 지난 연말에 시저스 식당 구성원들과 함께 봉사 활동을 했다고 들었습니다."

TV에도 방영된 그건가.

강하윤이 재차 말을 이었다.

"거기서 화덕을 만들어 피자를 구워 주었다고 들었는데 화덕 자체는 아직도 요한의 집에 남아 있고 말입니다."

"……."

시저스라.

시저스라면 분명, SJ컴퍼니의 계열사에 해당하는 패밀리 레스토랑 프랜차이즈로, 최근 확장세가 심상치 않은 곳이었다.

"그 친척은 혹시 시저스 관계자입니까?"

"아, 옙. 구체적으로는 2호점의 공동 경영인이라고 합니다."

그렇다면 그 친척이 이성진에게 자동차를 선물한 건 대가성 뇌물인가, 하고 김보성은 생각했다.

'……아니. 이 상황에 굳이 그걸로 엮고 들어갔다간 역풍을 맞을 수도 있어.'

하자면 못 할 것도 없지만 지금은 개입 없이 상황을 주시하는 선에서 그쳐야 할 일이었다.

'안 그래도 바쁜데 이런 외적 일로 인원을 차출하는 건 여건상 불가능하지.'

김보성이 고개를 끄덕였다.

"알겠습니다. 방금 전에 나눈 대화는 일단 공론화하지 않고 저희 두 사람만 아는 선에서 정리하도록 하겠습니다."

"예? 아, 옙."

그제야 강하윤은 김보성 앞에서 너무 많은 말을 했다며 조금 자책했다.

'이제 돌아가도 될까?'

강하윤이 공연히 불편함을 느끼고 있을 때, 김보성이 깜박 잊은 게 있다는 듯 다시 말을 건넸다.

"아, 강 형사님."

"예."

"석 형사는 출근했습니까?"

김보성의 입에서 석동출이 언급되자 강하윤은 움찔했다.

그러잖아도 어젯밤 석동출이 김보성이 있는 사무실을 찾

아가 행패를 부렸다는 걸 정진건에게 전해 듣기도 했고, 따라서 강하윤은 김보성의 개인 사무실 문이 박살 난 것과 무관하지 않은 입장이었다.

그리고 석동출과 배성준은 오늘 출근하지 않았다.

"……아, 아뇨. 오늘은 보지 못했습니다."

"그렇습니까."

강하윤의 생각과 달리 정작 김보성은 석동출의 결근을 대수롭지 않게 받아넘겼다.

"석 형사가 강 형사님께 박상대와 관련한 자료를 넘겨주었다고 들었습니다만, 정 형사에게 듣기로는 눈여겨볼 사안이 있다더군요."

김보성의 말은 어디까지나 공무를 물어보는 것에 불과했고, 강하윤으로서는 김보성의 그 사무적인 말투며 냉정함에 차라리 마음의 짐을 덜 수 있었다.

"아, 옙. 원래는 박강선의 유산 상속 건으로 박상대의 재산 내역을 조사하는 중에 알게 되었습니다만, 박상대는 조광그룹과 선대부터 유착 관계를 이어 온 정황이 보였습니다."

"그 부분은 저도 들었습니다. 보다 구체적으로는 어땠습니까?"

"그게……."

강하윤이 우물쭈물 머릿속에 든 걸 꺼내려고 하자 김보성은 미소 띤 얼굴로 그녀를 점잖게 만류했다.

"아닙니다. 강 형사님께서는 자료가 정리되는 대로 이를 취합해 제게 가져다주십시오. 업무에 많은 도움이 될 듯합니다."

"예. 금방 가져다 드리겠습니다."

그제야 강하윤은 김보성에게서 풀려날 수 있었다.

그렇게 생각했으나.

김보성이 힐끗 손목시계를 들여다보았다.

"아, 마침 점심때군요. 괜찮으시다면 저와 식사라도 하시겠습니까?"

"……예?"

강하윤은 딸꾹질을 할 뻔했다.

"이 기회에 시저스 2호점에 가 볼까 해서 말입니다. 물론 제가 사는 거로요."

"……."

"아니면, 다른 약속이 있으십니까?"

아무리 가고 싶던 식당이라 할지라도, 그 앞에 산해진미가 놓여 있다고 하더라도, 불편한 상사(?)와 함께라면 집에서 끓인 죽만도 못하게 되는 것인데.

'끙, 가장 바쁜 게 검사님이다 보니 바쁘단 핑계도 못 대겠고.'

강하윤은 자신의 표정이 벌레 씹은 얼굴로 변하지 않게끔 억지로 미소를 지었다.

"……아닙니다. 가겠습니다."

"좋습니다. 그러면 곧 자리를 정리하지요."

"예."

강하윤을 떠나보낸 뒤, 김보성은 미소를 거두며 떨떠름해하는 표정으로 괜히 얼굴을 쓸었다.

'……어째서 다들 나를 어려워하는지 잘 모르겠군.'

그 시각, 조설훈은 갖은 집기가 모두 사라지고 비서가 부랴부랴 놓은 전화기 하나만 남은 사장실 책상 앞에 앉아 있었다.

'……조금 성급했나.'

홧김에 심영한을 시켜 지동훈의 가족에 해를 가하라는 명령을 내린 상태였지만, 조금 머리가 식고 생각해 보니 괜한 명령을 한 것 같단 후회가 들었다.

조설훈은 가벼운 한숨을 내쉬었다.

'아무튼 이놈이고 저놈이고.'

아버지가 건재할 적엔 이런 일이 없었다.

조설훈이 철이 들 무렵부터, 그 주변엔 주먹깨나 쓰는 건달들이 집을 드나들며 조성광에게 굽신거리는 모습을 보았다.

한창때의 조성광은 그야말로 왕이나 다름없었고, 그 말을 거역하는 건 곧 죽음을 의미한다고 보아도 과언이 아니었다.

그런 당신은 조설훈에게 쓰러지지 않을 거목이나 다름없었고, 어머니가 죽고 일찍 철이 든 조설훈은 본능적으로 조성광이라는 강자의 행동을 모방 학습했다.

하지만 지금은…….

'어쩌면 더 이상 아버지의 방식이 통용되지 않는 시대가 오고 만 걸지도 모르겠군.'

그 증거로 말년의 조성광은 노망이라도 난 것처럼 변하고 말았다.

나이가 들고 시대가 변하며 더 이상 예전 같은 영향력을 발휘할 수 없게 되니, 반작용이라고 해야 할까, 쌓인 욕망은 쓸데없는 곳으로 분출되었다.

원래도 여자와 술을 좋아하던 양반은 그 나이에 '부끄럽게도' 비밀리에 첩을 들이더니, 덜컥 임신까지 시키고 말았다.

결국 '정략적'으로, 그 첩은 조설훈이 떠안았고, 그게 지금의 아내였다.

조설훈은 그 염치도 모르는 여자와 단 한 번도 몸을 섞지 않았으며, 그게 조설훈이 가진 최후의 자부심이었다.

조세화는 그 존재만으로도 여러모로 골치가 아팠다.

만약 조세화가 조성광 회장의 늦둥이라는 것이 세간에 알려진다면 그러잖아도 분열의 조짐이 있던 조광 그룹에 화약고 하나가 더 생기는 셈이었고, 조설훈은 자처해서 조성광과 거래를 했다.

하지만 따지고 보면 막냇동생인 조세화가 자신을 아버지로 부르며 따르는 걸 볼 때마다 조설훈은 표정이 굳었다.

설령 당시엔 계산이 서서 한 행동이라고는 하나 조세화의 존재는 그에게도 수치스러운 일이었다.

조세화가 자랄수록, 그리고 조세화가 자신을 아버지라고 부르며 엉겨 붙으려 할수록 조설훈은 기묘한 죄의식에 사로잡혔다.

그럴수록 조설훈은 가정에 소홀해졌다.

조세광이 망나니로 자란 것에 자신의 책임이 있다면, 가정에 소홀해 혈육을 돌보지 못한 자신의 탓도 적지 않으리라.

'그래도 아직은 바로잡을 수 있어.'

조설훈은 책상 위에 얹은 다리를 치웠다.

냉정을 되찾고 보니, 상황은 극단적이었지만, 최악이라 말할 수준까진 가지 않았다.

어젯밤 경찰이 구속영장을 가지고 집을 찾아와 조세광을 체포해 간 건 조설훈에게도 굴욕적이고 충격적인 일이었지만, 불행 중 다행으로 조세광은 아직 미성년자였다.

조세광이 박길태를 총으로 쏘아 죽인 것도 정당방위를 주장할 수 있었고, 여기에 심신 미약을 더하면 형량을 줄여 볼 수도 있으리라.

'안 그래도 말썽 많은 놈이었으니.'

이번 기회에 정신을 차려 준다면, 나쁘지 않다.

말 그대로 어디 외국에 유학을 보내 '학교에 다녀 온 셈'으로 치면, 되는 것이다.

또한 동생(조지훈)의 일은 괘씸했지만, 놈이 설치한 도청기가 경찰의 손에 들어간 것도 아니었다.

차라리 조지훈의 야심을 일이 더 커지기 전에 알아차린 것으로 볼 수도 있다.

'심지어 놈은 그 도청기가 내 손에 있다는 걸 아직 모르고 있지.'

조지훈을 용서할 생각은 없지만 지금은 어쨌건 손을 잡아야 했다.

'어차피 내가 무사하지 못하면, 놈도 마찬가지야.'

물론 때가 되면 놈을 재기불능의 상태로 만들어 버릴 생각이지만.

'그보다, 광금후 그 뱀 같은 놈이 문제로군.'

오늘 오전 이사회 소집을 주장한 광금후는 더 숨길 것도 없다는 듯 회의장에서 야욕을 드러냈다.

차라리 해야 한다면, 광금후 놈을 치는 게 우선이었지만 분명 놈도 만반의 대비를 해 두었으리라.

'진즉에 정리를 해야 했는데.'

그중 광금후의 실책이라고 한다면, 그는 최근 들어 급부상한 구봉팔이 제 편을 들어 줄 것이라 믿고 있단 점이었다.

'안됐지만 현재 구봉팔은 내 편이지.'

워낙 말이 없고 조용해 그 꿍꿍이는 알 수 없으나, 조설훈이 파악하고 있는 구봉팔은 자리 욕심이 없던 자였다.

구봉팔은 본디, 조성광이 어디선가 주워 온, 아무런 연고도 없던 들개 같은 놈이었다.

당시 듣기로는 무언가 불미스러운 일로 소년교도소를 나온 놈이었다고 했고, 아버지가 직접 주워 온 놈이 그저 그런 놈일 리는 없으니 조설훈도 구봉팔을 예의주시했다.

과연, 구봉팔은 조성광의 충실한 개로 활약했다.

전성기의 구봉팔은 실력은 물론이거니와 의외로 인망까지 있어서 한창때는 마음만 먹으면 조광 내에 제 세력을 만들 수도 있는 놈이었다.

이번 일로 구봉팔이 '본의 아니게' 복직하면서 나름의 세력을 형성하게 된 것도 과거에 남은 영향력이 어느 정도 작용한 것이리라.

당시 쓸데없이 괜한 파벌이 생길까 우려한 조설훈은 그를 경계했으나, 멍청한 건지 충직한 건지 구봉팔은 자리 욕심이 없었다.

그럼에도 불구하고 조설훈은 경계를 늦추지 않았고, 때가 무르익어 사실상 자신에게 조광의 실권이 들어오자마자 그는 구봉팔을 자신의 손길이 닿는 한직에 처박아 두었다.

그때 꿈틀하기라도 했다면 끝장을 내 버렸을 테지만 구봉팔은 그 처사에도 아무 말도 하지 않으며 배알도 없는 인물인 양 묵묵히 자리를 지켰다.

그래서 조설훈은 한동안 (구봉팔에게 했듯 조광 내 딴 세력을 솎아내느라 바빠서)구봉팔에게서 관심을 거두고 있었는데, 이성진이 병원까지 찾아온 회담 이후 상황이 변했다.

조설훈의 뇌리에 한동안 잊고 지내다시피 했던 구봉팔의 존재가 다시 떠올랐다.

공교롭게도, 근황을 알아보니 구봉팔은 기특하게도 (의도한 바는 아니겠지만)이성진과 복지재단 일로 그럭저럭 안면을 튼 사이이기까지.

조설훈은 '믿을 만한' 인물인 구봉팔을 복직시켜 생색을 내는 한편, 그걸 조지훈과 이성진에 대한 경계라는 세 마리 토끼를 잡은 셈이었다.

'그러니 구봉팔도 생각이 있다면 어느 줄을 타야 할지 정도는 잘 알 터.'

위기가 곧 기회라고, 조설훈은 이번 기회에 머리를 내민 모든 놈들을 싸잡아 훑어 버릴 셈이었다.

똑똑.

그때, 사장실 문을 두드리는 소리가 들렸다.

"사, 사장님. 잠시 나와 보셔야 할 것 같습니다."

부하의 다급한 목소리였다.

어지간한 일이 아니면 아무도 들어오지 말라고 언질을 주었음에도, 감히 문을 두드려 가며 상념을 깨우다니.

조설훈은 인상을 구겼다가 금세 표정을 풀었다.

'아니면, 그런 걸 감수해 가며 나를 부를 까닭이 있으렷다.'

달각.

조설훈이 사장실 문을 열었다.

조설훈이 있는 사장실은 곧장 일반 직원들이 업무를 보는 사무실과 이어져 있었는데, 그곳에선 웬 남자가 사장실로 들어오려는 걸 부하 직원 일동이 진땀을 빼며 가로막고 있었다.

'이건 또 뭔…….'

그러고 서 있으려니 방금 전 조설훈을 부른 부하가 얼른 귀띔을 했다.

"죄송합니다, 사장님. 저 남자가 한사코 사장님을 뵈어야 한다고 해서……."

조설훈은 더 들을 것도 없다는 듯 부하를 지나쳐 가며 목소리를 높였다.

"무슨 일입니까?"

조설훈의 한마디에 사원 일동은 힐끗 조설훈을 돌아보았고, 난동을 피우던 남자는 조설훈을 향해 달려와 다짜고짜 무릎부터 꿇었다.

"사장님, 저희 형님 좀 살려 주세유!"

굳이 말할 것도 없이 조설훈은 한눈에 저 남자가 '이쪽 부류'임을 꿰뚫어 보았다.

씁.

조설훈은 속으로 혀를 찼다.

'이 새끼가 여기가 어디라고.'

조광은 철저하게 양지와 음지로 구분되는 회사였다.

그 배경이나 성장 동력이야 어찌 되었건 조광 그룹은 공식적으로 국가가 인정한 합법적인 기업이자 대기업이다.

그러니 회사에는 당연히(극소수 일부는 아니지만) 범죄에 연루될 일 없이 깨끗한 양지의 인간들이 상주하며 업무를 보았고, 대다수의 사무실 인원들은 치열한 공채를 통해 입사한, 스스로의 학벌이며 출신에 자부심을 가질 만한 사람들이었다.

그런데 지금, 음지에 있어야 할 부류가 버젓이 양지로 튀어나와 존재를 주장한다?

있어선 안 될 일이었다.

'경비 인력은 어디서 뭘……. 아, 회사 입구를 지키고 있는 건가.'

마음 같아선 저 인간을 당장 쫓아내고 싶었으나 그 과정에 또 어떤 행패가 벌어질지도 모를 일이었고, 조설훈은 직감적으로 더 이상 시간을 끌어선 안 된다고 생각했다.

"들어오십시오. 별일 아니니 여러분은 신경 쓰지 말고 업무 보시고."

조설훈이 그 말만 하고 사장실로 들어가 버리자 남자는 꿇었던 무릎을 일으켜 조설훈의 뒤를 따라 사장실로 향했다.

"문 닫아."

즉각 떨어진 조설훈의 명령에 남자는 얼른 문을 닫았다.

조설훈은 품에서 담배를 꺼내 입에 물었고, 남자가 불을 붙이려는 걸 툭 쳐 내며 제 손으로 지포라이터를 써서 불을 붙였다.

"후우."

여간해선 담배를 끊어 보려고 했는데, 최근 들어 상황이 조설훈을 도와주질 않는다.

조설훈은 담배 연기를 뱉은 뒤, 남자를 돌아보았다.

"넌 뭐 하는 놈이냐?"

"지, 지는 이용식이라고 하는구만유."

"이용식?"

"예, 그렇구만유."

네놈의 이름 같은 걸 물어본 게 아닌데.

하지만 이용식은 눈치도 없이 말을 이었다.

"사장님께서는 저 같은 놈은 기억 못 하시겠지만, 실은 얼마 전에 뵈었구만유. 그, 몇 달 전 여자 시체를 버릴 때……억!"

퍽!

조설훈의 구둣발에 정강이를 걷어차인 이용식은 숨죽인 비명을 지르며 입을 다물었다.

'하긴, 눈치가 있다면 이런 곳에 오질 말았어야지.'

조설훈은 정강이를 매만지며 눈물을 글썽이는 이용식을 한심한 듯 바라보았다.

그래도 놈의 눈치 없는 소개 덕에 이용식이 심영한의 부하라는 건 알게 되었다.

"여긴 어떻게 온 거냐?"

"그, 비상계단으로 왔구만유. 입구엔 사람이 많아서……."

"……."

그걸 물어본 게 아닌데.

아무튼 저런 놈이 여기까지 오게끔 방치한 경비 인력을 문책할 일이 생겼다.

'나중에 빌딩 경비 담당자 놈을 불러야겠군.'

조설훈은 담배를 한 모금 빨았다.

'그나저나 심영한 이 새끼는 대체 어디서 뭘 하기에 이런 멍청하고 없는 새끼를 나한테 보내서…….'

사람이 사람과 만나는 데에도 급이 있기 마련인데, 감히 저런 말단 중의 말단을 보내다니. 암만 대포폰 전원을 꺼 놨다지만…….

순간, 조설훈은 우뚝, 담배 연기를 뿜다 말고 멈췄다.

'그 심영한의 부하가 여기엔 무슨 일이지?'

스멀스멀, 사장실 천장으로 피어오르는 담배 연기처럼 불안감이 조설훈의 가슴에 스몄다.

'설마.'

방금 전 이용식이 했던 말—저희 형님 좀 살려 주세유—이 불안감 가운데 떠올랐다.

"심영한한테 무슨 일이 생겼냐?"

조설훈의 말에 이용식이 우물쭈물하며 대답했다.

"그게, 저희 형님이…… 경찰에 체포가 되었구만유."

"뭐?"

순간 조설훈은 뒤통수를 맞은 듯 멍해졌다.

"천천히 말해 봐라. 심영한이 뭘 어쨌다고?"

재차 묻는 조설훈을 보며 이용식은 잠시 생각하다가 '천천히' 입을 뗐다.

"저-희-형-님-이……억!"

새끼가 지금 사람 놀리나.

조설훈은 정강이를 매만지는 이용식을 노려보며 또박또박, 말했다.

"심영한이 경찰에 왜 체포되었고, 뭘 하려고 했는지, 육하원칙……. 아니, 됐다."

끼익. 조설훈이 의자에 앉으며 말을 이었다.

"이번 일에 관해 네놈이 아는 대로 시간 순서를 지켜서 말해."

"예, 알겠구만유. 그러니까……."

이용식은 더듬더듬, 여기 오기 전에 있었던 일을 조설훈에게 낱낱이 고했다.

조설훈의 명령을 들은 심영한은 즉시 부하들을 꾸려 지동훈의 본가 근처로 향했다.

거기서 그들은 '운이 좋게도' 지동훈의 여동생이 버스에 올라타려는 걸 발견한 뒤, 급히 계획을 수정했다.

심영한의 전략은 급하게 세운 계획치고는 제법 치밀했는데, 이용식을 시켜 목적지 인근에 차를 숨겨 두곤 시내에서 지유진을 납치한 뒤, 차를 갈아타 추적을 피해 보자는 내용이었다.

'이거, 추진력 하나만큼은 칭찬해야 하는 건가.'

하지만 조설훈의 소회 속 과정은 둘째 치고 그 결과까지 운이 따라 주진 않았다.

"어째, 기다리고 있는데 형님이 오질 않았구만유."

이용식이 말을 이었다.

"그래서 지는 뭔 일이 났는가 싶어 가지구 시내로 갔어유. 근데, 거기에 형님이 탄 봉고차가 떡하니 서 있었는디……."

그땐 이미 상황이 끝났고, 무수한 인파를 통제하는 경찰들만이 남아 사태를 수습하느라 안간힘이었다.

이용식은 그 길로 일이 꼬였다 못해 망했단 걸 깨닫고는 부랴부랴 조설훈을 찾아왔단 것이었다.

"그게, 사장님이 시키신 일이고, 또, 다른 사람은 몰라서유."

조설훈은 이용식의 사족을 들으며, 너무 화가 나면 도리어 냉정해지더란 어젯밤의 경험을 재확인하게 됐다.

'그렇다고, 여기가 어디라고 감히 나를 찾아와?'

마음 같아선 귓방망이를 갈겨 주고 싶었지만.

왠지 지쳤다.

조설훈은 의자에 등을 기대며 벌써 세 개비째 피우던 담배를 그대로 책상에 비벼 껐다.

"그러면 이 일에 대해서 달리 아는 건 없고?"

"예, 예에……. 앞으로는 어떻게 해야 할까유?"

"……."

조설훈은 지그시 눈을 감았다.

"일단 돌아가. 돌아가서 대기해."

"예? 아, 넵. 알겠구만유."

"……."

"……."

"……뭐 해? 나가지 않고."

그제야 이용식은 '실례했구만유' 하고 고개를 꾸벅 숙이고 사장실을 나섰다.

사장실에 혼자 남은 조설훈은 몹시 피곤한 얼굴로 서랍을 뒤져 대포폰을 꺼내 만지작거렸다.

'일이 이렇게 되다니.'

전원을 넣어 볼 생각도 들지 않았다.

조설훈은 폴더폰을 열곤, 그대로 또각, 두 동강을 내 박살을 낸 뒤 열린 서랍 한구석에 핸드폰을 던져 두곤 서랍을 닫았다.

"……젠장."

조설훈은 허물어지듯 머리를 감싸 쥐었다.

방금 꺼트린 거뭇한 담배 자욱이 원목으로 된 고급 책상에 남아 있었다.

"……."

원래라면.

이 일을 이용식에게 들을 것이 아니라 배성준에게 들어야 했다.

그런데 배성준에게서 연락이 오지 않았다는 건.

'이미 끝장난 건가.'

동시에 머릿속으로 재수 없는 김보성의 얼굴이 떠올랐다.

'다 알고 있었던 거로군. 놈도.'

조설훈은 손가락 끝으로 책상 위의 거뭇한 얼룩을 만졌다.

손가락 끝에 묻어난 검댕을 멍하니 바라보던 조설훈은 이내 무슨 생각을 떠올렸는지, 그대로 앉은 자리에서 몸을 일으켰다.

동생, 조지훈을 만나야 했다.

오전만 하더라도 화창하던 날씨였는데, 습도가 높고 하늘이 꾸무룩한 탓인지, 오가는 사람은 많지 않았다.

아마 오늘이 평일이라는 것도 한몫했을 듯했다.

"여기군요."

그래서 김보성 일행은 평소라면 줄을 서 가며 기다리던 시저스 2호점에 기다리는 일 없이 곧장 입성할 수 있었다.

"어서 오세요. 몇 분이신가요?"

생글생글한 미소로 맞이하는 종업원에게 김보성이 미소 띤 얼굴로 대답했다.

"네 사람입니다."

"네 분이시군요. 그러면 안쪽으로 안내하겠습니다."

강하윤은 일행과 함께 종업원을 따라가며 힐끗, 김보성의 등을 보았다.

'그나마 나 혼자는 아니어서 다행이네.'

강하윤에게는 불행 중 다행으로, 김보성은 검사 사무실의 사무원들과 동행했다.

장안의 화제인 시저스로 가지 않겠냐는 김보성의 말에 비교적 젊은 여성진으로 구성된 사무원들은 두말할 것도 없이 따랐고—남아 봐야 국밥이나 짜장면으로 끼니를 때울 뿐만 아니라 긴급 대응을 해야 할 테니까—앞으로 있을 강도 높은 업무를 대비해 영양 보충이라도 하자는 명분으로 똘똘 뭉쳤다.

다만 정진건이며 박순길 등은 워낙 바빠서 부를 수가 없었다는 점이 아쉬웠지만, 강하윤은 이 정도만으로도 충분하단 생각을 했다.

'……뭐, 하긴. 박 형사님은 몰라도 우리 선배님의 취향이라면 왠지 사 준다고 해도 안 오실 거 같긴 하지만.'

자리를 안내받은 뒤, 김보성은 메뉴판을 살피며 강하윤에게 툭 하고 물었다.

"강 형사님은 시저스에 가 보셨다고 했죠? 뭐가 맛있습니까?"

"아, 그게."

강하윤이 메뉴판을 보다 말고 고개를 들었다.

"제가 방문한 건 뉴월드백화점에 있는 3호점이어서요. 여긴 저도 처음이라 잘 모르겠습니다."

"각 지점마다 메뉴가 다릅니까?"

"네. 저도 각 지점마다 메뉴 구성이며 컨셉을 조금씩 달리한다고 들었습니다. 제가 방문한 3호점에서는 동남아풍의 요리가 메인이었습니다."

과연, 각 지점마다 차별화를 꾀하는 건가.

김보성은 시저스의 경영 전략이 대담하면서 자못 흥미롭다는 생각을 했다.

그 대화에 막내 사무원이 끼어들었다.

"아, 저도 들었어요. 분당에 있는 본점은 좀 더 정통을 표방하고, 저희가 있는 2호점은 화덕 피자를 메인으로 한 가벼운 분위기를 지향한대요. 개인적으로는 본점도 만족스러웠고요."

멀리 갈 것도 없이 가까이에 시저스의 숨은 팬이 있었군.

김보성이 미소로 말을 받았다.

"심 대리님도 가 보셨습니까?"

"네, 검사님. 저도 2호점은 오늘이 처음이지만요. 참고로 거기 크림 까르보나라가 맛있는데……. 여긴 안 보이네요?"

다른 사무원이 메뉴를 살피다가 고개를 갸웃했다.

"잘 모르면 특별 메뉴가 답이죠. 마침 선착순 한정 특별 시식 메뉴가 있는데……. 음, 후라이드 치킨……? 양념 가능?"

……웬 후라이드 치킨?

이탈리아 사람들도 후라이드 치킨을 먹나? 아니, 그야 거기도 사람 사는 곳이니 먹긴 하겠지만.

그래도 치킨이라니.

화덕 피자를 메인으로 정통 이탈리안을 지향하는 시저스 2호점의 특별 메뉴치고는 조금 생뚱맞단 생각을 하고 있으려니, 심 대리가 어깨를 으쓱였다.

"저 역시, 봐도 모르는 게 많아서 뭐가 맛있는지 잘 모르겠어요. 종업원한테 물어봐야겠는데, 불러도 될까요?"

요즘 젊은 사람들은 모르는 걸 재깍 종업원에게 물어보려고 할 줄 아는군.

하긴, 자신이 젊을 때만 하더라도 상사가 짜장면을 말하면 무조건 메뉴가 통일되었지만, 요즘은 거기에 대고 짬뽕이나 볶음밥을 말하기도 한댔던가.

'이게 X세대인가.'

김보성은 고개를 끄덕이곤 살짝 손을 들었다.

그 신호를 눈치챘는지, 분주하게 테이블 사이를 오가던 뚱뚱한 소년이 종업원을 대신해 다가와 정중하게 말을 건넸다.

"예, 손님. 무엇을 도와드릴까요?"

종업원치고는 어려 보이는데, 그러면서 가진 권한과 책임은 많아 보이는 느낌이었다.

'사장 허상윤.'

김보성은 본능적으로 소년의 가슴께에 달린 명찰을 읽었다.

'그러면 이 소년이?'

김보성은 이 소년이 이성진에게 차를 선물하고 강이찬을 소개한 예의 그 친척인가, 생각하면서 입을 뗐다.

"혹시 가게 사장님이십니까?"

김보성의 말에 허상윤은 잠깐 멈칫했다.

'설마, 진상인가?'

허상윤은 재빨리 그들의 면면을 살폈다.

'음, 아무래도 재수 없는 부장급 상사가 젊은 여직원들을 앞에서 뭔가 센 척을 하고 싶으신 모양이군.'

예전 같으면 불쾌감을 겉으로 드러냈겠지만, 그간 서비스업에 종사해 오며 인내심과 미소를 배운 허상윤은 속으로 생각한 걸 입 밖에 내지 않으며 대답했다.

"네, 그렇습니다. 무슨 용건이신지요?"

그렇군.

소소한 오해와 함께 김보성이 고개를 끄덕였다.

애당초 식사는 부차적인 일이고, 김보성의 주목적은 과연 이성진의 친척이라고 하는 인물이 누군지 탐색하는 것이었다.

김보성은 허상윤이 자신을 슬쩍 경계하고 있다는 걸 깨닫고는 얼굴에 사교적인 미소를 띠었다.

"아, 실례했습니다. 사장님이라고 하시기에 제 딸아이가 한 말과 달라서요."

허상윤은 김보성의 말에 애꿎은 클레임을 걸고자 하는게 아니라는 걸 깨닫고는 조금 경계를 풀었다.

"따님이요?"

"예, 제 딸아이 말이, 알고 지내는 친구가 이 가게 사장이라고 전했는데…… 제가 잘못 알고 있었던 모양입니다."

그 말에 허상윤은 미소를 지었다.

"그러셨군요."

그러면서 허상윤은 '손님'이 민망해하지 않도록 말을 이었다.

"혹시 따님께서는 천화초등학교에 재학 중이지 않습니까?"

허상윤은 이 손님의 딸이 이성진과 알고 지내는 사이임을 간파했고, 예상은 맞아떨어졌다.

"아, 네. 그렇습니다만……."

역시.

'하긴, 성진이는 굳이 일부러 자기가 뭘 하는지 감추지 않는 느낌이지만, 진영이는 어디 가서 자기가 뭘 하는지 시시콜콜 늘어놓는 타입이 아니거든.'

허상윤은 친척 중에도 동년배인 이진영과 친하게 지내는 편이어서 그렇지 않을까 지레짐작한 것이었다.

학군은 다르지만, 자신과 달리 이진영은 학교에선 자신의 신분이 어떻단 티를 내지 않는다는 말을 언젠가 주워들은 기억이 났다.

"그렇다면 잘 오셨습니다. 아무래도 따님께서는 저희 시저스 레스토랑 대표님과 학우이신 것 같군요."

현재 시저스 대표는 제니퍼이고 이성진은 시저스를 인수한 모회사인 S&S의 공동대표라는 보다 상위 이사였지만, 허상윤은 구태여 시시콜콜한 것까지 언급하진 않았다.

어쨌건 그 말에 김보성은 아무것도 모른 척 어리둥절해하는 얼굴로 물었다.

"대표가 따로 있습니까?"

"예. 시저스 2호점의 사장은 제가 맞습니다만, 말씀하신 대로 시저스 전체를 대표하는 직책은 따로 있습니다."

"그랬군요. 제가 뭔가 착각을 했나 싶어서 잠시 당황했습니다, 하하."

"아닙니다. 사실 평범한 일은 아니죠. 당장 저부터가 사장 직함을 달고 있기에는 젊은 편이지 않나요? 하하."

허상윤은 누구나 생각할 법한 선입견을 역으로 이용해 자신을 어필했다.

그 뒤, 허상윤은 미소를 슬쩍 거두며 보란 듯 주위 테이블을 살피곤 너만 들으라는 듯 목소리를 살짝 낮췄다.

"마침 손님께서 저희 레스토랑 대표님과 아는 사이라고 하시니 제가 손님 테이블에만 특별히 한정 특선 메뉴를 서비스해 드리겠습니다."

허상윤은 김보성에게만 특별 서비스를 해 준다는 듯 말했지만, 실상은 '여기까지 와서 왜 치킨을 먹어야 하는 건데?' 하고 생각하는 손님이 많아서 어떻게든 재고 처리를 해야 하는 것뿐이었다.

'날씨 탓인지 오늘따라 손님도 적고.'

허상윤은 이런저런 핑계—단골이면 단골, 새로 온 손님이면 그것대로—를 대가며 초벌로 튀겨 둔 치킨을 소비하는

데 열심이었고, 그 증거로 각 테이블에는 후라이드 치킨이 간간이 올라와 있었다.

'공짜 싫다는 사람은 없으니까.'

허상윤의 특별 서비스 제안에 그런 속사정을 알 리 없는—사실 별 관심도 없는—김보성이 무안해하며 헛기침을 했다.

"그래도 괜찮을까요? 왠지 괜히 대놓고 연고에 기대어 특별 서비스를 받으려는 것 같아서요."

"그럴 리가요. 게다가 대표님은 제가 아끼는 친척 동생이기도 하거든요."

"아."

그 말에 김보성은 고개를 끄덕였다.

'흠, 별로 숨길 것도 없다는 듯 본인 입으로 시인하는군.'

허상윤이 말을 이었다.

"더군다나 대표님의 친구 아버님을 소홀히 대접했다는 게 알려지면 제가 대표님께 혼쭐이 날 겁니다. 그러니 실례가 아니라면 부디, 제가 대접할 수 있게끔 도와주십시오."

"으음."

"아, 그 대신 오늘 드시는 치킨 맛이 어땠는지, 냉정하게 평가해 주시면 감사하겠습니다. 신규 메뉴로 구상 중인데 고객님들의 냉정한 시선의 도움을 받았으면 해서요."

저렇게까지 나오면 이쪽도 마냥 마다할 수가 없다.

김보성은 의례적으로 동석자들에게 동의를 구하듯 물어보

았다.

"그렇다고 하시는데, 괜찮겠습니까?"

무언가를 공짜로 준다는데 굳이 마다할 까닭이 있을까.

게다가 계산서를 쥔 쪽은 김보성인데.

일행의 끄덕임을 본 김보성은 미소 띤 얼굴로 허상윤을 보았다.

"그러면 부탁드리겠습니다."

"아뇨. 오히려 제가 영광입니다."

"아, 그리고 혹시 괜찮다면 메뉴 고르는 것 좀 도와주시겠습니까? 다들 이곳 방문이 처음이어서 뭐가 맛있는지 잘 몰라서요."

허상윤은 그 말에 '저희 가게는 다 맛있습니다' 같은 뻔한 말을 하는 대신 고객 면면을 보며 정중하게 가리는 음식이며 취향의 호불호를 종합한 뒤, 자의적으로 메뉴를 골라 주었다.

"그러면 손님께는 치즈 향의 호불호가 강한 고르곤졸라보다는 정통 마르게리타 피자를 추천드립니다. 저희 가게의 마르게리타 피자는 이탈리아 북부의 전통을 지향하고 있으며, 심지어 이탈리아 현지인들에게도 호평을 받은……."

김보성은 허상윤의 얼굴을 살피며 어째, 강하윤에게 전해 듣고 생각한 모종의 위화감이 전혀 느껴지질 않는다는 걸 깨달았다.

'이건 주인 의식이 있을 뿐만 아니라 일을 즐기는 사람의

접객이군.'

잠깐 대화를 나눠 본 것에 불과했지만, 허상윤을 향한 김보성의 인물평은 꽤나 정확했다.

만약 이런 사람이 이성진에게 고급 승용차며 운전기사를 소개해 주었다면, 거기엔 다른 뜻이 있는 게 아닌 순전한 호의를 바탕으로 한 행동이리라……고.

'……내가 너무 생각을 많이 한 건가?'

물론 그 사고는 김보성도 시저스 2호점이 공동 사장 구조로 경영을 이어 가며 그 또 다른 사장조차 이성진의 친척 형님이라는 걸 인지하지 못한 것에서 기인한 오해이자 불찰이었다.

'하긴, 애당초 나는 강이찬이란 인물에 대해 아는 바도 없을뿐더러, 구체적으로 밝혀진 바도 없는 일이야.'

김보성은 속으로 쓴웃음을 지었다.

'벌써부터 식당 경영을 생업으로 느끼는 학생인데, 조광이 어떻고 SJ컴퍼니가 저렇단 것엔 관심이 없겠지.'

김보성은 슬며시 떠오르는 위화감을 애써 떨쳐 내며, 오늘은 마음 편히 식사나 하고 돌아가자 생각했다.

어차피 이후는 한동안 쭉 바쁠 것이다.

'최후의 만찬……치고는 내 취향이 아니지만.'

하지만 김보성의 우려며 선입견과 달리 허상윤의 메뉴 추천은 적확했던 모양으로, 시저스 2호점의 식사는 무척 만족스러웠다.

'여긴 가족들이랑 다시 와도 되겠는데?'

'오늘은 이래저래 좋은 일만 있는걸.'

아침부터 이휘철에게 붙잡힌 건 조금 마음에 걸리지만…….

'그것도 알면서도 일단 모른 척해 주겠단 느낌이었고, 오히려 상황이 좋지 않게 흘러가면 나를 보호해 주겠단 뉘앙스였지.'

그 대가로 무엇을 요구해 올지 지금으로서는 알 수 없지만, 이 이상 불거지진 않을 것이다.

도리어 나는 이휘철의 반응에서 그가 곽철용을 사주한 것이 아님을 알 수 있었다.

'암만 바둑친구라 하더라도 각자가 생각하는 이익은 다른 법이니까.'

심지어 어젯밤에는 그 곽철용과 전략적 동맹을 맺었으니.

'나로선 든든한 방패가 한 개 더 생긴 셈이지.'

그뿐만이 아니었다.

'나도 예상치 못한 별도의 호재가 있었어.'

때마침 오늘 SBY가 조설훈의 계획을 무산시키고 역공의 빌미를 준 건, 그 누구도 예상하지 못했을 수확이었다.

조광으로 눈을 돌리면 조세광은 이미 구속 중인 데다가 조설훈이 부리던 심영한이란 작자도 체포되어 지금은 한창 취조 중일 것이다.

박길태의 죽음에 조세광이 연루되었다는 건 이미 명명백백했고, 조설훈은 이 일을 덮으려 지동훈의 가족까지 건들고자 했으니 상황은 조설훈에게 불리한 일 뿐이었다.

'한 가지 우려되는 건 궁지에 몰린 조설훈이 고양이를 물지나 않으면 다행이긴 한데.'

뭐, 궁지에 몰린 쥐가 고양이를 문다고는 하지만, 쥐에게 물리는 게 무서워서 도망가는 고양이는 없다.

'특히 김보성 같은 인물이라면 천하의 조설훈이라 하더라도 결코 호락호락하지 않을 거야.'

다소 막말이지만, 조설훈 입장에선 좌천 협박도 생까고 달려드는 김보성은 미친개에 가깝지, 결코 고양이 같은 게 아니었다.

'이 기회에 박상대 게이트 같은 것도 터뜨려 주면 좋겠지만, 거기까지 기대하면 그건 너무 과한 욕심이겠지.'

이 시대엔 아직 '땡땡 게이트' 같은 용어가 없으니 뭐라고 부를지 모르겠지만, 이걸로 최갑철 측이 입을 다물고 몸을 사려 주기만 한다면 그것만으로도 충분했다.

'뭐, 어차피 최갑철의 정치 생활도 조만간 끝날 예정이긴

한데…….'

생각하는 사이 택시가 목적지인 시저스 2호점 앞에 부드럽게 멈춰 섰다.

"손님, 도착했습니다."

벌써 도착했나.

한 차례 런치타임이 끝난 시저스 2호점은 한산해 보였다.

"감사합니다. 거스름돈은 가지세요."

"감사합니다, 손님. 아, 오늘부터 장마가 시작된다고 합니다. 조심하세요."

"네."

나는 모범택시 운전수에게 미소 띤 얼굴로 삯을 지불한 뒤 택시에서 내렸다.

투둑, 투두둑.

기사의 말이 예언이라도 된 것처럼 택시에서 내리자마자 가느다란 빗방울이 떨어지기 시작했다.

'그러고 보니 이맘때 96년도엔 큰 비가 내렸던가?'

그렇다면 이 빗줄기가 더 거세지는 것도 고려해 봄 직했다.

'우산이 없으니…… 오늘은 오랜만에 강이찬을 호출해 차를 타 봐야겠군.'

서로 내색하진 않았지만 피차가 입안의 가시 같던 강이찬과의 갈등도 잘하면 봉합될 것 같고.

나는 비를 피해 빠른 걸음으로 시저스 2호점의 관계자용 출입구로 향했다.

익숙한 통로를 지나 사무실로 향했더니 마침 오승환과 허상윤이 이야기 중이었다.

"안녕하세요, 저 왔어요."

"왔어? 호랑이도 제 말 하면 온다더니."

허상윤의 말에 나는 고개를 갸웃했다.

"제 이야기 하고 있었어요?"

뒷담화를 당당하게 하네, 생각하고 있으려니 허상윤이 의외의 답을 내놓았다.

"응. 런치 때 네 손님이 왔다 갔거든."

"제 손님이요?"

내 말을 받은 건 오승환이었다.

"나는 먼발치에서 봤지만 그 왜, 저번에 너랑 뉴월드백화점 3호점에 왔던 손님."

언젠가 반지 건으로 강하윤과 뉴월드백화점에 들렀다가 겸사겸사 시저스 3호점에 들렀던 걸 오승환도 기억하고 있던 모양이었다.

"아, 강하윤 형사님 말씀이군요."

"그래, 그 아가씨……. 엥? 경찰이었냐?"

"네. 왜요?"

"……아니, 별건 아니고."

당시엔 굳이 강하윤의 신분을 밝힐 필요는 없어서 하지 않았지만.

그나저나 강하윤이 굳이 여기까지 점심을 먹으러 왔었다고?

'의외군. 광수대는 오늘 바쁜 줄 알았는데, 그렇지만도 않나.'

오승환이 물었다.

"근데, 그러면 그날은 왜 경찰이랑 동행한 건데?"

"어쩌다 보니 그럴 일이 좀 있었어요."

오승환은 더 캐묻는 대신.

"데이트는 아니었지?"

쓸데없는 걸 물어보았다.

'이 양반이, 애한테 못 하는 말이 없네.'

초등학생 상대로 그거, 범죄다.

"……아닌데요. 왜요?"

물론 내 기준엔 강하윤도 아직 풋내가 풀풀 나지만.

오승환과 허상윤은 멀거니 서로를 보다가 동시에 어깨를 으쓱였다.

"거봐, 그런 거 아니라고 했잖아."

"쳇."

"아무튼 내기는 내가 이겼으니까, 뒷정리는 네가 해라. 수고……."

오승환이 말을 잇다 말고 하품을 했다.

"하암. 난 잠깐 눈 좀 붙이러 가 볼게."

"오늘 손님 많았어요?"

내 말에 오승환은 고개를 저었다.

"별로. 평소에 비하면 그렇진 않았는데…… 누구 덕분에 밤샘을 했거든."

오승환은 예의 치킨 개발로 밤샘 작업을 한 듯했다.

'……근데 누가 그러라고 했나? 순전히 사서 한 고생이면서.'

나는 고개를 끄덕였다.

"아, 네. 그러면 들어가 보세요."

"응. 이따가 저녁 장사 준비도 해야지."

오승환은 그렇게 말하며 창밖의 제법 굵어지기 시작하는 빗줄기를 보았다.

"날씨가 이래서 저녁 손님이 많이 올진 모르겠다만."

경영자 앞에서 못 하는 말이 없네.

뒤이어 오승환은 씩 웃으며 허상윤의 어깨를 툭툭 두드렸다.

"걱정 마. 치킨 튀기는 건 이제 상윤이도 제법 잘하니까. 아마추어도 할 수 있도록 하는 게 선결 조건이었잖아?"

허상윤이 가슴을 쭉 펴며 웃었다.

"뭐, 이제는 형이 저를 아마추어라 부를 수 있을지 모르겠지만요."

"짜식. 이젠 요리사 자리까지 넘보네. 조리사 자격증부터 따라."

오승환은 가벼운 야코를 놓은 뒤 손을 흔들며 휘적휘적 대기실을 나섰다.

나는 오승환의 등을 눈으로 배웅하다가 허상윤을 보았다.

"그나저나, 형. 저랑 강하윤 형사님 사이를 두고 내기를 했어요?"

"뭐어…… 어쩌다 보니 이야기가 나와서."

"흐응."

내가 흘겨보니 허상윤이 머리를 긁적였다.

"아니, 나는 또, 미인인 데다가 너랑 단둘이서 3호점에 갔대서 그런 줄로만 알았지."

허상윤이 멋쩍어하며 웃었다.

"아니면 됐고. 아, 그러면 동행한 일행도 다 경찰이었나 보네."

"일행이요?"

뭐, 강하윤 혼자서 마포와 제법 멀리 떨어진 여기까지 피자를 먹으러 올 거라곤 생각하지 않았지만.

"응. 일행 중 어떤 아저씨 딸이 너랑 같은 초등학교 친구라 하더라고."

나는 그 말에 '아마 정진건이겠군' 하고 생각했다.

"맞아요. 학급 친구 중에 아버지가 형사인 애가 있거든요."

"그러냐……. 그것 참 공교롭네. 뭐, 걱정할 거 없어. 거짓말은 아닌 것 같았고, 서비스도 팍팍 제공했으니까."

많이도 변했군.

나는 허상윤이 어딘지 기특해 자연스러운 미소를 지어 주었다.

"감사합니다."

"아니야. 그 정도야 당연하지. 신경 쓸 거 없어."

허상윤은 멋쩍음을 감추듯 일부러 퉁명스레 말하며 기지개를 켰다.

"그러면 슬슬 우리 배고픈 대표님께 치킨을 대접해 볼까."

"대표는 제니퍼 누나인데요?"

"……그냥 그런 걸로 쳐. 시저스 레스토랑 모회사 S&S 공동대표님이라고 부르면 너무 길잖아."

하긴, 그것도 그렇지.

"아참, 너 공복으로 온 거 맞지?"

"물론입니다."

나는 짓궂게 웃으며 허상윤을 보았다.

"아, 혹시 제 허기를 일부러 노린 거예요?"

"싸우기 전에 이겨 놓고 싸워라, 그런 말 몰라? 나야 물론 네가 만복이어도 충분히 자신 있지만."

나는 자신만만해하는 허상윤의 뒤를 따라가며 픽 웃었다.
"그거 참 기대되네요."
나는 허상윤과 함께 제품개발실로 향했다.
"그런데 진영이 형은요?"
"아, 걔? 글쎄."
허상윤이 어깨를 으쓱였다.
"오전에는 어디 나갔다 오더니 사무실에 틀어박혀서 나오질 않아."
"그래요?"
근처에 있긴 한가 본데.
"왜, 부를까?"
"아뇨, 괜찮아요."
굳이 이진영을 또 볼 생각은 없다.
그는 허상윤에게 나랑 만났단 사실을 밝히지 않은 모양이었다.
'이진영이 언급하지 않았다면 나 역시 그 행선을 구태여 밝힐 필요는 없겠지.'
그 일은 아는 사람이 적을수록 좋으니까.
허상윤이 내 말을 받았다.
"그러냐. 아무튼 카운터라도 좀 봐 주면 좋았겠지만…… 오늘은 손님도 평소보다 적은 편이어서 내버려 뒀지. 안 그래도 따로 맡겨 둔 일이 있었거든."

"무슨 일인데요?"

"치킨."

허상윤이 빙긋 웃었다.

"진영이는 한번 맛을 보더니 본격적으로 시작해 봐도 될 거라고 하더라고. 또 성진이 너라면 분명 좋아할 거래."

"……흐음."

"그렇다고 너무 큰 기대는 하지 마. 어쨌건 진영이 개인 의견에 불과하고, 뭐니 뭐니 해도 우선은 네 승인이 떨어져야 할 일이잖아?"

허상윤이 제품개발실 문을 열며 말을 이었다.

"뭐, 진영이야 내버려 둬도 제 할 일은 하는 놈이니까 알아서 하겠지. 그보다……."

허상윤이 씩 웃으며 나를 보았다.

"쇠뿔도 단김에 빼랬다고, 곧바로 시작할게."

제품개발실에는 밑 작업이며 반죽이 끝난 토막 닭이 제법 많이 쌓여 있었는데, 각 용기 위에는 일자와 숙성 온도 등을 달리 적어 둔 표식이 보였다.

'밤샘을 했다더니 시행착오를 많이 겪은 모양이군.'

저번에는 보지 못한, 새로 구비한 튀김기 앞에 선 허상윤이 소매를 걷어붙이며 입을 뗐다.

"자, 그러면 초벌부터. 기름이 튈 수 있으니까 떨어져 있어."

"네."

나는 제품개발실에 놓인 의자에 앉아 가만히 허상윤이 하는 양을 지켜보았다.

허상윤은 전에 없이 진지한 얼굴로 튀김기 속 기름의 온도를 체크한 뒤, 반죽물 입힌 닭 조각을 정량에 맞춰 집어넣었다.

치이익, 타다닥. 탁.

부슬거리는 빗소리를 닮은 튀김 소리와 함께 고소한 기름향이 올라왔다.

튀김기에 닭을 집어넣은 허상윤은 타이머를 설정한 뒤, 뒤로 한 걸음 물러서 팔짱을 끼고 섰다.

그 모습은 어딘지 모르게 장인정신마저 느껴지게 하는 구석이 있어서 나는 끼어들 생각도 못 하고 허상윤과 나 사이의 침묵을 메우는 튀김 소리를 잠자코 들었다.

이후, 허상윤은 타이머의 삑삑거리는 소리에 맞춰 튀김기를 들어 올렸다.

그는 집게로 튀김기를 툭툭 털어 기름방울을 털어 낸 뒤 초벌을 마친 치킨을 옆으로 옮겨 담았다.

"저번에 네가 말한 대로, 누구라도 조리를 할 수 있도록 요리사의 감에는 의존하지 않기로 했거든."

허상윤은 우리 사이의 침묵이 어색한 듯 괜히 말을 꺼냈다.

"잠시 내버려 둔 채 시간이 지나면 자연스레 속까지 익을 거야. 스테이크로 치면 레스팅 단계인 거지."

나는 허상윤의 그 사족을 받았다.

"레스팅이요?"

"응. 그러면 육즙이 안에 갇히게 돼. 오버 쿡을 방지하는 역할도 겸하게 되고, 조각 크기마다 익는 시간이 다른 것도 조절할 수 있어."

허상윤이 담담하게 말을 이었다.

"매뉴얼이 중요하더라. 실은 요 며칠 2호점에서 테스트 메뉴로 내 봤는데, 아무래도 혼자 만들어 보는 거랑 장사에 적용하는 건 달리 해야겠더라고."

"……그렇군요."

천하의 허상윤답지 않게 왠지 혀가 길었다.

허상윤은 가만히 트레이에 담긴 치킨 조각을 바라보았다.

"일이 몰리면 그때마다 타협을 하려는 마음이 생기고, 그럴 때면 매뉴얼을 따라야 한다는 생각이 어느 정도 선을 지켜 주더라."

내 무신경한 추임새에도 허상윤은 아랑곳하지 않고 타이머에 맞춰 기계적으로 튀김기에 레스팅을 마친 치킨 조각을 하나씩 집어넣었다.

"어느 때건 최선의 결과물을 내놓을 수 있어야지. 내놓은 요리가 형편없다면 그땐 이미 바빠서 그랬다거나 하는 변명

은 의미가 없어. 경영자나 요리사 입장에는 수많은 손님 중 한 명에 불과하겠지만, 손님 입장에서는 그게 소중한 한 끼의 전부니까."

그건 나에게 하는 말이라기보단 스스로를 다잡는 당부인 것처럼도 들렸다.

삑삑삑.

다시 타이머가 울리자, 허상윤은 타이머를 끈 뒤 치킨을 다시 트레이에 덜었다.

"다 됐다.

허상윤은 접시 위로 김이 모락모락 피어오르는 잘 익은 닭다리 하나를 올려 내게 건넸다.

"뜨거우니까 조심해서 먹어."

얌전히 접시를 받아 든 내게 허상윤이 씩 웃어 보였다.

"뭐, 나중에 배달 위주로 치킨이 나갈 걸 생각하면 일부러라도 조금 식힌 뒤 먹는 게 좀 더 냉정하게 평가할 수 있지만…… 뭐든 갓 만든 게 가장 맛있는 법이잖아?"

거, 밥 먹는 사람 앞에 두고 말 많네.

나는 허상윤이 깔아 둔 보험을 무시하는 미소를 지어 보였다.

"그러면 잘 먹겠습니다."

이어서, 나는 이번 생에 들어 두 번째 치킨을 영접했다.

바삭.

튀김옷 표면의 바삭한 식감에 이어 뜨거운 속살이 입안 가득 들어왔다.

'앗 뜨거…… 어라?'

허상윤이 긴장한 얼굴로 나를 보았다.

"어때?"

나는 입안에 든 걸 후후 불어 가며 오물거린 뒤, 삼켰다.

"……맛있어요."

"진짜로?"

"네."

빈말이 아니라, 진심으로.

입천장이 까질 만큼 바삭한 튀김옷 반죽과 대조적으로, 부드럽고 촉촉한 살점에선 잡내라고는 느껴지지 않았으며, 그 담백한 맛 아래에는 재료 본연의 맛을 헤치지 않는 선에서 감칠맛을 느끼게 하는 희미한 밑간이 느껴졌다.

저번에 지적한 '지나치게 고급스러운' 맛은 서민적인 입맛인 나조차 납득 가능한 수준으로 갈무리되는 한편, 정크 푸드 같은 느끼함이며 마냥 자극적인 맛은 적당한 선에서 배제가 되었다.

'이만하면 합격점을 줄 만한데?'

아니, 합격점 운운할 레벨이 아니라, 방금 맛본 후라이드만 놓고 본다면 과포화에 이른 근 미래 대한민국 치킨 시장에서도 충분히 먹힐 만한 수준이었다.

'취향에 따라선 저번에 맛본 것도 높은 평가를 줄 만하지만, 음, 이건 제법 내 취향이야.'

하지만 어째, 내 대답에도 불구하고 그는 만족하지 못한 느낌이었다.

"그러냐……."

허상윤이 나를 살피며 재차 물었다.

"시장이 반찬이 된 건 아니지?"

"하긴, 생각해 보니 그 영향도 배제는 못 하겠네요. 지금은 쇠도 먹을 것 같긴 해서요."

내 농담에 허상윤은 픽 웃었다.

"짜식. 기다려 봐. 다음엔 양념도 해 줄 테니까……. 아, 일단은 소스 맛만 먼저 볼래?"

허상윤이 새빨간 양념이 담긴 스테인리스 볼에서 작게 한 숟갈을 덜더니 내게 내밀었다.

그가 내민 숟가락에서 손가락을 찍어 맛을 보니 고추장과 물엿을 베이스로 한 전형적인 양념치킨 소스였다.

'흠, 맛이 없진 않지만 후라이드의 완성도에 비하면 그럭저럭…… 무난하군.'

내 표정이 어땠는지 허상윤이 변명조로 말했다.

"솔직히 말하면 기본이 되는 후라이드에 집중하느라 소스엔 신경을 잘 못 썼어. 그래도 누가 맛봐도 맛있다고 느낄 만한 조합이 바탕이니까 나쁘진 않을 거야."

"기대할게요."

허상윤은 스테인리스 볼에 반 마리 분량의 치킨을 넣은 뒤, 주걱으로 이를 섞어 갔다.

"그런데 솔직히 네 앞에서만 하는 이야기지만……."

그러면서 허상윤이 조금 진지한 어조로 말을 이었다.

"나는 치킨 사업이 잘될지 모르겠어."

어째 방금 전까지 호언장담하던 것과 달리 말하는 어투며 내용에 자신감이 없었다.

'뭐래, 치킨 공화국에서 치킨이 안 될 리가 없잖아.'

나로서는 이제 와서 무슨 소리냐고 묻고 싶은 걸 눌러 참았다.

"왜요? 충분히 맛있는데요."

"……맛이야 그렇겠지."

그제야 허상윤은 시인하는 눈치였다.

"그 자체는 내 생각에도 다른 치킨집에 비해 못하다곤 생각하지 않아."

"그러면 뭐가 문제예요?"

"……그 외 이것저것."

처음에는 허상윤이 대답을 피하려고 한 말인 줄 알았지만, 그가 말한 저의는 그런 게 아니었다.

"일단, 손님들 반응이 별로야."

허상윤이 한숨을 내쉬었다.

"아까 말했듯 테스트 삼아 손님들한테 치킨을 내놓고 있는데, 어째 별로 찾질 않더라고."

아, 그런 이유였나?

관련해서 하고 싶은 말은 많았지만, 일부러 잠자코 있었더니—치킨을 앞에 두고 긴말은 필요치 않으니까. 냠냠—허상윤은 그걸 동조의 의미로 받아들인 듯 진지한 얼굴로 재차 말을 이었다.

"……그뿐만이 아니야."

허상윤이 고개를 저었다.

"이게 본격적인 사업이 되려고 알아보니까, 준비할 것들이 생각만큼 단순하질 않더라고."

그야 그렇겠지. 그나저나 날개도 맛있네.

허상윤은 잠시 양념을 섞던 손을 멈췄다.

"너도 알다시피 시저스 2호점의 경영은 괜찮아. 손님도 많고, 흑자를 보고 있어. 하지만……."

그는 잠시 뜸을 들였다가 말을 이었다.

"그동안 재무 쪽은 진영이한테 맡겨 두고 신경을 쓰지 않았는데, 요즘은 가끔씩 나도 가게 재무제표를 보기 시작했거든. 사실, 진영이가 계속 내 뒤를 봐줄 것도 아니니까."

나는 말없이 고개를 끄덕였다.

'애당초 식당 경영은 이진영이 갈 길은 아니었지.'

개인적으로는 차라리 그래 주었으면 하고 바라지만.

'그 속내를 다 알지는 못해도, 이진영이 시저스에 있는 건 어디까지나 무언가의 수단에 불과해.'

그리고 아마도 그 수단 너머의 목적은 내게 접근할 명분일 것이고.

'아무튼 야망이 득시글한 놈이라니까.'

주지하듯 시저스 2호점은 공동 사장 경영이라는 장점을 내세워 음식은 허상윤, 경영은 이진영이라는 쌍두마차 형태로 꾸려 갔다.

허상윤은 이진영의 경영 능력을 신뢰했으며, 그런 만큼 이진영 역시 신메뉴 개발이며 재료를 선별하는 일에는 허상윤을 신뢰하는 듯 보였다(개인적으로 이진영이 허상윤을 '신뢰'한다고 단정 짓긴 어려웠지만, 최소한 각자의 영역을 존중하는 듯 이렇다 할 터치는 하지 않는 것으로 확인됐다).

허상윤이 말을 이었다.

"그러다 보니, 우리 가게가 흑자를 내고는 있지만 근본적인 순이익률은 낮다는 것도 알게 됐지."

뭐, 그건 따지고 보면 창업자라고 할 수 있는 제니퍼의 평소 견해와 허상윤의 고집이 묻어난 결과였다.

'나 역시도 시저스로 목돈을 벌어 볼 생각은 하지 않았고.'

시저스의 메뉴 가격은 이 시대를 기준으로 개당 단가가 높은 편이지만, 그럼에도 불구하고 허상윤이 지적했듯 식당 자체의 순이익률이 높은 편은 아니었다.

거기에는 재료 수급을 도외시한 방침이 한몫 단단히 잡고 있었다.

재료의 질이 어떻단 건 다른 지점도 고급 식자재를 쓰긴 마찬가지지만 그중에서도 특히 2호점의 경우, 허상윤은 완성도를 위해서라면 원재료의 해외 직수입도 마다하지 않을 정도였다.

그러다 보니 이는 자연스레 원가율 상승으로 이어졌고, 그건 지금처럼 순이익률의 하락이란 결과가 반영되었다.

나는 허상윤을 보며 생각했다.

'그런 걸 인식하기 시작했다면, 슬슬 경영이 무엇인지 알게 된 모양이군.'

그리고 그런 허상윤에게서는 더 이상 예전의 건방지고 오만한 태도를 찾아볼 수 없었다.

'흠, 이것도 성장이라면 성장이라고 볼 수 있겠지만.'

그렇다고 해서 이 시점에 그가 성장통을 앓느라 위축되기라도 한다면, 본전도 못 찾는 셈이다.

'조금 어른의 조언을 해 줄까.'

나는 기름 묻은 손가락을 키친타월로 닦아 냈다.

"난 또 뭐라고. 그게 고민이었어요?"

"……무슨 의미야?"

허상윤이 인상을 찌푸렸다.

남이 진지한 고민을 하고 있는데, 그걸 우습게 안다면 누구라도 언짢을 것이다.
나는 그런 허상윤에게 보란 듯 미소를 지어 보였다.
"우선 차근차근 짚어 보죠. 그 전에…… 양념치킨은 언제까지 기다리면 될까요?"
허상윤은 내 말에 아차 하더니 툴툴거렸다.
"그래, 네가 공복인 걸 깜빡했네. 기다려 봐."
나는 허상윤이 접시에 양념치킨을 옮겨 담을 때까지 기다렸다.
'개인적으론 후라이드가 취향이지만, 그렇다고 해서 후라이드 원리주의자는 아니거든. 가끔은 양념도 좋지.'
나는 접시 가득 먹음직스럽게 담긴—허상윤은 그 위에 깨까지 뿌려 주었다—양념치킨을 보며 손바닥을 비볐다.
"잘 먹겠습니다."
나는 망설이지 않고 다리부터 집어 들었다.
끈적끈적한 소스가 양 손가락에 묻어났고.
또다시 한 번, 바삭.
'호오.'
양념이 묻어 바삭함이 덜할 거란 선입견을 깨는 식감이었다.
그래도 양념 덕분인지 딱 좋은 온도까지 식어서—후라이드를 먹는 동안 이미 입안이 덴 지 오래였다—먹기는 더 편했을 뿐만 아니라, 마냥 전형적이고 고전적인 소스는 본바탕이 되는 후라이드의 섬세한 맛과 어우러져 제법 뛰어난 시너지를 발휘하고 있었다.

'나쁘지 않아. 아니, 오히려 이 예스런 맛이 나 같은 아재의 취향엔 적격이군.'

오히려 그 맛에서 나는 잠시 예전, 전생에도 한참이나 예전의 어릴 적 추억을 떠올렸다.

'그러고 보니, 이런 치킨을 안 먹어 본 지는 아주 오래되었어.'

그건 수십 년 전의 기억이었다.

그 시절, 가끔씩 아버지가 동네에 들러 사 오곤 하던 은박지에 싼, 고무줄로 튕겨 묶은 양념이 짙게 배 눅눅하기까지 한 그 치킨 맛.

희미한 기억 속의 어머니는 어린 내게 닭다리를 양보해 주었고, 철없는 나는 어머니가 살점을 발라 준 치킨을 맛있게 먹었다.

우리는 단칸방에 상을 펴고 둘러앉아 TV를 보면서 치킨을 먹었고, 웃으며 떠들었다.

그건 내게, 이성진과 엮이기 전까지 간직하던 행복의 조그만 단락이었다.

'어떻게 해서도 그 시절로 돌아갈 수 없겠지.'

그때.

"……별로냐?"

허상윤의 말이 내 상념을 깨트렸다.

'……나 원. 이제 와서 무슨.'

나는 고개를 저었다.

"아뇨. 맛있어요. 무척."

"그래? 좀 촌스럽지 않냐?"

"아니에요. 제 취향에 딱 맞아요."

"……네 취향은 영 종잡을 수가 없네. 이래서야 내가 알던 이성진이 맞나 싶을 지경이야."

그러거나 말거나, 나는 지금 당장이라도 이 치킨을 포장해서 가족에게 가져가고 싶을 지경이었다.

"뭐 어때요. 이 맛을 싫어할 사람은 없잖아요?"

내가 웃으며 한 말에 허상윤은 가만히 고개를 끄덕였다.

"그건 그렇지."

감상이야 어쨌건 그가 보기에도 내가 무척 맛있게 먹고 있는 걸로 비쳤는지, 허상윤은 모처럼 연상다운 면모를 보이며 흐뭇한 미소를 지었다.

"이왕 먹는 거, 퍽퍽살도 먹어 봐. 물론 퍽퍽하지 않도록 튀겨 내긴 했지만 성환이 형에 비하면 어떨지 확신은 안 서거든."

허상윤은 내게 닭가슴살을 내밀었다.

'오늘은 이래저래 떠올리고 싶지 않은 생각이 계속 튀어나오는군.'

나는 쓴웃음을 지으며 닭가슴살을 맛보았다.
'퍽퍽살은 내 약혼자 취향이었는데.'
그렇기에 우리는 천생연분이 아니었을까 싶을 정도였다.
'내 취향인 부위는 아니지만, 잘 튀겼어. 양념 덕분인지는 몰라도 이만하면 목이 메진 않겠지.'
그나저나 벌써 배가 부르다.
나는 양념이 묻은 손가락을 쪽쪽 빤 뒤, 허상윤에게 감사를 표했다.
"잘 먹었습니다. 무척 맛있었어요."
"응, 그래 보이네."
허상윤은 왠지 질린 얼굴로 수북이 쌓인 뼈다귀를 보았다.
"게다가 꼼꼼히도 발라 먹었어."
나는 그 말에 빙긋 웃어 주었다.
"'네가 먹은 게 양념인지 후라이드인지 아무도 모르게 하라'는 격언도 있잖아요?"
"……그런 게 있냐?"
"있어요."
격언이란 시대를 초월하는 진리를 담는 법이니까.
"……아무튼 맛있었다니 다행이네. 다른 손님 반응은 너 정도까진 아니었거든."
내 호평에도 불구하고 허상윤은 아직도 고객 반응을 마음에 담아 두고 있는 모양이었다.

뭐, 나야 좋았지만 이 시대에 허상윤이 내놓은 양념치킨은 그야말로 '일반적'인 것일 뿐, 복고도 뭣도 아니니까.

나 역시 내 취향을 경영에 접목하는 오류를 저지를 생각은 없다.

"아, 그 이야기를 하다가 말았네요. 형은 손님들이 치킨을 찾지 않아서 걱정이라고 했죠?"

"걱정까진 아니고."

허상윤이 닭뼈를 쓰레기통에 담았다.

"아직 사람들 사이에서 우리 치킨은 통하지 않을 것 같단 거지."

그게 걱정이 아니면 뭔데.

치익.

나는 냉장고에서 꺼낸 업소용 콜라 캔을 따며 허상윤에게 보란 듯 웃었다.

"그거야 업장 문제 아니겠어요?"

"업장 문제?"

꿀꺽.

나는 콜라를 한 모금 마시며 입안에 남은 진한 양념의 여운을 톡톡 튀는 탄산으로 씻어 내렸다.

"네. 여기 찾아오는 손님들은 이탈리안을 먹으러 온 거지, 치킨을 먹으러 온 게 아니잖아요."

치킨이란 내가 몸담았던 근 미래에서는 일부러 찾아서 먹을 만큼 미식의 한 축을 담당하는 요리였으나 이 시대엔 아직, 가장이 퇴근길에 사 오는 야식 정도의 위상밖에 차지하고 있질 않았다.

그러니 손님들 입장에서는 모처럼 때 빼고 광내서 방문한 레스토랑에서 치킨을 내놓아 봐야—맛은 차치하고—어쩌다가 변덕을 부린 특별 메뉴 정도의 인식인 것이다.

'사실 아무리 맛있다고 해 봐야, 무슨 만화처럼 먹자마자 뇌리에 진풍경이 펼쳐지고 자아가 우주를 떠돌 일은 없으니까.'

그러니 선뜻 주문하기엔 손이 가질 않을 것이고, 어지간한 단골이 아니면 목적에 부합하지 않는 낯선 메뉴에 도전하기도 쉽지 않을 것이다.

'뭐, 나야 치킨이랑 피자를 함께 내놓는 추세를 알고 있으니 거부감이 없지만.'

나는 어깨를 으쓱였다.

"그러니 시저스 2호점에서 치킨을 찾는 손님이 적다고 해서 그게 무조건 시장 반응과 맞아떨어지는 고객 반응이라고 볼 수는 없는 거예요."

"그래도 치킨을 찾는 고객층과 우리 레스토랑을 찾는 고객층이 겹치지 않나?"

나는 고개를 저었다.

"그건 기호일 뿐이죠. 손님이 찾지 않았다는 이유로 선호도가 부족하다면, 그건 치킨이 아니라 백반 정식을 팔았어도 마찬가지 아니겠어요? 그렇게 따지고 보면 백반 정식을 싫어하는 사람도 없고.”

“……그러면 네 생각은 이게 충분히 상품 가능성이 있다는 거냐?”

나는 고개를 끄덕였다.

“네. 아까 형도 그랬잖아요? 진영이 형도 맛을 보고 나선 본격적으로 시작해 봐도 좋을 거라고.”

“…….”

“또, 이번에 성환이 형이 형에게 조리를 맡긴 건, 이미 레시피로서 완성 단계에 이르렀기 때문이라고 생각해요.”

내 말에 허상윤은 그제야 오성환이 단순히 휴식이 고파서, 저녁 장사 준비로 체력을 비축해 두려고 자리를 피한 것이 아니었단 걸 깨달은 듯 멍하니 고개를 끄덕였다.

꿀꺽, 나는 콜라 캔을 비웠다.

“언젠가 파리 파네의 팝업 스토어를 보고 형이 말했죠? 우리 치킨도 그렇게 해 보고 싶다고요.”

“응, 그랬지.”

다름이 아니라, 그건 허상윤이 치킨 사업에 작심하고 뛰어들게 한 계기이기도 했다.

“차라리 처음부터 치킨 전문 팝업 스토어를 열었다면 상황은 지금과 달랐을 거예요. 치킨을 찾는 사람에겐 치킨을 맛봐야겠다는 동기가 작용하고, 그 동기는 자연스레 주문이라는 목적으로 이어지니까요. 설령 고객층이 겹친다고 한들 각 지점을 찾는 손님의 동기라는 건 그만큼 중요해요."

허상윤은 이를 두고 단순히 우리 업소가 패밀리 레스토랑이라는 것에서 고객층이 겹친다고 판단한 모양이었지만, 그건 표본 오류였다.

시저스는 패밀리 레스토랑이되, 서민 기준으론 선택의 부담이 큰 편이다.

허상윤이 쓴웃음을 지었다.

"쓸데없는 짓을 하고 말았네. 애당초 표본으로 우리 가게 손님은 적합하지 않았단 거군."

자책하는 허상윤을 보며 나는 고개를 저었다.

"그렇지 않아요. 덕분에 연습은 충분히 할 수 있었잖아요? 정형화된 레시피가 왜 중요한 건지도 깨달았다면서요."

"그……랬지."

"그거면 됐잖아요?"

"……."

허상윤은 개운치 않은 얼굴로 입을 열었다.

"그러면 매출은? 내 생각이지만 우리 치킨은 마진이 높진 않을 거야. 한다고 하면, 가격을 높게 불러야 할 거야."

"형은 얼마 정도에 팔면 될 거라고 생각하는데요?"

허상윤은 잠시 뜸을 들이다가 대답했다.

"마리당 1만 2천 원."

"……."

새삼스럽지만 엄청 싸네.

아니, 기준을 근 미래 2만 원짜리 치킨으로 잡으면 안 되지.

허상윤은 내 침묵을 어떻게 받아들였는지 피식 웃었다.

"네가 생각해도 비싸다 싶지? 그야 점포 수가 늘고 대량 발주가 가능해지면 더 낮출 수도 있겠지만, 지금은 그게 마지노선이야. 그런데, 세상에 누가 1만 2천 원씩이나 줘 가면서 치킨을 먹겠어?"

저요……?

'솔직히 내가 재벌이 아니어도 시켜 먹을 거 같은데.'

허상윤이 한숨을 내쉬었다.

"당장 우리 가게만 하더라도 그래. 나는 그렇게까지 마진이 안 나올 줄은 몰랐거든. 지금 가격이 가능한 건, 그조차도 마진율을 대폭 낮추고 나나 진영이가 가져갈 인건비를 제외했기에 가능한 가격이었어. 그런데 나는 그것도 모르고……."

허상윤은 채 말을 잇지도 못하고 입을 꾹 다물었다.

그 원인이 어디에서 기인하는지, 이제는 허상윤도 깨닫고 있는 것이다.

까놓고 말해, 그간 허상윤은 경영자로서 식당을 경영한 것이 아니었다.

'사실상, 자아실현의 일환이자 취미라고 보아도 무방할 정도였지.'

일부러 지적하진 않았으나, 허상윤처럼 레스토랑을 경영했다간 망하기 딱 좋다.

'이미 식당 경영에 가장 지출이 큰 인건비와 재료비에서 말할 것도 없으니.'

시저스는 매일 바쁘다고 우는 소릴 하지만 한 번도 일손이 부족해 손님을 받지 못했던 적은 없었고, 공동 사장인 허상윤은 돈보다 요리의 완성도를 우선시하면서 재료 선정에 타협하지 않았다.

그건 손님 입장엔 분명 좋은 가게일지 모르나, 오너 입장에서는 때로 팔수록 손해가 나는 구조가 발생하기도 한다는 걸, 나는 알고 있었다.

'그래서 메뉴 중 일부는 손해를 최소화하기 위해 일부러 한정 메뉴로 돌리기도 했지.'

그뿐만이 아니었다.

결코 작지 않은 시저스 2호점 부동산은 임대가 아닌 법인 소유물이었고, 그에 따른 인테리어, 설비, 공사에 드는 비용은 오롯이 본사가 부담했다.

하물며 고속도로를 끼고 있다곤 하나 강남 인근에 위치해 있으니 장래성을 염두에 두고 본다면 금싸라기 땅 위에 지어진 곳이기도 했다.

'임대가 아니니 손해도 아니고, 갈수록 가치가 상승할 뿐이지만.'

이번 생의 허상윤은 스타트부터가 좋았다.

성공한 본점, 그리고 빵빵한 자본력을 등에 업은 그 본점의 모회사, 모회사와 지분을 공유하는 식품 유통 업체, 천재 셰프인 오성환이 몸을 아끼지 않고서 메뉴를 개발하고, TV 방송을 낀 마케팅으로 파격적인 출발.

말 그대로 차려진 밥상 위에 숟가락을 얹고 사사건건 반찬 투정만 해 온 허상윤은 자신이 그야말로 온실 속 화초에 불과했다는 걸 깨달은 것이었다.

'뭐, 내 입장에선 아무래도 상관없는 거고, 어느 정도는 의도한 거지만.'

허상윤은 지금 알면 알수록 고개가 숙여지기 마련이라는 더닝크루거 효과의 성장통을 앓고 있었다.

나는 그런 허상윤을 보며 미소를 지었다.

"안 그래도 슬슬 말하려고 했는데, 제가 알려 주기 전에 알아챘군요."

허상윤이 내 말에 움찔했다.

"……다 알고 있었다고?"

"그럼요. 제가 대표잖아요? 그 정도야 꿰고 있죠."

나는 탁자 위에 빈 콜라 캔을 내려놓았다.

"형이 재료를 고르는 일에 타협하지 않는다는 것도, 그로

인해 마진이 낮을 수밖에 없다는 것도……. 그리고 저는 그래도 괜찮다는 생각이었고요.”

“…….”

“이제 와선 숨길 것도 없죠. 애당초 시저스 자체가 제겐 일종의 팝업 스토어 개념이었거든요.”

내 말에 허상윤이 눈을 깜빡였다.

“팝업 스토어? 그게?”

잠시 생각하던 허상윤이 말을 이었다.

“내가 알기로 팝업 스토어라는 건…… 파리 파네처럼 임대 건물에 기간 한정 제품을 파는 걸 의미하는 거 아니었냐?”

허상윤의 말에 나는 고개를 끄덕였다.

“맞아요. 사전적으로는요.”

굳이 정의하자면 그렇다.

사전적 정의로 팝업 스토어란 일정 기간 한정해서만 제품을 판매하는 특설 매장을 의미한다.

이는 고객들에겐 한정 기간이라는 흥미를, 기업에게는 신규 아이템 런칭 마케팅과 시장 분석, 두 마리 토끼를 잡는 방법이었다.

이번 생의 대한민국에선 빵집이 그 스타트를 끊었지만 원래는 별다른 설비가 필요하지 않은 전자 제품 종류에 효과적인 방식이다.

허상윤이 머리를 긁적였다.

"그거 이상한데. 3호점은 아니지만 시저스 본점이나 여기 2호점은 임대 공간이 아니잖아."

"그것도 맞죠."

허상윤은 내 대답에 미간을 살짝 찌푸렸다.

"뭐냐, 선문답도 아니고."

나는 어깨를 으쓱였다.

"시저스의 경우 형이 생각하는 팝업 스토어란 의미와 완벽하게 부합하는 건 아니지만, 제가 생각하는 뉘앙스며 개념상으로는 그렇단 의미예요."

"……흠."

허상윤이 턱을 긁적였다.

"그러면 성진이 너는 시저스에 레스토랑으로서가 아닌, 그 운영에 다른 목적이 있다는 거냐?"

"맞아요. 바로 그거예요."

중요한 건 본질이지, 언어의 감옥에 갇히기 일쑤인 사전적 의미가 아니다.

허상윤이 내 말에 고개를 갸웃했다.

"……그렇다는 건, 시저스가 어떤 홍보용 목적을 띠고 창설되었단 것으로 들리는데……. 그런 것치곤 시저스는 그 자체만으로도 레스토랑으로 기능하고 있잖아. 뭐, 돈은 생각보다 못 벌고 있지만."

허상윤은 정답을 맞히고도 여전히 어리둥절해하는 얼굴이

었다.

"돈……. 그야 많이 벌면 좋겠죠. 저도 사업가니까요. 하지만 저는 시저스를 그런 식으로만 보고 있지 않아요."

"……그러면 뭘 위한 홍보인데?"

나는 빙긋 미소 지었다.

"뭐겠어요? S&S죠."

모회사인 S&S가 언급되자 허상윤은 눈을 깜빡였다.

"S&S 말이야?"

"네. 쉽게 말해서 시저스는 모회사인 S&S를 홍보하는 것이 목적이에요."

"……."

너무 단도직입적으로 말했나.

나는 허상윤이 서운해하지 않게끔 덧붙였다.

"정확히는 시저스에서 만든 높은 퀄리티의 요리를 합리적인 가격으로 제공하며, 그걸로 신생 기업인 우리의 브랜드 네임 가치를 올리는 거죠."

"그걸로 S&S의 홍보를 겸한다?"

나는 고개를 끄덕였다.

"네. 일단 그 과정에 '모르긴 몰라도 어쨌건 시저스라는 상표가 붙으면 믿고 찾아갈 만하다'는 인식을 소비자에게 각인시키는 겁니다."

"……."

"그도 그럴 게 3호점의 경우 매장 컨셉이 본점과 2호점과 다름에도 불구하고, 또 저희가 이렇다 할 홍보를 하지 않았는데도 높은 매출을 올리고 있잖아요?"

본점이나 2호점과 달리 3호점의 마진율은 높다.

거기엔 본점이며 2호점에 비해 상대적으로 낯선 에스닉을 지향한 까닭도 있었지만, 그 재료를 구비하는 데 많은 돈이 들지 않는단 장점도 있었다.

'몇몇 특이한 소스를 제외하곤 어지간한 건 국내에서 구할 수 있는 재료니까.'

따지고 보면 시저스 3호점이야말로 그 시험에 적합한 무대였다.

허상윤은 잠시 생각하더니 내 말을 반박했다.

"하지만 그건 뉴월드백화점에 입점한 덕분인 것도 있잖아? 그걸 두고 시저스란 브랜드 네임이 어떻다고 장담할 순 없지. 뉴월드백화점의 식품 코너는 예전부터 믿고 갈 만한 업체만 선정하기로 유명하니까."

나는 그 말에 빙긋 웃었다.

"그러면 그 뉴월드백화점이 시저스 3호점을 입점하도록 해 준 까닭은요?"

"……너희 외가라서?"

허상윤은 3호점이 뉴월드백화점에 입점한 까닭을 그렇게 생각하고 있었나.

'그건 좀 서운하군.'

아니. 허상윤은 내 외삼촌인 서명훈을 알 리 없으니 그렇게 오해하는 것도 당연한가.

"에이. 저희 외삼촌이 어떤 분인데요."

나는 허상윤을 보며 대답했다.

"단순히 연고만으로 그런 걸 해 주시는 분은 아니에요. 처음부터 그게 가능했다면 삼풍백화점에 입점시키느라 고생할 필요도 없었죠."

"하긴. 그것도 그래."

허상윤은 한때 제니퍼가 시저스를 삼풍백화점에 입점시키려 한창 영업을 뛰던 이야기를 떠올리곤 묵묵히 고개를 끄덕였다.

"즉, 네 말은 3호점이 뉴월드백화점에 입점할 수 있었던 건 다름이 아니라 이미 세간의 평가가 좋았기 때문이란 거지?"

"네. 형도 알다시피 시저스는 다른 레스토랑에 비해서도 재방문율이 높고 고객 만족도가 높기로 유명해요. 마케팅의 힘을 빌리거나 단순히 특이하기만 할 뿐이라면 단골손님은 생기지 않죠."

허상윤은 내 말에 조금 우쭐해했다.

"그건 그래. 나도 얼굴이 눈에 익은 손님이 몇 명 있거든."

"그렇죠?"

"하지만."

허상윤은 다시 시무룩해했다.

"거듭 말하자면 들인 공이나 테이블 회전율과 관계없이 별로 돈이 안 된단 것도 사실이지."

거참. 보기와 달리 섬세하네.

나는 잠시 뜸을 들였다가 입을 뗐다.

"형도 S&S 관계자이니 물어볼게요. 형 생각에 S&S의 주력 사업은 뭐라고 생각하세요?"

"뭐, 레스토랑은 아니겠고…… 햅반?"

뭐, 그야 햅반은 지금 제법 센세이셔널한 반응을 불러 모으고 있긴 한데.

"그건 일부입니다."

"아, 그러면 급식?"

"그것도 목적에 이르는 수단이죠."

"그러면 대체 뭔데?"

나는 미소를 지어 보였다.

"유통입니다."

"유통?"

나는 고개를 끄덕였다.

"네, 전국 각지로 이어진 식자재 유통망을 설립하는 것. 그게 S&S가 나아갈 길이예요."

"……."

허상윤의 침묵을 보며 나는 말을 이었다.

"형도 알다시피 S&S는 당고모님의 신화식품과 제니퍼 누나 쪽의 해림식품이 합자해서 만든 회사죠."

허상윤이 고개를 끄덕였다.

"나도 알아. 그래서?"

알긴 뭘 알아.

'아직 그 큰 그림을 보지 못하고 있다는 건 경영자로서 허상윤의 미숙함이겠지.'

나는 대답했다.

"그렇게 단순하지 않아요. 해림식품과 신화식품이 원래는 무엇을 하던 곳인가, 하는 걸 생각해야죠."

"……그렇게 따지면 뭐, 전신이 유통이긴 한데. 그렇다곤 해도, 시저스는 기껏해야 아직 점포 수가 세 개에 불과한 그런 곳이잖아?"

허상윤이 고개를 저었다.

"네 말대로 하려면 어디 맥도날드급으로 점포 숫자를 늘려서 시저스 자체 역량만으로도 유통이 가능하게 해야지."

나는 보란 듯 천진난만하게 고개를 갸웃했다.

"어라, 설마 형은 시저스가 이대로 확장을 멈출 거라고 생각하세요?"

"……."

"형도 알다시피 시저스는 아직 성장 중이에요."

나는 미소를 지었다.

"그리고 저는 외식사업부가 시저스 하나의 브랜드만 가지고 커 갈 거라고 생각하지도 않고요."

"……그래. 파리 파네도 있고 로스트 빈도 있지."

"또 형이 추진 중인 치킨 프랜차이즈도 있죠."

"……."

나는 웃음기를 거두며 허상윤을 보았다.

"S&S 외식사업부는 앞으로 하나씩, 차근차근 브랜드를 늘려 갈 예정입니다. 그런 의미에서 시저스는 그 시작이자 이 합자회사가 나아갈 길이 무엇인지 알려 주는 나침반 역할을 하게 될 거예요."

"……나침반이라니."

허상윤은 비유가 과하다고 생각하는 모양이었지만, 결코 그렇지 않았다.

이 시대엔 식품 유통으로 이미 이름깨나 날리는 두 회사가 합자까지 해 가며 S&S를 설립한 건, 다른 이유가 아니었다.

'내가 당초 시저스에 과감한 투자를 했던 것조차도 해림식품의 제니퍼를 끌어들이기 위함이었고.'

해림식품은 해림식품대로 제니퍼를 통해 식품유통업에서 왕좌를 유지해 보겠다는 계산이 있었고, 신화식품은 신화식품대로 나를 통해 해림식품이 가진 독점 기술과 노하우를 이용해 보겠단 욕심이 있었다.

내가 제니퍼를 영입한 건 그에 따른 명분이었다.

'해림식품의 정재훈 회장도 제니퍼와 정대성에게 나눠 줄 지분이 집안싸움으로 번지지 않게끔 예방하고자 한 거야. 그러면서 합자회사의 경영을 맡기니 명분으론 더할 나위 없고.'

전생의 해림식품은 정대성이 해림식품의 자본과 지분을 이용, 금융 등 다른 분야로 저변을 확장해 가려는 시도를 했으나 이번 생에서는 그게 보다 스무스하게 넘어가게 됐다.

'그 과정에 파리 파네의 경영권을 일부 빼앗기고 만 건 조금 뼈아프지만……. 그것도 정대성 그놈의 견제구에 불과하지.'

정대성도 야망이 제법 큰 놈이다.

전생의 그는 해림 그룹을 식품회사에 그치고 말 것이 아닌, 문어발식 확장을 꾀하는 것으로 파이를 키우려 하는 인물이었다.

물론 그 과정에 IMF가 터지지만 않았더라면 잘 풀렸을지도 모를 일이나, IMF는 천하의 삼광 그룹조차 구조조정으로 기업을 압축하게 만든 재난이었다.

결국 그 누구도 눈여겨보지 않던 제니퍼가 가진 지분을 이용, 식품 업계에 노하우가 쌓인 해림식품의 장점을 살려 각종 외식사업부를 통해 그룹을 한 차원 높은 단계로 끌어올린 뒤 정대성이 가진 지분조차 흡수했던 것이 원래 역사지만…….

'이번에는 나도 어떻게 될지 장담을 못 하게 됐군.'

뭐, 정대성의 입장이야 차치하고, 제니퍼와 해림식품에 한

해선 굳이 먼 길을 돌아가지 않게 되었다는 것이 현 상황이었다.

'따지고 보면 나 역시 전생의 제니퍼가 했던 방식을 벤치마킹하는 것에 불과하지만.'

나는 재차 말을 이었다.

"시저스는 그 자체가 S&S가 지향하는 브랜드의 방향성이라고 했죠? S&S는 앞으로 시저스를 비롯한 고급 외식 산업을 아우를 뿐만 아니라 시저스에 납품하는 고급 식자재를 각 가정마다 공급하며 고객들은 전국 각지에 자리 잡은 S&S 브랜드의 대형 마트에서 장을 보게 될 겁니다. 바란다면 가정에서도 시저스의 맛을 재현할 수 있게 하는 게 제 목표예요."

"……음."

허상윤이 고개를 끄덕였다.

"무슨 의미인지는 알겠어. 그런데, 대형 마트라니……?"

"커다란 슈퍼마켓이라고 보면 될 거예요."

허상윤이 눈을 가늘게 떴다.

"몰라서 묻는 게 아니야. 설마 월마트 같은 걸 의미하는 건 아니냐고 묻는 거지."

허상윤도 월마트를 알고 있군.

"네, 그렇습니다. 장래엔 그렇게 되어야죠."

"……."

하긴, 이 시대에도 이미 국내 진출은 해 있었다.

'추후 결과가 좋지 않아 금방 철수하고 말았지만, 그건 시장 분석 미스에 더해 시대를 잘못 탄 것도 있지.'

지금으로선 대형 마트에 관한 수요가 부족한 것도 있었지만, 대한민국 국민들에겐 아직 '창고형 대형 마트'가 낯선 시대였다.

'그리고 그 낯섦은 현재진행형이고.'

그래서 허상윤은 내 말에 김빠진 듯한 얼굴을 하고 만 것도 이해 못 할 바는 아니었다.

나는 덧붙였다.

"단, 월마트처럼은 되지 않을 거예요."

"그러면?"

"음, 굳이 말씀드리자면…… 백화점에 가까운 형태가 될 겁니다."

"백화점?"

"네."

백화점에 가까운 대형 마트.

그건 당분간—내 생각으로는 아마 못해도 20년가량—주효하게 먹힐 전략이기도 했다.

'그때가 되면 이미 시장 판도가 바뀌어 있을 테니까, 그때 가서 재정립해도 늦지 않아.'

나는 미소를 지었다.

"네. 상상해 보세요. 모든 국민이 S&S에서 경영하는 대형 마트에서 주말을 보내고, 장을 보게 될 날을요.”

“…….”

“그리고 그날이 오면, 우리는 패러다임을 바꾼 혁신 기업으로 거듭나게 될 겁니다.”

어디 두고 보라지.

나는 속에서 허상윤에게 보란 듯 겉으로 짓고 있는 미소보다 더 짙게 웃었다.

이성진이 돌아가고 홀로 남은 허상윤은 제품개발실 뒷정리를 했다.

남은 재료를 대형 냉장고에 넣고, 덕트에 기름때가 끼지 않게끔 꼼꼼하게 손질을 마친 뒤, 접시며 조리 도구 설거지를 했다.

「……그러니 형은 걱정하지 말고 평소처럼 해 주시면 됩니다.」

이성진의 말은 사뭇 시건방지면서도 한편으론 거기에 대해 아무런 반박도 하지 못하게 하는 묘한 힘이 있었다.

‘내가 그저 시저스의 영업이익만 생각하고 있을 때, 성진

이 그 녀석은 더 큰 그림을 준비하고 있었어.'

더욱이 그 덕분에 허상윤은 시저스 2호점의 영업이익에 대한 스트레스를 던 것도 사실이었다.

'평소처럼……이라.'

요리를 향한 자신의 집착조차 이성진의 계산 아래 있었던 것일까.

허상윤은 예전부터—그러니까 정확히는 신화호텔에서 이휘철의 생일 축하를 하던 그날 자신에게 망신을 줬던 이후—이성진이 나이에 비해 똘똘한 녀석이라고는 생각했지만, 어쩌면 자신이 생각하는 이상으로 그릇이 큰 놈인지도 모르겠단 생각이 들었다.

이성진은 자신이 하고자 하는 일에 확신이 있었고, 그 확신은 왠지 미래를 예견하는 선견지명이라도 있는 듯했다.

'그럴 일이야 없겠지만…… 왠지 한 방 먹은 것 같군.'

유행을 쫓아가는 것이 아닌, 유행을 만들고 이를 선도하겠다는 포부는 설령 그 대상이 연하의 동생이라 하더라도 본받을 만한 것이었다.

아니, 본받는다고 한들 따라 할 엄두도 못 내겠다는 것에 가깝다.

'하긴, 이미 시저스부터가 아직 한국 땅에 낯선 패밀리 레스토랑이라는 험지를 개척 중이지.'

허상윤이 쓰게 웃었다.

'게다가 이번엔 백화점에 가까운 대형 마트라고 했나……. 그러면서 스스로 전국적인 유통망을 만들겠다고 했지. 만약 그게 가능하다면 기존 재래시장을 대체하는 것도 어렵지 않을 거야.'

허상윤은 머릿속으로 품질 관리가 된 신선식품이 대형 마트 냉장칸에 놓여 있는 모습을 상상했다.

그리고 주말마다 아이들을 데리고 온 젊은 부부가 장을 보는 모습까지도.

'확실히, 그러려면 전에 없이 다른 업체보다 앞서는 유통망을 확보할 필요가 있어. ……어쩌면 가능할지도 모르겠군.'

그러는 한편.

'나 같은 놈은 결국, 이성진의 친척 형님이라는 이유만으로 직함을 차지하고 있을 뿐이지.'

생각할수록 입안이 씁쓰레했다.

생각에 잠긴 허상윤에게 이진영이 다가왔다.

"무슨 생각해?"

"아."

허상윤이 설거지를 하다 말고 고개를 돌려 이진영을 보았다.

"아니, 아무것도 아니야. 하던 일은 끝냈어?"

"응. 나중에 보여 줄게. 아참, 비 많이 내린대. 장마가 올 모양이야."

"그래, 배수구 체크도 해 둘게."

"응. 나는 아무래도 그런 쪽은 잘 몰라서. 그나저나 치킨은 정리하는 거야?"

허상윤이 픽 웃었다.

"그래. 마침내 대표님의 허락이 떨어졌거든."

허상윤의 말에 이진영이 싱긋 웃었다.

"잘됐네. 내가 말했잖아. 성진이는 좋아할 거라고."

"그러게, 네 말대로 됐다."

이진영이 제품개발실을 휘둘러보았다.

"그러면 성진이는 벌써 왔다 간 모양이구나? 부르지 그랬어."

허상윤이 고개를 저었다.

"아니. 너 바쁜 것 같다고, 방해 안 하겠대."

그러잖아도 허상윤 역시 이성진에게 이진영의 얼굴이라도 보고 가지 그러냐고 권했지만, 이미 운전기사를 불러 두었다며 정중히 사양했다.

이진영이 고개를 끄덕였다.

"그랬구나. 그러면 어쩔 수 없지. 아, 뭔가 내가 도와줄 건 없니?"

"됐어. 거의 다 끝났고, 이건 내기였거든."

"내기?"

"그런 게 있어."

허상윤의 말에 이진영은 빙긋 웃었다.

"좋아, 알겠어. 그러면 난 커피라도 탈게."

허상윤의 어깨를 툭 하고 건드려 준 이진영은 자연스럽게 드륵, 드르륵 원두를 갈기 시작했다.

'쿨하네.'

허상윤이 요즘 들어 생각하는 거지만, 이성진과 이진영은 친한 건지 아닌 건지 잘 모르겠다는 생각이 들곤 했다.

'아무래도 나이 차가 있어서 그런가? 하긴, 그러는 나도 진영이 녀석이 무슨 생각을 하는지 도통 모를 때가 많으니까.'

제법 오래 알고 지낸 데다가 동갑내기 친척, 심지어 최근엔 동업까지 하고 있는 마당임에도 불구하고 이따금 허상윤은 이진영이 무슨 꿍꿍이 속인지 모르겠다는 생각을 할 때가 많았다.

'나쁜 녀석은 아니지만, 때론 행동거지에서 묘한 위화감이 들곤 한단 말이야.'

자신과 달리 가정교육이 엄하다고는 들었는데, 그런 이유에서일까.

속내를 감추는 데 능숙하다는 의미에서 놓고 보면, 이진영의 행동거지는 '귀족적'인 면모가 있었다.

"불 좀 쓸게."

가스 밸브를 연 이진영이 모카포트에 불을 올리는 걸 보며 허상윤은 생각난 김에 물었다.

"혹시 진영이 너, 우리 레스토랑 영업이익이 형편없다는 거 알고 있었어?"

그 말에 이진영은 불을 한 단계 낮춘 뒤 고개를 돌려 허상윤을 보았다.

"무슨 의미야?"

알고 있었군.

하긴 그간 레스토랑 회계를 전담하던 녀석이니 모를 리 없지.

허상윤이 이진영을 물끄러미 보았다.

"무슨 의미긴."

허상윤이 말을 이었다.

"번드르르한 보기와는 달리 실제로는 별로 흑자 벌이도 못하고 있었던 데다가 그 원인은 나한테 있었다는 걸 의미하는 거잖아."

이진영은 눈을 동그랗게 뜨더니 부드럽게 미소 지었다.

"그렇게 생각하고 있었어?"

"숨길 것도 없지. 숫자는 정직한 법이니까."

"……."

이진영은 잠시 침묵했다가 모카포트의 불을 줄이며 대답했다.

"그렇지 않아. 회계상 기록되는 건 그저 숫자에 불과해. 나는 동업자로서 네 영역을 존중하고, 네가 네 영역에서 철저하게 품질 관리를 하지 않았더라면 시저스 2호점은 이렇게까지 성공하지 못했을 거야."

"……."

낯간지러운 말을 아무렇지도 않게 하는군. 게다가 '성공'이라.

이진영이 걱정스레 말을 이었다.

"설마 성진이한테 뭐라고 한 소리 들은 거니?"

"그 반대야."

허상윤은 저도 모르게 쓴웃음을 지었다.

"오히려 성진이는 현 상태를 유지했으면 하고 적극적으로 권장하던데. 뭐라더라, 시저스조차도 자기한텐 팝업 스토어나 다름없다나?"

"흐응."

이진영은 긍정도 부정도 아닌 콧소리로 추임새를 넣었다.

"시저스가 팝업 스토어 같은 거라고? 흥미로운 의견이네."

그 어딘지 여유 만만한 태도에 왠지 울컥한 허상윤은 자신도 모르게 이죽거렸다.

"그게 무슨 의미인 줄은 알고?"

"음, 나도 확신은 못 하겠지만……."

이진영은 자신 없다는 투로 말을 이었다.

"……아마 성진이의 생각엔 시저스의 품질관리 정책이 장차 사업을 확장하는 데 도움이 될 거라고 판단한 게 아닐까?"

"……."

얼추 맞혔군.

'이번에도 나만 빼놓고 다들 그 큰 그림을 내다보고 있군 그래.'

이진영이 말을 이었다.

"어디까지나 추상적으로 뱉어 본 의견일 뿐이야. 내 말이 맞아?"

"그래. 얼추."

허상윤이 고개를 끄덕였다.

"대강 기억나는 대로 말하자면 성진이 말로는 시저스가 그 자체로 S&S의 브랜드 가치를 높이는 역할을 하는 거라고 했어."

"그렇구나. 그래서 팝업 스토어란 거지?"

"응. 그러면서 뭐라더라? 심지어는 이걸로 S&S의 브랜드를 키워서 전국적인 유통망을 만들 거래."

"……전국적인 유통망?"

그 말에 이진영이 미소를 거두며 눈을 가늘게 떴지만 허상윤은 설거지를 하느라 그 표정 변화를 보지 못했다.

"응. 나중엔 그 유통망을 이용해 전국 각지에 대형 마트를 만들겠다나."

그러면서 허상윤은 (그 스스로도 그렇게 생각하지 않으면서)일부러 이진영을 떠보는 말을 했다.

"네가 생각하기에도 조금 황당하지?"

"……."

하지만 이진영은 평소처럼 즉각 대답하는 대신 잠시 생각에 잠겼다가 혼잣말을 중얼거렸다.

"과연."

"뭐가?"

"아니. 그냥 감탄한 거야."

이진영이 웃으며 대답했다.

"다른 곳도 아닌 해림식품과 신화식품, 두 회사의 역량이 합쳐진 S&S가 대형 마트를 시작한다면 재밌는 그림이 나올지도 모르겠단 생각을 했거든."

허상윤이 눈썹을 씰룩였다.

"그래? 나는 왠지 월마트처럼 되지 않을까 생각했는데."

"월마트?"

"그래. 솔직히 나는 월마트가 별로 시장 경쟁력이 있다고는 생각하지 않거든."

"가 본 모양이구나."

"한 번 정도. 어쨌건 대한민국에선 본사가 있는 미국이랑은 달라야 먹히겠다는 생각만 했어."

"예리하네. 마침 나도 그렇게 생각했는데."

이진영이 미소를 지었다.

"설령 본사의 방식이 현지에서 성공적이었다고 하더라도

경영은 현지에 맞출 필요가 있지. 어쨌건 장을 보는데 차량이 필수적이라는 것, 그리고 어디에 무슨 물건이 있는지도 모르는 창고 형태라는 것 등은 우리나라에 낯선 방식이야."

이진영의 의견은 그저 막연하게만 여기던 허상윤의 생각을 보강해 주었다.

이진영이 말을 이었다.

"만약 그들이 경영 방식을 바꾸지 않고 기존 방식을 고수한다면 빠른 시일 내에 철수를 할지도 모르지."

"……극단적인데?"

"어디까지나 최악의 경우지만, 이제 와서 기존 설비를 바꾸기는 힘들 거라고 봐. 또 솔직히 말하자면 성진이가 단순히 월마트의 방식을 고스란히 가져올 뿐이라면 시기상조가 아닐까, 하는 생각도 들어."

이진영의 말에 허상윤이 픽 웃었다.

"그런 건 아니래. 굳이 말하자면 백화점에 가까운 형태가 될 거라고 했으니까."

"흐응."

이진영이 턱을 긁적였다.

"하긴, 뉴월드백화점 등지에 식자재를 납품하던 신화식품의 노하우가 있으니 그것도 어렵지 않을 거야. 그리고 성진이는 우리 레스토랑을 일컬어 팝업 스토어라고 했지? 나도 성진이의 의도를 정확하게 아는 건 아니지만 이 기회에 우리 레스토랑에서 취급하던 상품을 대대적으로 들이는 것도 가능할지 모르고."

"……."

어디까지 내다보는 거야?

이진영이 말한 바는 이성진이 했던 말과 일맥상통하는 부분이 있었다.

'쳇, 잘났군, 다들.'

그럴수록 허상윤은 자신이 요리사로서도 경영자로서도 삼류 이하라는 자괴감에 초라해진단 생각이 들 뿐이었지만.

이진영은 불을 끈 뒤 모카포트를 옮기곤 가스 밸브를 잠갔다.

쪼르르.

포트에서 따라 낸 진한 커피향이 머그컵에 담겼다.

이진영이 의도한 건지 아닌지는 모르나 마침 허상윤도 설거지를 마쳐서, 그는 그릇을 정리한 뒤 고무장갑을 벗었다.

"자, 커피."

"땡큐."

둘은 간이 탁자에 마주 앉았다.

'남정네 둘이서 커피 타임이라니, 변변치 않군.'

허상윤이 커피를 한 모금 마셨다.

'요리는 못하는 주제에 커피 하난 제법이란 말이야.'

하긴, 이놈이 요리까지 잘했으면 그야말로 세상이 불공평

하다고 여겼을 듯했다.

후룩, 이진영은 커피를 한 모금 마신 뒤 머그컵을 내려놓으며 천천히 입을 뗐다.

"그래도 신뢰받고 있네."

"……갑자기 무슨 소리야?"

"아, 미안."

이진영이 멋쩍은 듯 웃었다.

"이야기를 듣다 보니 성진이가 너를 신뢰하고 있다는 생각이 들어서."

"나 참."

허상윤이 픽 웃었다.

"나는 그저 우리 이성진 대표님의 손바닥 위에서 춤추고 있을 뿐이었잖아. 경영에 간섭하지 않은 것도 다 크나큰 뜻이 있었던 것뿐이고, 나는 어디까지나 녀석의 친척 형님이라서 덕을 본 거고."

허상윤의 말에 이진영이 미소를 거뒀다.

"……정말로 그렇게 생각해?"

어딘지 자신을 꿰뚫어 보는 듯한 이진영의 시선에 허상윤이 미간을 찌푸렸다.

"뭐래. 사실이 그렇잖아. 성진이는 내가 가게를 말아먹어도 그러려니 했겠구먼, 뭘."

"네가 그렇게 생각했다면 조금 실망인데."

이진영이 담담히 말을 이었다.

"내 생각이지만, 성진이가 시저스 2호점의 경영에 개입하지 않은 건 지금 상태가 괜찮다고 판단해서이지, 네가 친척 형이어서도, 어떻게 가게를 경영하든 상관할 바가 아니어서도 아니야."

"……무슨 근거로?"

이진영이 빙긋 웃었다.

"너나 나나 따지고 보면 시저스 창립 멤버 아니니? 아, 그땐 시저스라는 이름도 결정되기 전이구나."

"……이태원 시절까지 언급하는 거라면, 그렇긴 하지. 그래서?"

"그때를 생각해 봐."

이진영이 커피를 한 모금 마셨다.

"당시 제니퍼 누나가 이런저런 이상한…… 아니, 참신한 아이디어를 쏟아 냈을 때는 성진이도 반대를 했잖아."

"아, 음. 그랬지."

허상윤이 고개를 끄덕였다.

그 당시 제니퍼는 프렌치 레스토랑을 생각 중이었을 뿐만 아니라 심지어는 거기서 라이브 연주를 고려하고 있었다.

'물론 나도 당시엔 반대했지만…… 그땐 피차 미숙했지.'

만약 제니퍼의 계획대로 했더라면, 무산되어서 다행이라는 생각마저 들 지경이다.

'시저스의 정체성이 된 샐러드 바는 제니퍼 누님의 아이디어였지만.'

이진영이 말했다.

"그러니 성진이도 아니다 싶으면 충분히 의견을 개진할 줄 아는 애야. 오히려 네가 일반적인 경영자처럼 타협을 본 상품을 내놓았다면 그때 개입했겠지."

"……."

「이상적인 레스토랑이라는 것부터 배제하고 시작하죠.」

당시 이성진은 제니퍼에게 그렇게 말했다.

시저스 2호점은 허상윤의 생각에 이상적인 레스토랑이었지만, 그건 결과론일 뿐.

'……그런가?'

그렇다고 이성진이 수익 구조에 무관심했던 것도 아니었다.

이성진은 그 당시 현실적으로 수익을 거둘 수 있을 만한 컨설팅을 해 주었다.

이진영은 허상윤을 살피며 말을 이었다.

"오히려 나는 성진이가 상윤이 너를 믿고 사업을 확장할 계획을 세운 거라고 생각해. 게다가 지금 완성된 치킨도 성진이가 최소 한 번은 반려를 놓았던 제품이잖아? 그러니 네가 연고에 기대 배려를 받은 거란 생각은 하지 말았으면 좋겠어."

"……."

후룩.

허상윤은 묵묵히 커피를 마셨다.

낯간지럽기는 해도.

이진영의 말은 지금의 허상윤에게 분명 위로가 되어 주는 말이었다.

2장

"맛있었다. 그쵸?"

"그러게요. 본점이랑은 또 다르네."

"우리 다음엔 3호점도 가 볼까요?"

운전대를 쥔 김보성은 여성진 일동의 재잘거림을 들으며 속으로 웃었다.

'다들 만족한 모양이군.'

식사를 마친 김보성 일행은 광수대로 돌아오는 길에도 다들 앞으로 있을 수사보다 시저스를 화제에 올릴 만큼 식사 만족도가 높았던 듯했다.

'그게 아니면 단순히 업무 이야기를 하고 싶지 않을 뿐이든가.'

하지만 저들의 호들갑을 김보성도 이해 못 할 바는 아니었다.

'하긴, 맛이 썩 나쁘진 않았어.'

언젠가 (자녀들의 성화로)먹었던 피자와 달리, 생각 외로 시저스의 피자는 느끼하지 않았고, 오히려 뒷맛은 깔끔하기까지 했다.

'시저스의 피자라면 나도 먹을 수 있겠다 싶었으니. …… 가격은 조금 비싼 편이지만.'

하지만 그럼에도 무제한 리필이 되는 샐러드 바가 포함된 가격임을 감안하면 그 가격도 납득이 갔다.

더군다나 자신의 선입견과 달리 샐러드 바의 퀄리티조차 따로 돈을 받고 팔아도 될 정도로 좋았고, 그 덕에 김보성은 접시 가득 두 그릇씩 샐러드 바를 다녀올 정도였다.

그 바람에 배가 불러 정작 메인 요리인 피자며 서비스로 받은 치킨은 거의 손을 대지 못할 정도였지만.

'오히려 가격 대비 만족도는 높았고. 그 바람에 과식하고 말았군.'

슬슬 나잇살을 신경 써야 할 나이라며, 아내는 '이러다간 에어로빅을 해야 할 거'라며 김보성의 살짝 튀어나온 뱃살을 꼬집곤 했다.

'아내한테 한 소리 듣겠는걸.'

그래도 덕분에 강하윤도 별달리 교류가 없던 검찰 사무원들과 대화의 물꼬를 틀기 시작하고 있었다.

'친해져서 나쁠 건 없지.'

공무상의 관계라고는 하나, 그래도 안면이 있고 친분이 생겨 있다면 일 처리도 한결 쉬워지는 것이다.

'앞으론 박상대 건으로 서로 신세를 지게 될 듯하고.'

안 그래도 강하윤이 자신을 부쩍 어려워한다는 걸 느끼고 있던 김보성은 비슷한 나이에 같은 성별인 사무원들을 통해 기름칠을 했으면 하고 바라던 참이었다.

그렇게 생각하며 김보성이 앞 유리로 떨어지는 빗방울을 와이퍼로 닦아 내고 있으려니 뒷좌석의 심 대리와 강하윤의 두런두런한 대화 소리가 들렸다.

"아, 그러면 시저스랑 로스트 빈, 파리 파네가 전부 같은 계열사였군요."

"네, 신애 씨. 저도 파리 파네는 아직 못 가 봤지만요."

"그래요? 저는 얼마 전에 검사님께서 파리 파네의 빵을 잔뜩 사 오신 적이 있어서 먹어 본 적이 있어요."

"아. 파리 파네. 어땠습니까?"

나이가 비슷해서 그런지, 강하윤은 특히 심 대리와 친해진 모양이었다.

강하윤의 질문에 심 대리가 입맛을 다셨다.

"맛있던데요. 우리 동네에도 하나 생기면 좋겠단 생각이 들 정도예요."

그때 잠자코 조수석에 앉아 있던 임 과장이 김보성에게 말을 건넸다.

"아참, 검사님, 궁금한 게 있는데요."

"예?"

"아까 시저스에서 들었는데, 그곳 대표님이 따님이랑 친구라니, 무슨 뜻입니까?"

"아."

김보성은 대수롭지 않은 일이라는 양 대답했다.

"말 그대로입니다. 우리 애들과 같은 학교에 다니고 있거든요."

임 과장은 잠시 멍한 얼굴을 하더니 조심스럽게 물었다.

"……검사님 자녀분은 초등학생 아니었나요?"

"맞습니다. 시저스 대표님도 초등학생이고요."

"아하…… 엥?"

임 과장의 얼굴이 황당함으로 물들었다.

거기에 황당함을 느낀 건 임 과장뿐만이 아니었는지, 잠시 대화를 멈추고 귀를 기울이던 심 대리가 황당해하며 끼어들었다.

"잠깐만요, 초등학생이…… 회사 대표라고요?"

세간에는 잘 알려지지 않은 건가.

김보성은 운전대를 쥔 채 담담하게 고개를 끄덕였다.

"예. 법적으로 문제 될 건 없지 않습니까?"

“그런 문제가 아니라……. 끄응, 아니에요. 감사합니다.”

그러고도 아직 당혹감이 해소되지 않았는지 심 대리는 머리를 감싸 쥐었고 곁에 앉은 강하윤은 그런 심 대리를 보며 쓴웃음을 지었다.

“일부러 알아보지 않으면 잘 모를 수도 있을 거라고 생각합니다. 저도 처음에 성진이를 봤을 땐 경황이 없었거든요.”

그러면서 강하윤은 자연스럽게 이성진과 요한의 집에서 처음 만났던 때를 떠올렸다.

‘맞아, 그땐 예은이도 함께였지.’

당시 그녀는 ‘사장 이성진’과 ‘비서 전예은’이라는 어린 소년 소녀의 소개를 들으며 당혹감에 젖어 들었다.

심 대리가 고개를 갸웃했다.

“성진이?”

“네? 아, 죄송합니다. 아까 말하던 시저스 대표님 성함이에요. 이성진.”

“아.”

심 대리는 잠시 생각하다가.

“그러면 강 형사님도 이…… 대표님을 알고…… 계세요?”

이성진을 언급하며 존칭을 해야 할지 말아야 할지 헷갈리는 기색으로 다시 물었고, 강하윤이 고개를 끄덕였다.

“예. 저도 어쩌다 보니 알고 지내는 사이입니다.”

“그래요? 뭔가 신기하네요.”

"네. 우연이긴 하지만 성진이는 또, 저희 선배님 따님과도 동창이고요."

"아, 그러고 보니 정 형사님 자제분과 검사님 자제분이 같은 초등학교였죠. 이제 조금 알 것 같아요. 세상 참 좁네요."

한편 김보성은 두 사람의 대화를 들으며 무어라 설명하기 힘든 묘한 위화감을 느꼈다.

'응?'

그러나 정작 그 위화감의 정체는 김보성도 까닭을 알기 힘들었다.

'뭔가, 턱 하고 걸리는 게 있는데…….'

그때 잠자코 생각에 잠겨 있던 임 과장이 한숨을 내쉬었다.

"저는 아직 뭐가 뭔지 모르겠어요. 저는 이미 초등학생이 회사 대표라는 부분에서 이미 턱 막혔거든요."

임 과장의 푸념 아닌 푸념을 들으며 강하윤은 고개를 갸웃했다.

'그렇게까지 이상한 일인가?'

그야 강하윤 스스로도 처음에는 이성진의 소개에 당황하긴 했지만, 정작 얼굴을 마주하고 대화를 나누던 사이 그 위화감은 옅어지고 그녀 스스로 '그럴 수도 있지' 하고 납득이 가는 수준까지 이르렀던 터였다.

'뭐, 개인 차겠지.'

강하윤은 속으로 쓴웃음을 지으며 입을 뗐다.

"막상 만나 보면 그렇지만도 않습니다. 비록 초등학생이긴 해도, 그 또래에 비해 똑똑하고 되바라진 면이 있거든요."

임 과장이 고개를 돌려 강하윤의 말을 받았다.

"그런가요? 하긴, 생각해 보면 오늘 방문한 그 비서님도 나이에 비해 행동이 어른스럽다는 생각을 하긴 했어요."

"네? 그래 보여도 예은이는 열일곱 살인데요?"

"……네? 그러면 아직 미성년자고, 어린 거 맞잖아요?"

"……그건 그렇지만."

"말이 나와서 하는 거지만, 한창 학교에 다닐 나이에 그런 자리에 앉아 있는 것도 좀 이상하고요."

"……."

그야, 사회 통념상의 기준으로 평범한 건 아니긴 한데.

강하윤은 전예은이 요한의 집이라는 보육원 출신이며 그녀의 채용이 그녀의 의사였을 뿐만 아니라 이성진의 배려에서 기인한 것임을 말할까, 생각하다가 제3자에게 남 이야기를 하는 건 예의가 아니란 생각에 입을 다물었다.

투둑, 투둑.

빗방울이 차를 두드렸다.

조금 어색할 수 있는 분위기를 깨트려 준 건 뒷좌석의 심 대리였다.

"그러면 강 형사님은 이 대표님과 친하세요?"

"네? 아, 그게."

강하윤은 머릿속에 이성진이 '누나' 하고 부르던 걸 떠올리곤 조금 멋쩍어하며 대답했다.

"그런…… 편입니다."

"예? 진짜요? 그러면 저희 동네에 파리 파네가 들어올 수 있도록 말씀 좀 해 주세요."

"……그건 저도……."

"에이, 농담이에요."

당연히 농담이어야지.

심 대리가 웃으며 김보성에게 고개를 숙였다.

"그래도 오늘은 검사님 덕분에 잘 먹었습니다. 서비스도 잔뜩 받았고요."

"아닙니다. 저야말로 혼자선 그런 가게에 가기 힘든데, 덕분에 호강했습니다."

김보성은 의례적인 겸양을 표했으나, 오늘 방문으로 실질 목적은 이미 달성한 것이나 다름없었다.

'이성진에게 강이찬을 소개해 준 친척 형이란 사람도 만날 수 있었고.'

그가 만나 본 허상윤은 뭐랄까, 어떤 의미론 순수하고 올곧은 면이 보였다.

'그런 소년의 선물에 다른 꿍꿍이가 있다곤 보기 힘들지. 단순한 호의였을 가능성이 커.'

아까 전부터 줄곧 위화감이 남아 있긴 했지만, 김보성은 신경 쓰지 않고 앞으로 있을 수사에 집중하기로 했다.

'그사이 뭔가 성과가 있으면 좋겠는데.'

방승혁이며 정진건, 박순길 등에게 일을 떠넘기고 자신은 속 편히(?) 외식이나 하고 왔다는 점이 조금 가책을 느끼게 했지만.

'포장해 온 치킨이나 피자로 좀 봐주지 않으려나.'

쏴아아.

하늘에선 어느새가 드문드문 빗방울이 떨어지기 시작하더니, 부랴부랴 놀이공원을 빠져나왔을 땐 이미 빗줄기가 쏟아지고 있었다.

'하필이면 오늘 같은 날에.'

텅.

배성준은 두 아이들과 함께 하늘에 구멍이라도 난 듯 쏟아지는 빗줄기를 피해 차에 올랐다.

모처럼 끊은 놀이공원 자유이용권을 제대로 만끽하지도 못했지만, 그럼에도 아이들은 머리의 물기를 서로에게 튀겨 대며 웃고 떠들었다.

배성준도 놀이공원의 한산함과 중간부터 꾸무룩해진 하늘

에서 비가 내릴지도 모른단 눈치를 채긴 했으나, 그 빌미로 돌아가기에는 늦었단 생각도 들었다.

"미안하다. 일기예보를 확인해야 했는데."

배성준의 사과에 큰 애는 장난을 멈추고 의젓하게 말을 받았다.

"아니에요, 아빠. 또 오면 되는데요."

그러면서 녀석은 동생에게 웃어 보였다.

"그치?"

"응! 이제부터 방학이니까!"

자신도 따라 웃어야 하는데.

이 어린 것들 앞에서는 차마 웃음이 나오질 않았다.

'……제길.'

괜스레 속이 답답해진 배성준은 담배 생각이 간절해졌다.

"재환아."

배성준의 말에 큰 애가 대답했다.

"네, 아빠."

"아빠 잠깐 담배 피우고 올 테니까 재영이랑 차에서 기다리고 있어."

큰 애는 '이렇게 비가 오는데도?' 하고 생각한 모양이었지만, 가타부타 묻지 않았다.

"네, 다녀오세요."

"응."

"아참, 아빠."

큰 애는 뒷좌석을 뒤지더니 접이식 우산을 배성준에게 건넸다.

"아까 찾은 거예요. 이거 쓰고 가세요. 산성비 맞으면 대머리 된대요."

큰 애의 말에 작은 애가 깔깔 웃었다.

"대머리 깎아라!"

저 나이엔 어른들은 이해 못 할 별거 아닌 일에도 웃기 마련이라지만.

"고맙다."

배성준은 저도 모르게 미소를 지으며 차에서 내렸다.

우산 위로 떨어지는 빗소리를 들으며 배성준은 주차장 인근 차양막으로 갔다.

보통은 거기에 담배 동료들이 있기 마련이겠으나, 평일에 비가 내린다는 일기예보가 있었던 탓인지 놀이공원은 한산했고, 선객은 한 사람뿐이었다.

우산을 접은 배성준은 무심히 담배를 입에 물고 라이터를 꺼내 부싯돌을 튕겼다.

틱, 틱.

'뭐야, 가스가 다 떨어졌나.'

그러고 보니 어젯밤, 납골당에서 불길이 시원찮더라는 게 떠올랐다.

배성준은 하는 수 없이 선객에게 다가가 꾸벅 고개를 숙였다.

"실례합니다. 저, 불 좀……."

"아, 그럼요."

사람 좋아 보이는 청년은 주머니를 뒤적여 라이터를 꺼내더니, 건네는 대신 직접 불을 붙여 주었다.

탈칵.

불이 나오고, 배성준은 담배를 가져다 댄 채 길게 한 모금 빨았다.

끄트머리가 빨갛게 물들자, 배성준은 고개를 돌려 연기를 뿜었다.

"후우, 감사합니다."

"아닙니다. 서로 돕고 살아야죠."

배성준은 그에게 씩 웃어 보인 뒤, 조금 자리를 벌렸다.

'그래도 불을 빌릴 수 있어서 운이 좋았어.'

짤막한 소회를 담은 배성준은 담배를 입에 문 채 주머니를 뒤적여 전원 꺼진 삐삐와 건전지를 꺼냈다.

"……."

배성준은 잠시 말없이 삐삐를 쳐다보다가 건전지를 끼워 넣고 전원을 넣었다.

이윽고, 삐삐가 부르르 떨리며 여러 차례 신호를 보냈다.

찍힌 번호는 반장뿐만 아니라 석동출까지, 다양했다.

소속 경찰서는 지금 감사로 바쁠 것이었고, 또 자신의 무단결근을 눈치채곤 부랴부랴 삐삐로 연락을 날려 댔으리라.

'불행인지 다행인지 광수대에서는 연락이 없군. 하긴, 이제 나 같은 걸 굳이 찾을 필요는 없단 의미인가.'

하지만 그것도 이제 끝이다.

배성준은 다시 삐삐 건전지를 빼 버리곤 주머니에 삐삐를 찔러 넣었다.

잠시 그러며 담배를 태우고 있으려니, 방금 전 청년이 머뭇거리며 말을 건넸다.

"저어. 선생님."

"예?"

"초면에 실례가 아니라면 한 가지 부탁을 드려도 될까요?"

배성준은 무슨 일인가, 하고 청년을 보았다.

청년은 머리를 긁적이더니 손가락으로 배성준의 우산을 가리켰다.

"차가 멀어서 그런데, 조금만 우산을 씌워 주셨으면 해서요."

"아."

배성준은 청년이 빈손임을 깨닫곤 고개를 끄덕였다.

"물론입니다. 방금 전 불도 빌려주셨는데요."

"아, 감사합니다."

청년은 사람 좋은 미소를 지었고, 배성준 역시 낯선 사람

사이에서 오가는 배려와 친절의 되갚음에 괜스레 기분이 좋아졌다.

'……음?'

그런데, 청년을 보던 배성준은 그로부터 모종의 위화감을 느꼈다.

그건 소위, 그가 갈고닦아 온 '형사로서의 감'이라는 것이었다.

'머리며 어깨가 젖어 있질 않군.'

배성준이 눈을 가늘게 떴다.

쏴아아.

쏟아지는 빗줄기는 이제 시야를 가득 메워 이곳에 배성준과 낯선 청년 둘밖에 남지 않은 듯 시야와 소리를 차단하는 수막을 두르고 있었다.

배성준은 어디에나 있을 법한, 뒤돌아서면 얼굴을 잊고 말 것 같은 평범한 인상의 청년을 보며 재빨리 머리를 굴렸다.

'저놈은 누구지?'

눈앞의 청년이 마침 상황 좋게 비를 피하고 있다가 그저 불을 빌려주었을 뿐인 초면의 상대에게 우산을 씌워 달라고 부탁한다?

낯선 사람에게 하는 부탁치고 뻔뻔한 청탁이었다.

또, 비가 내리기 시작한 지 적잖은 시간이 흘렀다.

백번 양보해서 만약 그가 비를 피해 차양 아래서 담배를 피우고 있었다면 못해도 15분가량을 여기서 죽치고 있었다는 것이 된다.

담배 한 대를 태우는 시간은 길게 잡아야 5분 남짓. 말이 5분이지, 작정하면 3분.

자신이 여기 도착하기 3분 전에는 이미 우산을 쓰지 않으면 옷이 젖는 걸 걱정해야 할 만큼 빗줄기가 거셌다.

심지어 청년은 자신이 왔을 때 이미 담배를 피우는 중이었고…….

'아니, 그런 생각을 할 필요도 없지. 목적은 나야.'

만약 자신이 목적이라면, 처제를 제외하곤 누구에게도 알리지 않은 행선지를 알고 기다렸다는 것이 된다.

'미행을 당한 건가.'

그럴 만한 상대는 얼마든지 있다.

현재 Y서를 표적 수사 중인 감사원, 또는 조설훈, 조지훈 형제에 이르기까지.

생각을 떠올리자마자 배성준은 머리에 핏기가 싹 가셨다.

'애들은? 내가 문을 잠갔던가?'

배성준은 고개를 돌려 차를 확인하고 싶었지만, 눈앞의 청년을 경계하는 것만으로도 벅차 그럴 수 없었다.

'……결국 여기서 끝장을 보든가, 아니면.'

배성준은 청년과 슬쩍 거리를 벌리며 손에 든 우산을 짧게 쥐는 한편, 언제라도 불붙은 담뱃불을 던져 시야를 가로막을 수 있게끔 손가락을 말아 쥐었다.

대답 여하에 따라, 배성준은 눈앞의 청년에게 담뱃불을 날려 시야를 막은 뒤, 단단한 우산 손잡이 부분으로 머리통을 갈겨 버릴 준비를 마쳤다.

"누가 보내서 온 거냐?"

배성준은 정공법을 택했다.

청년은 배성준의 말에 눈을 동그랗게 뜨더니 머리를 긁적이곤 픽 웃었다.

"저, 무슨 말씀이신지 잘 모르겠습니다……. 하고 말하는 건 의미가 없겠죠. 네."

그는 빙긋 웃어 보였다.

"별일 아닙니다. 잠시 대화나 좀 할까 해서요. '배성준 형사님'."

과연, 내게 용무가 있었군.

"……나는 그쪽을 모르는데. 예의를 아는 사람은 아닌가 보군."

"어이쿠."

청년이 웃었다.

"이 상황에 제가 누군지가 중요할까요? 설령 제가 사실대로 말한다고 한들 형사님은 믿어 주시지도 않을 거고요."

"……."

"알겠습니다. 이것도 상정 내의 일이었으니까요."

그러면서 청년은 재킷 안주머니에 슥 손을 찔러 넣었다.

배성준이 청년을 경계하며 오른손의 우산을 꾹 쥐고 왼손을 들어 올렸을 때, 청년은 재킷에서 손을 빼며 담배를 꺼냈다.

"너무 경계하지 마세요. 불도 빌려 드린 사이가 아닙니까."

"……."

청년은 툭툭 태연하게 담배를 입에 물더니 라이터로 불을 붙였다.

"뭐, 저도 형사님처럼 짜잔 하고 신분을 증명할 만한 뭔가가 있으면 좋겠지만, 그럴 수가 없는 직업이거든요. 그 부분은 양해 부탁드립니다."

"……됐고, 믿거나 말거나 하는 건 내가 판단할 테니, 넌 누구냐?"

청년은 담배를 한 모금 태운 뒤 빙긋 웃었다.

"이름은 말씀드리기 어렵고…… 음, 김철수라고 하죠."

"……."

배성준은 아마 여기가 미국이었다면 존 도우라고 소개를 했을 것 같단 생각을 했다.

자칭 김철수가 말을 이었다.

"안기부에서 왔습니다."

이어진 김철수의 자기소개에 배성준은 잠시 멍해졌다.

"……안기부?"

"예. 믿으시겠습니까?"

"……."

배성준의 침묵에 김철수가 피식 웃었다.

"말씀드렸잖습니까. 안 믿으실 거라고."

김철수의 말과는 달리, 배성준은 왠지 모르게 '자칭 안기부 출신 자칭 김철수'의 소개에 스스로도 믿기 힘든 신뢰가 갔다.

'……거기에 몇 명이나 되는 김철수가 있을지는 모르겠지만.'

하지만 배성준은 대놓고 수긍하는 대신 그에게 슬쩍 물었다.

"백번 양보해서, 댁이 안기부라고 칩시다."

배성준은 더 이상 반말을 하지 않았고, 김철수는 그런 배성준의 태도 변화를 미소로 받았다.

"예. 백번 양보해서요."

"……그래서, 안기부의 김철수 씨가 일개 형사에 불과한 저에겐 무슨 용무입니까?"

김철수는 대답 대신 담배를 한 모금 더 피운 뒤 입을 뗐다.

"형사님, 혹시 디즈니랜드 괴담을 알고 계십니까?"

갑자기 웬 디즈니랜드 괴담?

배성준은 눈살을 살짝 찌푸렸다.

"……모르오. 귀신 같은 건 믿지 않고."

김철수가 웃었다.

"귀신 이야기가 아닙니다. 통계에 근거한 약간의 프로파일링이죠."

김철수가 말을 이었다.

"형사님도 아시다시피 디즈니랜드는 꿈과 희망의 나라로 불립니다. 입구에 들어서자마자 어릴 적 꿈꾸던 동화 속 이야기가 눈앞에 펼쳐진다죠? 그 유명한, 독일의 노이슈반슈타인 성을 모티브로 만든 로고 그대로의 모습이요. 뭐, 저도 아직 가 보진 못했지만 기회가 되면 가 보는 것도 좋겠단 생각이 듭니다."

쓸데없이 장황하군.

배성준은 이어진 침묵에 하는 수 없이 추임새를 넣었다.

"……그래서요?"

그 말에 김철수는 이어질 이야기가 썩 유쾌하지 않을 것임을 암시하듯 웃음기를 살짝 거뒀다.

"그래서 많은 사람들이 디즈니랜드는 '죽기 전에 한 번은 가 봐야 할 장소'로 손꼽는단 이야기입니다."

"……."

"예. 형사님도 제가 괴담이라고 해서 예상하셨겠지만 디즈니랜드는 그 넘쳐 나는 꿈과 희망만큼이나 많은 사람들이 극단적인 선택을 하는 장소로도 유명합니다. 거기서…….”

김철수는 담배를 한 모금 더 태웠다.

“……그 모든 이들이 웃고 떠드는 꿈과 환상의 공간에 재방문 의사가 없는 ‘마지막’ 방문을 한 사람들의 공통점이 무엇인지 아십니까?”

“…….”

“…….”

이번에도 대답을 바라는 눈치여서 배성준은 또다시 건성으로—김철수를 향한 경계를 늦추지 않으면서—장단을 맞춰 주었다.

“표정이 별로입니까?”

“하하, 그럴 수도 있겠군요. 하지만 이 이야기의 정답은 아닙니다.”

김철수가 배성준을 물끄러미 바라보더니 담배를 손에 들곤 보란 듯 ‘찰칵’ 하고 사진 찍는 흉내를 냈다.

“……그런 사람들은 사진기를 가지고 있지 않다고 합니다.”

“…….”

더 이상 행복했던 기억을 돌이킬 이유도, 추억을 남길 필요도 없으니, 사진을 찍을 까닭도 없다.

배성준은 김철수의 말에 냉소를 지었다.

“그럴듯하군요. 그래서 하고 싶은 말이 뭡니까?”

김철수가 되물었다.

"오늘, 사진은 많이 찍으셨습니까?"

"……."

배성준은 대답하지 않았다.

하지만 김철수의 물음은 많은 것을 함의하고 있었다.

'……내가 일가족 동반 자살을 시도한 게 아니냔 거겠지. 그런 만큼, 내가 궁지에 몰린 상황이라는 것도 안다는 것이고.'

앞으로 '극단적 선택'을 염두에 두고 있다는 건 딱히 틀린 표현이 아니지만.

김철수는 담담한 얼굴로 담배를 한 모금 태운 뒤 다시 입을 뗐다.

"뭐, 저도 배성준 형사님께서 그런 선택을 할 분은 아니라고 생각합니다. 그래 봐야 남 좋은 일만 시킬 뿐이죠."

"……남 좋은 일이라니."

살짝 언짢아하는 배성준에게 김철수는 태연한 얼굴로 대꾸했다.

"음……. 여기서는 조설훈일까요."

김철수가 아무렇지도 않게 뱉은 이름에 배성준은 눈을 부릅떴다.

"……."

"너무 노려보지 마세요. 무섭게. 윗선의 지시로 여기까지 오긴 했습니다만 저라고 이러고 싶겠습니까. 아, 담배, 이제

껴도 되지 않을까요?"

그 말에 배성준은 아차 하며 손가락까지 온 담배를 황급히 재떨이에 버렸다.

배성준이 손을 털고 있으려니 김철수가 담배를 버리며 말을 이었다.

"저희끼리 하는 이야기입니다만, 간첩 잡으라고 만들어 놓은 집단이 새삼 선량한 국민의 뒷조사를 하고 다닌다니, 웃기는 일이죠?"

우습지도, 새삼스럽지도, 자신이나 조설훈은 선량하지도 않았다.

김철수는 배성준의 무표정한 얼굴을 똑바로 쳐다보았다.

"저 역시 국민 여러분이 내 주시는 세금으로 먹고사는 몸이다 보니, 박봉에 시달리면 이런저런 유혹이 있기 마련이라는 것쯤은 잘 압니다. 그걸 비난할 입장도, 그럴 자격도 없고요. 더욱이 배성준 형사님께서는 그럴 수밖에 없는 이유가 있지 않았습니까?"

"……."

그는 자신의 비리에 이해나 공감을 바라지 않았기에 다 알고 있다는 듯한 김철수의 말씨며 표정이 불쾌하게 느껴졌다.

"됐고, 본론이나 말씀하시죠. 안기부에서는 제가 어떻게 하길 바랍니까?"

김철수는 고개를 저었다.

"없습니다. 전혀요."

대답은 의외였다.

"……아무것도 없다고?"

"굳이 꼽자면 한 가지 있었죠. 하지만 제가 감히 추측건대, 동료분의 우려하시는 바와 달리 배성준 형사님께서는 그런 선택을 고려하시지 않고 계신 거라고 판단했거든요."

"……."

배성준은 한 차례 뜸을 들였다가 물었다.

"석동출 형사 말씀입니까?"

"잔걱정이 많은 분이시더군요."

"……."

"저 역시 배성준 형사님께선 그러지 않을 거라고 믿겠습니다."

김철수의 미소에 배성준은 쓴웃음을 지었다.

'그랬군. 석동출한테 내 행선을 들은 건가.'

배성준이 쓴웃음을 거두며 김철수를 보았다.

"하나만 물읍시다."

"제가 대답할 수 있는 범주라면요."

"안기부가 '이번 일'에서 바라는 바가 뭡니까?"

아까 전과는 달리 '나에게 바라는 것'이 아닌, '이번 일'에 관한 질문이었다.

"흐음."

김철수는 잠시 생각하는 척을 하더니 고개를 저었다.

"모르겠습니다."

"……."

배성준이 노려보자 김철수는 황급히 손을 저었다.

"아뇨, 정말로요. 저는 말단에 불과하거든요. 저는 어디까지나 상부의 지시에 따르고 있을 뿐입니다."

그 말을 어디까지 믿어도 될지는 모르겠지만, 이 상황에 그를 추궁할 명분은 없었다.

'설령 대답한다고 한들 그 대답을 믿을 수 있을 리도 없고.'

배성준이 입을 뗐다.

"……그러면 안기부는 이 일을 어디까지 알고 있는 겁니까?"

"어라, 하나만 여쭤본다고 하지 않으셨나요?"

"……."

"농담입니다."

김철수가 미소 띤 얼굴로 대답했다.

"그건 대답드릴 수 없습니다."

"……."

그는 노코멘트를 했으나, 이만하면 충분했다.

(만약 그 말을 믿는다면)이제 배성준이 뭘 하건 간에 안기부는 상관하지 않을 것이다.

'이미 다 알고 있으면서도 일부러 움직이지 않고 있다는 것이고.'

그뿐만 아니라.

'……내가 뭘 하건 간에 나는 이미 그 손바닥 위에 있을지도 모르지.'

그건 생각해 보면 퍽 불쾌한 일이었으나, 생각한 만큼 불쾌하지는 않았다.

"그러면 한 가지만 더 물어봅시다."

김철수는 '이미 세 번째 질문'이라는 걸 구태여 언급하지 않았다.

"말씀하시죠."

"만약 내가 당신을 차에 바래다주었다면, 서로에게 어떤 일이 일어났을 거라고 봅니까?"

김철수는 배성준의 물음에 태연히 대꾸했다.

"저는 배성준 형사님께 '바래다주셔서 감사합니다' 인사를 하고, 형사님께서는 '천만에요' 하고 대답한 뒤 각자 갈 길을 갔겠지요."

배성준이 짧은 침묵 뒤 물었다.

"……그러면 나는 안전한 거요?"

김철수는 고개를 갸웃하더니 보란 듯 주위를 둘러보곤 어깨를 으쓱였다.

"지금은 그렇게 보이는군요."

"앞으로는 아니고?"
김철수가 미소를 지었다.
"저야 배성준 형사님께서 무엇을 하실지 모르니, 확답드리긴 어렵군요. 아, 빗길 안전 운전만 하신다면 말입니다."
"……하."
배성준은 헛웃음을 터뜨린 뒤, 우산을 펼치고 차양을 나섰다.
안기부라니, 생각도 못 해 본 조우였으나.
오히려 그 덕분에, 자신이 무엇을 해야 하는지 결심이 섰다.
"저, 형사님."
뒤에서 자신을 부르는 목소리에 배성준은 발걸음을 멈추고 돌아보았다.
"예."
"저, 안 바래다주실 겁니까?"
"……."
바래다 달라는 건 진심이었나.
"싫소."
"에엥."
배성준은 김철수의 어깨가 축 처지는 걸 무시하며 발걸음을 옮겼다.

덜컹.

물에 젖은 생쥐 꼴로 차에 돌아온 김철수는 운전석에 앉으며 한숨을 내쉬었다.

"휴우. 복귀했습니다, 부부장님."

뒷좌석에 앉아 책을 읽던 곽철용이 돋보기안경 너머로 김철수를 보았다.

"혼자 왔나?"

"아, 예."

김철수가 비에 젖은 머리칼을 쓸어 올리며 대답했다.

"하다못해 우산 정도는 씌워 줘도 되련만, 그러지도 않더군요."

"그랬군. 전체적으론 어땠나?"

김철수는 젖은 재킷을 벗어 무릎 위에 개었다.

"우려하시던 만에 하나는 생기지 않을 것 같습니다."

"흐음."

곽철용이 안경을 벗어 덮은 책 위에 놓았다.

"그러면 앞으론 어떻게 할 거 같은가?"

"제 생각을 여쭤보신 겁니까?"

김철수는 곽철용의 말에 의아해하며 갠 재킷을 조수석에 놓았다.

"그래. 그 정도 추측은 해 볼 수 있으니. 철수 자네가 배성준을 데리고 여기 오지 않았다는 건 나름의 분석에 기반을 둔 것 아닌가."

곽철용의 말에 김철수는 능청 섞인 쓴웃음을 지었다.

"어휴, 말씀도 참. 제가 조금만 선을 넘었으면 그 양반에게 얻어터졌을지도 모릅니다. 저는 강이찬이 아니라고요."

"……."

자신을 물끄러미 바라보는 곽철용의 시선에 김철수가 어깨를 으쓱였다.

"뭐, 부부장님께서 여쭤보시니 말씀드리자면……. 자수를 할 것 같지는 않았습니다."

"근거는?"

"만일 처음부터 자수를 할 생각이었으면 애들과 함께 놀이공원에 오느니 진작 했겠지요. 이런 일은 시간을 끌수록 당사자에게 불리하게 적용되는 법이고, 더욱이 한창 감사가 진행 중이니만큼 추후 감사원에 무단결근을 하며 증거 은닉 및 소멸을 시도했단 추궁을 받아도 할 말이 없을 테니 말입니다."

곽철용이 입매를 비틀었다.

"표면적인 분석이군."

"부부장님께 배운 겁니다."

씩 웃어 보이는 김철수를 보며 곽철용이 고개를 저었다.

"됐고. 달리 물어보는 건 없던가?"

"몇 가지 물어보더군요. 저희가 접촉한 이유를 궁금해하는 것 같았습니다."

곽철용이 턱을 긁적였다.

"흐음, 그렇다고 우리가 뒤를 봐주고 있단 착각을 하면 곤란한데."

김철수가 배성준에게 어떤 대답을 했을지는 이미 머릿속에 들어가 있었다.

"그렇지는 않아 보였습니다. 아니, 최소한 저희가 보낸 '눈감아 주고 있다'는 시그널에는 반응을 한 것 같았지만요."

김철수의 말에 곽철용이 빙긋 웃었다.

"아주 어리석은 양반은 아닌 모양이군."

"업무 평가 자체는 높으니까요."

김철수는 담담하게 대답을 이어 갔다.

"그걸 차치하더라도 강력계 형사 경력이 제법 길지 않습니까. 개인적으론 아마 이번 일만 아니었던들 기회를 봐서 조설훈 패거리와도 적당한 선에서 손을 끊었을 사람이라고 생각합니다."

"하지만 그렇게 되진 않았지."

"말씀하신 대로입니다. 그러면서 경찰서 내부 소식을 묻지 않은 건 왠지 그답단 생각이지만요."

아마 나중에 석동출이라는 후배 형사에게 들으면 된다고 판단한 거겠지만.

곽철용은 짧게 고개를 끄덕였다.

"그래. 그보단 아직 배성준이 어떻게 움직일지 자네 생각을 듣지 못한 거 같은데."

곽철용의 말에 김철수는 속으로 '방금은 됐고, 하고 말씀하셨으면서' 하며 구시렁거렸다가 곽철용의 시선에 하는 수 없이 대답했다.

"제 생각엔 조설훈과 만나지 않을까 싶습니다."

"그래?"

"예. 조설훈만 입을 다물어 준다면 배성준 형사의 유착을 아는 사람은 세상에 존재하지 않게 되니까요. 지금은 서로가 죄수의 딜레마 속에서 계산을 하고 있을 때입니다. 또 오늘 조설훈이 무슨 패착을 저질렀는지 알게 된다면 무엇을 해야 할지 그 결심에 박차를 가할 테니 말입니다."

그러면서 김철수가 덧붙였다.

"물론 어디까지나 제 생각일 뿐입니다."

고개를 끄덕인 곽철용이 천천히 입을 뗐다.

"그러면 과연 조설훈이 입을 다물어 줄까?"

김철수는 '오늘따라 이 사람이 왜 이러나' 싶어 하면서도 순순히 대답했다.

"예. 만나 본 적은 없지만 조설훈은 그래 보여도 죽을 땐 혼자 죽어야 한다는 걸 잘 아는 사람이라고 생각합니다."

"그건 소위 말하는 조폭들의 의리인가?"

"에이, 그럴 리가요."

김철수는 속으로는 '아닌 걸 알면서' 하고 생각하며 웃었다.

"그 바닥에 의리가 어디 있습니까. 다 제 잇속 챙기는 일에 그들 간의 불문율이 쌓이다 보니 그렇게 포장된 것뿐이죠."

김철수가 말을 이었다.

"또, 조설훈도 상식을 아는 인간이니 '입을 열면 모든 걸 잃겠지만, 입을 다물면 중간이라도 간다'는 것을 유념하고 있을 겁니다. 그래 보여도 조성광의 핏줄이니까요."

곽철용이 턱을 긁적였다.

"그런 상식적인 걸 아는 인물이 백주대낮에 아녀자를 납치하도록 시키나?"

그 말에 김철수가 픽 웃었다.

"에이. 부부장님도. 저처럼 유능한 부하를 아래에 두는 것이 얼마나 큰 행운인데요. 그런 의미에서 조설훈은 불운한 편이었고요."

"……."

즉, 자신이라면 임무를 완수했으리란 건가.

저게 말이나 못하면.

"농담입니다. 물론 충동성에 기인해 지르고 보는 건 조설훈의 단점 중 하나죠."

뒤이어 김철수가 얼굴의 웃음기를 거뒀다.

“하지만 오늘 낮의 납치 미수 건이 잘만 풀렸다면 그건 조설훈에게 재기의 기회가 되었을 겁니다. 그가 간과한 점이라면 광수대가 생각 이상으로 유능했고, 대처가 빨랐단 것에 있겠죠. 전략적으로는 상대의 허점을 찌르는 변수로 평가하고 있습니다.”

“그래. 그건 김보성 검사가 대처를 잘했지.”

김철수는 잠시 생각에 잠겼다가 곽철용의 말을 받았다.

“예. 강이찬 요원도 한몫했고요.”

“……흠.”

“아직 정보가 부족해 자세한 내용은 알 수 없지만 솔직히 그 일에 강이찬이 끼어든 건 누구도 예상 못 한 변수였습니다. 이렇게 되면 하늘이 조설훈을 버렸다고 볼 수밖에 없을 정도로요. 저희조차도 조설훈의 움직임이 어땠는지 강이찬 요원에게 사후 보고를 듣고서야 알지 않았습니까.”

김철수가 곽철용을 물끄러미 바라보았다.

“그건 우연이었습니까?”

“아마도.”

곽철용이 뒷좌석에 등을 기댔다.

“그게 우연이 아니라면 이성진 그놈이 우리보다 더 많은 걸 알고 대처했다는 것이 된다. 그러니 우리로서는 우연이었길 하고 생각하는 게 편할 게야.”

“…….”

김철수는 곽철용의 시선을 피하듯 다시 몸을 돌려 운전석 정면 차창을 바라보았다.

인정하고 싶진 않지만, 그랬다.

암만 삼광이 대한민국 굴지의 대기업이라고 한들, 또 암만 몰락해 가는 중이라고 하지만 그들이 국내 최고 첩보 기관을 능가하는 정보력을 거머쥐고 있다면, 그에 따른 조치를 취해야 한다고 김철수는 생각했다.

비록 지금은 삼광이 그들의 새로운 '숙주(김철수는 자신의 처지를 그렇게 자조적으로 비유했다)'가 되었으나, 이대로라면 역으로 이휘철—상식적으로 생각해서 이성진 같은 꼬마가 모든 걸 지휘했을 리는 없으니—에게 이용만 당하지는 않을지.

'심지어 어르신은 이성진이 뭘 하려는지 알면서도 방관하셨고.'

일산출판사 인수 건은 막으려면 막을 수도 있는 것이나, 곽철용은 그러지 않았다.

'더욱이 지금쯤 김보성 검사가 강이찬을 주시했을지도 모르는데, 아무 대처도 없어.'

어쩌면 이성진도 강이찬의 정체를 파악했을지 모르는데, 곽철용은 현 상황을 이대로 내버려 두어도 좋단 생각일까.

'내가 그런 걸 물어볼 위치는 아니지. 심지어 배성준을 만난 것조차 이례적일 정도의 일이었으니까.'

문득 생각했다.

'……설마 늘그막에 이르러 유착을 꾀하려는 것일까.'

아니, 그럴 리는 없다.

국가를 향한 곽철용의 충성은 때로 맹목적으로 보일 정도다.

그는 평생을 국가에 헌신했고, 그러면서 일체의 사욕을 챙기지 않았으며, 입이 무겁기로는 그 식구조차 곽철용이 무엇을 하는 사람인지 모를 정도였다.

김철수는 그런 곽철용을 내심 존경하고 있었다.

'어르신께서는 삼광을 이용하는 것이 국가에 이득이 된다고 판단하신 거겠지만.'

이휘철과의 표면적인 친분 관계도 그 일환에 지나지 않으리라.

'삼광의 이휘철은 어르신이 무슨 일을 하고 있는지 알고 있지만, 그러면서도 아무런 내색 없이 지우로 지내는 이휘철도 무서운 인간이지.'

그럼에도 불구하고 김철수는 왠지 모르게, 이휘철보다도 이성진이라는 꼬맹이가 더 껄끄럽게 느껴졌다.

'뭐, 내가 그를 만나게 될 일은 없겠지만.'

몸을 돌리는 그 짧은 시간 동안 생각을 마친 김철수가 백미러를 조정하며 입을 뗐다.

"그러면 슬슬 배성준과 거리를 벌린 것 같으니 이만 출발해 봐도 되겠습니까?"

“그러도록 하게.”

“예.”

김철수는 와이퍼로 쏟아지는 빗줄기를 닦아 내며 부드럽게 차를 몰아 놀이공원 주차장을 빠져나왔다.

아이들을 처제 집에 데려다준 뒤, 배성준은 차에 앉아 핸드폰 전원 버튼을 눌렀다.

켜지지 않았다.

‘그새 방전된 모양이군.’

오전부터 조금 간당간당하더라니. 배성준은 시거 잭에 배터리를 연결한 뒤 다시 핸드폰 전원을 눌렀다.

삼광전자의 로고가 떠올랐다가 사라졌고, 배성준은 상대의 삐삐에 자신의 핸드폰 전화번호를 남겼다.

잠시 기다리고 있으니, 핸드폰이 울렸다.

핸드폰 화면을 보고 있던 배성준은 신호가 채 두 번 울리기 전에 곧장 전화를 받았다.

“여보세요.”

―선배님이십니까?

석동출이었다.

"그래. 나다."

—…….

석동출은 수화기 너머로 짧은 한숨을 내쉬었다가 말을 이었다.

—핸드폰을 갖고 계신 줄은 몰랐습니다.

그건 약간의 힐난이 섞인 중얼거림이었다.

—지금 어디 계십니까?

"자네도 알다시피 애들 데리고 놀이공원에 다녀오는 길이지. 애들은 다시 데려다줬고."

—…….

수화기 너머 석동출의 침묵을 들으며 배성준은 대수롭지 않아 하는 얼굴로 후두둑 쏟아지는 빗줄기를 바라보았다.

"도중에 비가 억수같이 쏟아지는 바람에 길게 놀지도 못했지만."

—……그러면 혹시…….

"안기부?"

석동출은 헛숨을 들이켰다.

—……만나셨습니까?

"그래. 길게 이야기는 못 했지만."

—죄송합니다.

"신경 쓰지 마. 저쪽이 먼저 찾아왔을 텐데."

—…….

"또, 그러면서 혹시 내가 일가족 동반 자살을 할지도 모른다고 했겠지."

—……예.

배성준이 추리한 대로, 안기부 요원은 그와 만나기 전 석동출과 먼저 접선했던 것이었다.

"그럴 일 없으니까 안심해."

—예, 선배님.

"그보다 지금은 좀 어때?"

배성준의 질문에 석동출은 기다렸다는 듯 대답했다.

—연락이 닿지 않아서 보고를 못 드렸습니다. 저도 오늘은 그쪽에 출근하지 않았습니다만, 광수대에선 낮에 큰일이 생겼답니다.

"큰일?"

—예. 누군가가 지동훈의 가족을 납치하려고 했던 모양입니다.

"……."

석동출의 보고에 배성준은 잠시 할 말을 잊었다.

"그랬나."

두말할 것도 없이 조설훈의 짓이다.

'……궁지에 몰려 선을 넘었어. 그조차도 실패한 모양이고.'

만약 자신이 오전에 걸려 온 그 전화를 받았더라면, 상황은 조금 달라졌을까.

'이제 와선 의미 없지.'

조설훈과 손을 잡긴 했으나, 그에게 충성을 맹세한 건 아니다.

조설훈과 자신은 가라앉는 배에 올라타 있는 동지일 뿐이었다.

습관적으로 담배를 입에 문 배성준은 라이터를 꺼냈다가 이내 라이터가 쓸모없어졌단 걸 깨닫곤 담배를 도로 집어넣었다.

하필 시거 잭은 현재 핸드폰과 연결시켜 둔 상태였다.

"알아낸 건?"

—……저도 모르겠습니다. 하지만 현재 용의자를 취조 중이라는 것은 들었습니다.

머잖아 입을 열겠군.

짧은 침묵 끝에 배성준이 입을 뗐다.

"그동안 무슨 일이 있었는지, 일단 자네가 아는 대로 말해 보게."

석동출은 일단 자신이 알고 있는 바를 소상히 밝혔다.

—김철수라는 사람이었습니다.

석동출이 김철수를 만난 건, 시간상 놀이공원으로 가는 길에 배성준이 조설훈의 전화를 일방적으로 끊어 버렸을 즈음이었다.

어쨌건 김철수의 암시를 들은 석동출은 그 뒤 배성준을 찾아 다급히 삐삐에 번호를 남겼다가, 곁에 있던 김철수의 '혹시 갈 만한 장소로 생각하고 있는 곳'을 물어, 어젯밤 납골당에서 나눈 이야기를 떠올리곤 아이들을 만나러 갔으리라 생각했다.

예상대로, 배성준의 처제는 석동출에게 그가 아침 일찍 애들을 씻겨 놀이공원으로 향했단 이야기를 전해 들었다.

석동출은 마음 같아서는 배성준을 찾아 당장 놀이공원으로 가고 싶었지만, 그럴 수 없었단 말을 덧붙였다.

—반장님께서 저를 찾으셔서요.

용건이 무엇이었는지 말하지는 않았으나, 배성준은 듣지 않고도 짐작이 갔다.

'버디인 석동출을 통해 내가 감춘 게 무엇인지 캐물었겠지.'

반장의 꼬리 자르기 시도였으나, 배성준도 이해는 갔다.

그 역시도 자신처럼 초심을 잃고 닳고 닳은 가장에 불과했으니까.

결국 석동출은 서에 남았고 김철수가 '선심 쓰듯' 배성준을 찾았다.

—김철수를 만나셨다니, 그 이후는 말씀드리지 않아도 되겠죠.

"……그래."

석동출은 불편한 화제를 전환하듯 어조를 바꿔 말을 이었다.

—그러면 다른 이야기를 전해 드리겠습니다. 그리고 오늘 낮에 앞서

말씀드린 사건이 터졌습니다.

납치 운운하던 그거 말이로군.

석동출이 말을 이었다.

오늘 낮 괴한들은 지동훈의 여동생을 시내 한복판에서 납치하려 시도했으나, 그때 마침 그 자리에 있던 SBY에 의해 저지당했다…….

그 대목에선 잠자코 듣고 있던 배성준도 차마 끼어들지 않기가 힘들었다.

"……SBY?"

–아, 옙. 남성 아이돌 그룹 이름입니다.

"그 정도는 나도 라디오에서 들어서 알아. 상황이 워낙 뜬금없어서 묻는 거지."

–그런데 그게 사실입니다. 심지어 광수대에서 참고인 조사까지 받고 돌아갔다고 합니다.

"……."

황당하군.

'그러니까, 길 가던 아이돌 그룹이 괴한의 납치를 막았다? 나 원 참.'

우연의 일치에 불과하겠지만 그랬기에 더 황당했다.

비록 석동출은 말을 아껴 그들을 '괴한'이라고 표현하고 있었지만, 그 범행을 사주한 것이 누구인가 하는 건 새삼스럽고 공공연한 비밀이었다.

'아이돌 그룹까지 연루되다니 결국 뉴스에서 대서특필할 일만 남았군그래. 이래저래 조설훈에게는 악재…… 응?'

그때, 날카로운 생각 하나가 배성준의 머릿속을 관통해 지나갔다.

'정말로 우연일까?'

SBY.

기억하는 게 맞는다면 작년쯤 혜성처럼 등장한 '아이돌' 그룹으로, 전례 없이 여성 팬층만을 겨냥해 데뷔한 가수라는 칼럼을 어디선가 읽은 기억이 났다.

'그리고…….'

동시에 배성준은 낮도깨비처럼 찾아온 안기부 요원을 떠올렸다.

'아무리 그래도 그 정도로 타이밍이 공교롭게 맞아떨어진다는 건…….'

그는 설마 하며, 자신이 기억하고 있던 걸 석동출에게 재확인했다.

"자네, 혹시 SBY 소속사가 어디인지 아나?"

–예? 아, 그게…….

"……모른다면 어쩔 수 없고."

–아뇨, 기억났습니다. SJ엔터테인먼트입니다.

의외로 소상히 알고 있군.

혹시 팬인가, 하고 생각했더니 석동출이 변명하듯 덧붙였다.

—그게, 인터넷 신문 기사가 떠서요. 방금 전까지 그걸 읽고 있었습니다.

"인터넷 신문?"

—예. 그 있잖습니까, 도깨비 신문. 거기에도 오늘 있었던 일이 게재되어서…….

"……."

도깨비 신문이라면 인터넷에 문외한인 배성준도 알고 있을 정도였다.

그도 그럴 것이 도깨비 신문은 얼마 전 박상대의 사생아 의혹을 대대적으로 게재해 화제가 되었던 매체이니까.

'이미 보도를 타고 말았군.'

이래서야 없던 일로 덮을 수 없는 일이 되고 말았다.

'아니, 오히려 김보성 검사라면 이 기회를 이용하려고 할지도 모르지.'

그보다도.

쩔그렁.

공중전화 부스에 동전 집어넣는 소리를 들으며 배성준이 입을 뗐다.

"SJ엔터테인먼트는 SJ컴퍼니의 자회사다."

—예?

석동출은 잠시 침묵했다가 조심스레 말을 이었다.

—SJ컴퍼니라고 하면…….

"그래. 구봉팔이 이사장으로 있는 새마음아동복지재단의 후원 기업이지."

—…….

석동출은 잠시 침묵했고, 배성준은 그 침묵 속에 자신의 말을 비집어 넣었다.

"공교롭지만 사실이 그렇군. 마침 박길태가 죽은 야산이 해당 재단 법인 소유였고…… 그 당시, 자네가 구봉팔을 소환 조사했지?"

—예. 하지만 당시 구봉팔에겐 알리바이가 뚜렷해서 기소까지는 가지 않았습니다.

"맞아. 더욱이…… 이제 와서야 하는 말이지만, 현재 박길태를 살해한 유력한 용의자로 떠오른 건 조설훈의 아들인 조세광이다."

이미 스스로가 덮은 사건을 두고 말하려니 입이 잘 떨어지지 않았지만, 석동출은 그런 배성준을 배려하듯 일부러 담담하게 말을 받았다.

—그렇습니다.

"그러면 구봉팔은 조세광과 무관한 사이인가?"

배성준의 말을 수첩에 받아 적는 듯, 석동출은 잠시 아무 말도 하지 않았다.

—알아보겠습니다.

"그래. 당시에는 알리바이가 없어서 내버려 두었지만, 아마 무관하지는 않을 것 같군. 더욱이 최근 구봉팔은 조광 그룹의 실세로 떠오르기 시작한 모양이고."

-예.

"어쩌면 이번 일은 당초 짐작했던 대로 조광의 내부 항쟁이었을지도 몰라. 아니, 과거 시제를 쓸 일이 아니군. 그건 현재 진행 중인 사안으로 받아들여야겠지. 그리고 그 배후에는……."

배성준은 잊고 지내던 예전 형사의 감이 날카롭게 벼려지는 걸 느끼며 말을 잇다가 입을 다물었다.

'……이제 와서 그걸 밝혀낼 이유가 있을까.'

그걸로 자신의 과오가 덮일 리도 없다.

하물며…….

-……선배님?

"아니. 미안."

배성준은 짧게 사과했다.

"나도 아직 생각이 정리되질 않아서. 한 가지만 더 부탁해도 될까?"

-말씀하십시오.

"혹시 도깨비 신문이 SJ컴퍼니와 관계가 없진 않은지 알아봐 주면 좋겠군."

-……도깨비 신문 말씀입니까? 알아보겠습니다.

"음. 아, 물론 우리가 나눈 대화는……."

—예. 비밀로 하겠습니다.

석동출이 말을 이었다.

—어차피 안기부 요원과 만났다는 건, 말해도 누가 믿어 주겠습니까.

배성준은 왠지 보지 않고도 수화기 너머 석동출이 쓴웃음을 짓고 있으리란 것이 짐작이 갔다.

"그래. 혹시 알아낸 게 있다면 이 번호로 전화를 해 줘."

—알겠습니다.

짧은 침묵 뒤, 석동출이 조심스럽게 물었다.

—선배님은 어떻게 하실 예정입니까?

그 말에 배성준은 나지막이 입을 뗐다.

"……원래 해야만 했던 일."

그래.

원래 해야만 했던 일.

그건 경찰로서, 아버지로서, 남편으로서 어긋나기 전 원래 해야만 했던 일이었다.

—……알겠습니다. 알아내는 즉시 연락드리겠습니다.

"그래. 이만 끊지."

배성준이 덧붙였다.

"자네 동전이 바닥나기 전에 말이야."

—……예.

그 시시한 농담에 수화기 너머 석동출은 피식, 웃었으리라.

딸각.

전화를 끊은 배성준은 잠시 운전대에 머리를 기댔다.

'그러면, 슬슬 담판을 지어야겠군.'

배성준은 조수석의 글로브박스를 열었다.

거기엔 그가 반납하지 않은 리볼버와 총알이 들어 있었다.

반장이 부랴부랴 자신을 찾은 것엔 총기를 반납하지 않고 있단 것도 한몫하고 있으리라 생각했더니 미안하기도 했고, 어딘지 우습기도 했다.

배성준은 잠시 글로브박스를 물끄러미 쳐다보다가 리볼버를 꺼내 허리춤 뒤로 찔러 넣었다.

그 뒤, 배성준은 딸각, 핸드폰을 열고 번호를 눌러 어디론가 전화를 걸었다.

전화기가 꺼져 있어서인지 상대는 전화를 받지 않았고, 배성준은 아랑곳하지 않으며 다음 번호를 눌렀다.

뚜르르.

몇 차례 신호가 간 뒤, 상대가 전화를 받았다.

—예.

"접니다. 배성준."

상대는 잠깐 멈칫했다가 이죽거리듯 말을 받았다.

—이제 바쁜 일은 끝나셨나 봅니다?

조설훈이었다.

더욱이 평소 주고받던 대포폰이 아닌, 조설훈 본인의 핸드폰으로 건 전화였으나, 그는 '고작' 그런 일을 문제 삼지 않았다.

"예. 시간이 되면 만나시죠."

–하.

조설훈이 웃었다.

–내가 당신이 만나자면 만날 수 있는 사람인 줄 압니까?

"……."

–그쪽과는 이미 끝났소. 죽이 되건 밥이 되건 알아서 하시오. 그럼.

뚝.

조설훈은 그대로 전화를 끊어 버렸다.

"……나 참."

자신과는 이미 볼 장 다 봤다는 건가.

배성준은 피식 웃으며 시트에 등을 기댔다.

배성준은 시트와 등 사이에 배기는 이물감을 느끼며 손을 뻗어 핸드폰과 연결된 시거 잭을 분리해 냈다.

시거 잭 뚜껑을 끼워 넣은 배성준은 그대로 핸드폰 문자메시지함을 열고 '생애 처음으로' 문자메시지를 보냈다.

그러고 잠시 기다리던 배성준은 담배를 입에 물고 시거 잭으로 불을 붙였다.

"……후우."

따르릉!

기다렸던 대로 핸드폰이 울렸다.

배성준은 담배를 한 모금 더 피운 뒤, 여유롭게 전화를 받았다.

"……이제 저와 만날 생각이 들었습니까?"

-……이제 저와 만날 생각이 들었습니까?

배성준이 보낸 문자메시지에 찍힌 글자는 단출하다 못해 아예 초성뿐이었지만, 조설훈도 그것이 의미하는 바를 눈치채지 못할 만큼 바보는 아니었다.

ㅇㅅㅈ

승용차 뒷좌석에 앉은 조설훈은 솟구쳐 오르는 분노를 억누르면서 이 건방진 형사의 말을 받았다.

"무슨 의미요?"

-모르신다면 제 착각에 불과할 뿐이니 만나지 않아도 상관없습니다.

"그게 아니라."

조설훈이 손가락으로 관자놀이를 주무르며 말을 이었다.

"이제 와서 갑자기 무슨 소리냐는 거요. 내 말은."

-별일 아닙니다. 하늘이 무너져도 솟아날 구멍이 있다고 하지 않습니

까.

"……하늘이 무너지긴."

조설훈의 허세를 배성준은 담담하게 받아쳤다.

–그렇습니까? 제가 알아보니 오늘 부하들이 일 처리를 실수한 모양이던데. 그것도 꽤나 거하게 말입니다.

"……."

–이미 같은 배를 탄 몸입니다. 그쪽을 밀고할 생각도, 자수할 생각도 없으니 걱정은 내려 두시지요.

조설훈이 입매를 비틀었다.

"같은 배를 탔다? 그래도 선장과 선원은 맡은 책임이 다른 법이지."

–나 역시 그 선장에게 모든 걸 맡긴 입장입니다.

배성준이 말을 이었다.

–당신도 알겠지만 내가 경찰에 그쪽 뒤를 닦아 주고 있었단 것을 밝혀 봐야 나에겐 하등 좋을 게 없습니다. 운이 좋으면 기소유예나 받을까, 어차피 퇴직연금도 못 받을 뿐만 아니라 이 나이에 새 일자리를 알아봐야 할 텐데, 이제 와서 씀씀이를 줄이는 게 가당키나 하겠느냐, 이거요.

"……."

하긴, 듣고 보면 배성준의 말도 그럴듯했다.

"그래서, 문자메시지로 보낸 내용에서 하고 싶은 말이 뭐요."

조설훈이 말을 이었다.

—보아하니 뭔가 알아내신 거 같긴 한데, 그게 제가 알고 있는 내용과 뭐가 다를지 들어 봐야 하겠습니다.

그 초성이 의미하는 건 다름 아닌 '이성진' 세 글자였다.

그러잖아도 이성진의 존재를 강렬하게 의식하고 있던 조설훈으로서는 배성준이 흔든 미끼를 물지 않고 배기기 어려웠다.

배성준이 대답했다.

—물론. 하지만 그걸 전화로 말씀드리긴 어렵겠습니다.

"왜지?"

—직접 만나서 확답을 받아야겠습니다. 그쪽이 알맹이만 빼 먹고 내빼면 나만 바보가 되는 거니까.

"……."

조설훈은 침묵 끝에 대답했다.

"좋소. 그러면 한 시간 뒤에 봅시다. 장소는 내가 통보하겠소."

그 말을 끝으로 조설훈은 전화를 끊었다.

딸각.

핸드폰을 접어 전화를 끊은 조설훈은 곰곰이 생각에 잠겼다.

'이성진이라…….'

배성준은 과연 무엇을 알아낸 것일까.

'내가 놓치고 있는 것이 있나?'

물론 이번 일에 이성진이 적잖이 개입해 있었다는 건 주지의 사실이었다.

이성진은 조성광의 병실에서 도청기를 가지고 왔을 뿐만 아니라 그로 인해 불거진 문제를 수습하려고 자신과 조지훈 사이에 끼어 회담을 진행하기도 했다.

하지만 설령 지금까지 있었던 일 일부에 이성진이 개입해 있었다고 한들, 이성진을 이용하려던 의도를 품고 그를 끌어들인 건 조설훈의 의지였다.

'더욱이 박길태가 죽은 건 어디까지나 불운한 사고였어. 세광이 녀석도 처음부터 박길태 그놈을 죽일 생각까진 없었을 거야…….'

거기까지 떠올린 조설훈은 순간적으로 떠오른 생각에 멈칫했다.

'잠깐.'

그렇다면 조세광이 당초 박길태를 만나서 하려고 했던 일은 무엇이었나?

당시엔 박길태의 죽음을 수습하느라 정신이 팔려 미처 생각하지 못했지만, 사건의 맥락을 되짚어 보면 조세광이 박길태를 만난 건 '이성진에게 도청기의 존재를 알고 난 뒤'였다.

「지난 월요일 오후, 삼광 그룹의 이성진이 도청기를 가지고 만남을 청했습니다.」

그때 조세광이 보고한 대로, 이성진이 조세광과 만나 도청기 일을 그에게 알렸단 것 자체는 사실일 것이다.

그리고 일이 터진 뒤 조세광은 박길태를 만났던 사유에 대해 건방지게도 '거짓말'을 고했다가, 손찌검을 당한 뒤 본의를 털어놓았다.

「……저는 박길태가 도청기의 분실을 작은아버지에게 보고하기 전 그 입단속을 시키고 나중에 작은아버지를 찾아가 제 몫을 뜯어낼 생각이었습니다.」

당시에는 그것이 조금 기특했던 것도 사실이다.

'세광이 놈이 앞으로 있을 일을 생각하고 있다는 생각에서였지.'

하지만 조설훈은 그때 조세광의 변명을 들으며 모종의 위화감을 느꼈다.

돌이켜 보면, 그 위화감이란 조세광이 모든 것을 솔직하게 밝히지 않은 것—박길태의 죽음이 자신과는 무관한 일이며 김수영의 독단이었다는—에 기인하지 않았다.

조세광이 늘어놓던 거짓말이라고 해 봐야 어차피 조설훈의 손바닥 위에 놓인 것.

조설훈은 조세광이 박길태의 죽음과 결코 무관하지 않으며, 조세광이 박길태를 죽였으리란 건 차치하더라도, 조세광이 최소한 그 장소—박길태가 죽은 야산—에 있었다는 걸 진즉에 꿰뚫어 보고 있었다.

그가 잃어버린 퍼즐 조각은 그때 당시엔 미처 떠올리지 못하던 것에 있었고, 조설훈은 오늘날에 이르러서야 비로소 그날 떠올린 위화감의 한 조각을 찾을 수 있었다.

'어째서, 하필이면 어째서 그 장소가 구봉팔의 관할 구역이었던 거지?'

조설훈이 구봉팔과 이성진의 관계에 대해 주목한 건 비교적 최근의 일로, 그 자체의 사실관계는 알았으나 당시엔 크게 눈여겨보지 않던 일이었다.

'더욱이 세광이 녀석은 구봉팔과 이미 안면을 트고 지내던 사이였고.'

하지만 만약, 구봉팔이, 조세광이 생각하는 것 이상으로 이미 이성진과 유착하고 있었다면, 상황을 해석하는 방향이 달라진다.

'애당초, 박길태와 접선할 장소를 알선한 것이 이성진이라면?'

마침 박길태가 죽은 Y구 인근 야산은 인적이 드물 뿐만 아니라 필요하다면 주위에 아무도 찾아올 수 없도록 환경을 조성하는 것도 충분히 가능했다.

당시는 이미 구봉팔이 관리하던 새마음아동복지재단도 사실상 이성진에게 넘어가 있었고, 사건이 벌어진 장소가 한산했던 것도 SJ컴퍼니의 막대한 후원금을 기부받아 보육원 확장 시설로 공사를 진행하던 장소였기 때문이다.

이성진은 그때 이미 구봉팔을 자신의 편으로 끌어들인 뒤였던 것이다.

이성진은 조설훈뿐만 아니라 조지훈까지 대동하고 만났던 회담 자리에서, 이성진의 재종형님 소개로 알게 된 조세광과 함께 신규 골프 사업 아이템 개발을 진행 중임을 밝혔다.

당시에는 '친분을 과시하는' 정도로 받아들이고 말았으나, 돌이켜 보면 그건 조세광이 새마음아동복지재단에서 손을 떼는 조건으로 그가 내민 협상 카드였을 것이다.

'즉, 구봉팔은 이미 그때부터 이성진 밑에 들어간 것이나 다름없었던 거지.'

거기서 한걸음 더 나아가, 그렇다면 이 상황에서 도청기의 존재를 조세광이며 조세화에게 알린 이성진의 의도는 무엇이었나.

병실에서 이성진이 말하기로, 이성진은 조성광에게서 '도청기를 건네받고' 난 이후 '남의 집안싸움에 끼어들 생각은 없다'는 뉘앙스로 이를 조세광과 조세화에게 공개했다고 말했다.

그 자체는 사업가로서 공과 사를 구분하는 동시에 중립을

지킨단 입장을 견지하는 냉철한 판단이었다.

하지만 그건 과연 '중립적'이었나?

이성진은 이미 조세광이 박길태와 만날 수 있는 은밀한 장소를 제공했는데도, 그걸 중립적이었다고 말할 수 있을까?

박길태의 죽음은 조세광이 그랬듯이 이성진의 의도한 바가 아니었을 것이다.

그러면 만약, 여기에 If를 끼워 넣어서, 박길태가 죽지 않고 조세광에게 협력했다면 무슨 일이 벌어졌을까.

조세광은 무사히 조지훈을 협박해 제 몫을 챙길 수 있었을까?

그 조지훈이, 과연 풋내 나는 조세광의 협박에 못 이겨 순순히 도청 기록을 내놓았을까?

조지훈은 화해의 자리에서조차 감히 도청기를 숨겼던 전력이 있는 놈이다. 그러니 분명 조세광의 의도대로 순순히 넘어가진 않았으리라.

'세광이랑 지훈이 놈은 일단 표면적으로는 손을 잡았겠지. ……아버지가 돌아가시기 전까진 말이야.'

그랬기에 그날, 병실에서.

조설훈은 분란의 불씨가 될 수 있는 도청기와 카세트테이프를 보란 듯이 부숴다.

그건 조지훈에게 내민 화해의 제스처이자 서로가 조세광의 실수를 묵인하고 넘어가자는 의미였다.

'하지만 조지훈 그놈은 그 장소에서마저 함정을 파 두고 기다리는 중이었어.'

조세광이 경찰에 체포되었던 날, 조세화는 자신에게 트로피를 내밀며 그 안에 도청기가 들어 있었단 걸 일러바쳤다.

'병실에 미리 도착에서 트로피를 바꿔 쳤던 거지.'

그런데 그때, 문득 조설훈은 병실에서 있었던 짤막한 일화를 떠올렸다.

「아, 트로피는 세화한테 가져다줘도 될까요?」

이성진의 말에 조지훈은.

「아니야. 내버려 둬. 병실도 휑한데, 이거라도 있으면 아버지도 좋아하시겠지.」

능청스레 말을 돌렸다.

하지만 그 홀인원 트로피는 병실에서 나눈 대화를 도청 중이었다.

'……이성진 그놈은 그때 이미 그런 가능성을 눈치채고 있었던 거야.'

그 뒤는 어땠는가.

조설훈은 조지훈과 화해를 했고, 이번 일을 없었던 일로 덮는 한편 협력을 이어 가자는 이야기가 나왔다.

'그때 이성진은 즉각 돌아가지 않고 미적거리며 남아 있었

지. 그러면서…….'

이런저런 이야기 끝에 이성진은 자연스럽게 '조성광의 병실을 누가 맡을 것인가'를 입에 담았다.

「……한동안 상황이 진정될 때까지만이라도 병문안은 아이들에게 맡기는 건 어떨까요.」

하지만 '아이들'이라고 해 봐야 그땐 조세화 외엔 적임자가 없었고(조세광은 근신 중이었으니까) 이성진의 그럴듯한 의견을 들으며, 조설훈과 조지훈은 그 당시엔 타당했던 의견인 '조세화'에게 병실을 맡기기는 한편 경비 업체를 만들어 경호하는 일에 그 자리에서 합의했다.

'그리고 나는 그 보조 역할로 구봉팔을 기용했지.'

조설훈이 적임자로 구봉팔을 떠올린 건 우연이 아니었다.

그때 조설훈은 구봉팔이 이성진과 복지재단 일로 관계가 있다는 것에 착안했을 뿐만 아니라, 그를 얼굴마담으로 내세워 조지훈의 입김이 닿지 않는 중립지대로 만들 계획을 하고 있었던 것이다.

그러면, 그 자리에서 조세화를 언급한 건 즉흥적인 아이디어였을까?

「세화도 납득할 거예요. 사실, 세화는 경비 업체보다는 꽃집을 더 하고 싶겠지만요.」

그렇다. 이미 토양은 깔려 있었다.

조설훈은 그 순간, 언젠가 이성진과 처음 만났던 병원 로비에서 조세화가 했던 말이 뇌리를 스쳤다.

「아빠, 저 성진이랑 사업을 해 볼까 해요.」

「사업?」

조설훈의 말에, 이성진이 대신 대답했다.

「네, 실은 꽃 가게를 생각하고 있어요.」

당시 조설훈은 대수롭지 않아 하며 웃어넘겼다.

애들다운 발상이라고까지 여겼다.

「꽃 가게라. 어디 한번 잘해 봐라.」

결과적으로 꽃집이 경비 업체로 바뀌었을 뿐, 돌이켜보면 둘은 이미 사업 구상을 하고 있었던 것이다.

'빌어먹을. 설마.'

고려하지 않던 가능성을 떠올리자마자 조설훈은 머릿속이 차갑게 식는 걸 느꼈다.

'설마, 이성진 그놈은 처음부터 분란의 불씨를 심으려고 작정했던 건가?'

만약 그런 것이라면, 박길태가 죽지 않았다고 하더라도 이성진은 '어떤 방식으로든' 도청기를 화두로 내세워 회담을 끌어냈으리라.

'조세화를 통해서!'

더군다나 이성진이 따로 녹취 기록을 복사하지 않았다고는 장담할 수 없고, 조세광에게 건넨 것이 사본일 수도 있었다.

박길태가 지금처럼 죽지 않고 무사히 조세광의 임무를 수행했다면 조세광은 조지훈과 일시적인 동맹이 되었을 것이며, 이성진은 그때 조세화를 앞세워 자신에게 '원본'의 공개를 넌지시 알릴 수 있었다.

'그렇게 되었더라면 나는 지훈이 놈과 본격적으로 척을 지게 되었겠지.'

그 집안싸움 와중 이성진은 처음 계획했던 대로 '중립 지역'인 조세화를 앞세워 '지금처럼' 조광을 장악했으리라.

돌이켜보면 조세화는 결코 이해관계에서 벗어난 중립적인 입장이 아니었다.

조세화의 존재는 처음부터 이성진의 계획하에 있었고, 그녀에게 구봉팔을 심은 것 역시 이성진이 의도하고 있던 바였다.

즉, 조세화는 이미 이성진의 손바닥 위에 놓인 장기말이었던 것이다.
'앞뒤가…… 맞아떨어져.'
깨닫고 나니, 등줄기로 주르륵, 식은땀이 흘러내렸다.
'어째서? 왜? 그게 이성진에게, 나아가 삼광에 무슨 이득이 된다고?'
깨달음 직후엔 생각이 과했다며 부정하고 싶었다.
삼광과 조광은 경쟁 상대도 아니고, 각자의 영역이 엮일 리 없는 회사였다.
물론 그건 어디까지나 삼광 그룹이 기존 경영 방식을 쭉 이어 가는 것을 전제로 삼는 이야기였다.
하지만 삼광의 자회사이자 이성진이 사장으로 앉아 있는 SJ컴퍼니는 다방면에 손을 뻗어 두고 있었다.
그 문어발식 확장은 근본도 없이 여기저기 다방면으로 뻗어 가는 중이었고, 조설훈은 그것이 자회사를 통한 시장 개척이리라 생각하고 있었다.
또, 그중엔.
조광의 영역이랄 수 있는 유통 사업을 넘보는 것도 없지 않았다.
'그렇다면 언제부터? 아니, 새마음아동복지재단을 손에 넣는 것조차, 이성진의 계획이었던 건가? 그러면 작년 말쯤, 이미……?'
숨이 가빠 오고, 가슴이 답답했다. 이마에 핏줄이 서며,

주먹에 힘이 실렸다.

부정을 넘어선 단계는 분노였다.

쾅!

조설훈은 앞에 놓인 조수석 의자를 세차게 걷어찼다.

끼이익!

그 바람에 운전대를 쥔 부하는 화들짝 놀라 반사적으로 운전대를 꺾었고, 두 사람이 탄 승용차는 한 차례 빗길에 미끄러져 비틀거렸다.

천만다행으로, 부하는 방호울타리를 들이받기 직전에 차를 제어할 수 있었다.

"무, 무슨 일이십니까?"

부하의 말에 조설훈은 부들부들 떨리는 손으로 조수석 시트를 쥐어뜯듯이 쥐었다.

"……밟아."

"예?"

조설훈이 목에 핏대를 세워 가며 외쳤다.

"씨팔, 밟으라고 새끼야! 더 빨리 움직여!"

"예, 옙!"

백미러로 힐끗 광기마저 느껴지는 조설훈을 보며, 부하는 감히 거절조차 못 하고 액셀러레이터를 밟았다.

"……씨팔, 씨팔, 씨팔, 건방진 애새끼, 감히 나를 엿 먹여? 나를 배신해?"

조설훈은 흡사 미친 사람처럼 중얼거리며 히죽 웃었다.
그는 지금이라도, 당장, 구봉팔 그 새끼랑 이성진을 싸잡아 죽여 버리고 싶었다.
이성진이 대 삼광 그룹의 장손이라는 건, 지금 그에게 고려 요소가 아니었다.
차는 실낙원을 향해 빗길을 달렸다.

Paradise Lost

고풍스러운 필기체로 흘려 쓴 간판 옆에는 오늘따라 영업 중 팻말 대신 '실내 공사 중' 종이가 붙어 있었다.
하지만 조설훈은 아랑곳하지 않고 벌컥 문을 열어젖혔다.
딸랑이는 방울 소리와 함께 조설훈은 바에 들어섰다.
바는 평소와 달리 잔잔하게 흐르던 재즈 선율 대신 정적만이 감돌았고, 마스터 역시 바 뒤에서 대기하는 대신 문 옆에서 있었다.
"어서 오십시오."
"……지훈이는?"
철컥.
마스터가 조설훈의 등 뒤에서 문을 잠그며 대답했다.

"안쪽에 계십니다."

"……열어 둬. 한 사람이 더 올 거야."

"예."

마스터는 자물쇠를 다시 열었다.

그사이, 조설훈은 주저하지 않고 발걸음을 옮겼다.

마스터의 말마따나 실내 한구석에 놓인 조그만 테이블 자리에 덩치가 산만 한 사내가 앉아 있다가 인사차 몸을 일으켰다.

"형님, 오셨수?"

"……."

"좀 늦었구려. 길이 막혔나?"

조설훈은 인사도 받지 않고 그 맞은편에 앉았다.

'거, 인사도 안 받아 주네.'

조설훈은 자리에 앉아 아무런 말도 없이 그저 조지훈을 물끄러미 쳐다볼 뿐이었다.

수십 년을 부대껴 왔지만, 조설훈의 생각을 읽는 건 그도 어렵다.

그래도 조지훈은 조설훈의 표정을 보며 어쨌건 돌아가는 일이 심상치 않겠다고 생각했다.

하긴, 어젯밤부터 조설훈에겐 몹시도 일진이 사나운 하루가 이어졌을 것이다.

'아무튼 간에 나를 여기까지 불러 따로 만나자고 했다는

건, 달리 이유가 있는 거겠지.'

조지훈은 이 어색한 공기를 깨트리고자 먼저 입을 뗐다.

"……일단 뭐라도 한 잔 마십시다. 곽 실장!"

마스터는 마치 기다렸다는 듯, 얼음 조각이 들어간 잔 둘과 위스키 병을 두 사람 앞에 말없이 놓고 사라졌다.

"빨라서 좋군. 그러면."

조지훈이 웃으며 술을 따른 뒤 잔을 들어 올렸지만, 조설훈은 의자에 등을 붙인 채 꿈쩍도 하지 않았다.

'거참.'

조지훈은 위스키를 한 모금 마신 뒤 인상을 구기며 잔을 내려놓았다.

"형님, 오늘 따라 왜 그러오? 설마 오전에 있었던 그 일로 아직 앙금이 쌓인 거요?"

"……."

"그때는 나도 목소리가 좀 높았소. 그건 사과드리리다. 하지만 형님도……."

조설훈이 조지훈의 말허리를 끊었다.

"심영한이 체포됐다."

"……심영한?"

조지훈이 눈을 가늘게 떴다.

"심영한이라면, 그, 떼인 돈 받으러 다니는 그놈 말이오?"

"그래."

조설훈은 그제야 술을 한 모금 마셨다.
"일을 하나 맡겼는데, 된통 꼬였어."
"……."
"회사로 심영한 밑에 있던 놈이 찾아와 말해 주더군."
조설훈은 담담한 말씨로 이용식이 회사로 찾아와 했던 말을 요약해서 들려주었다.
이야기를 들은 조지훈은 얼굴에 웃음기를 거두고 술잔을 비웠다.
"그거, 큰일이군."
"……."
"이래서야 지금은 광금후 그 새끼가 어떻단 이야기를 할 때가 아닌 걸 알겠소."
조지훈이 자세를 고쳐 앉았다.
"그래서 형님 생각에, 심영한 그놈이 입을 열 거라 생각하오?"
"그렇게 입이 가벼운 놈은 아니야."
조설훈이 대답했다.
"그러니 나도 일을 맡길 수 있었던 거지."
"……."
"그렇다고 심영한 그놈이 신뢰하는 부하라는 의미는 아니다. 놈이랑 나는 각자 서로가 약점을 쥐고 있지. 얼마 전에 시체 처리할 때도 그놈을 썼거든."

조설훈의 말에 조지훈이 당황했다.

"시체?"

"그래. 박상대가 죽였던 여자."

"……."

"얼굴을 뭉개고, 손가락 끝을 잘라 낸 다음 벽돌을 묶어 강에 버렸지. 지금 생각해 보니 벽돌을 쓴 게 문제였던 모양이야. 앞으론 주의해야겠어."

조설훈의 이야기를 들으며 조지훈은 떨떠름해하는 얼굴로 술을 한 모금 마셨다.

아무리 듣는 귀가 없는 곳이라지만 조설훈의 발언은 과격했다.

그야 박상대와 조설훈 사이에 어떤 거래가 있었다는 것쯤은 알고 있었고, 그 내용도 알았지만 구체적인 이야기는 꺼내지 않는 것이 서로의 불문율이 아니던가.

조지훈이 인상을 구기며 물었다.

"근데, 대체 왜 그런 거요?"

"뭐가?"

"지동훈 그놈 가족 건드린 거. 잘못했다간 긁어 부스럼 만드는 꼴이 될 게 뻔했을 걸 형님도 모르지 않았을 텐데."

조설훈이 피식 웃었다.

"맞아. 설령 성공했다고 하더라도 경찰이 눈에 불을 켜고 달려들었겠지."

"……."

"하지만 그래야만 했다."

"왜?"

조설훈이 술을 한 모금 마셨다.

"어젯밤에 세광이가 체포된 거, 그게 지동훈 그놈이 입을 열어서 그런 거라고만 생각하느냐?"

"그야……."

조지훈은 그렇지 않느냐고 되물으려다가 입을 다물었다.

조설훈이 지동훈의 가족을 건드린 건—만약 성공했다면—납치한 가족을 빌미로 지동훈이 증언대에 서는 걸 방지하기 위함이 아니던가.

하지만 조설훈이 위험을 감수해 가며 일을 벌인 건, 그런 단순한 이야기가 아닌 듯했다.

조설훈이 입을 뗐다.

"놈들도 이래저래 준비는 했겠지. 한 사람의 증언, 그것도 번복된 증언만으로는 충분치 않다는 걸 알고 있었던 거야."

"……."

"그래서 경찰 놈들은 지동훈을 확보할 때, 세광이가 관리하던 조직 전체를 잡아들였다. 그리고 그건 결코 우연도, 하는 김에 처리한 일도 아니야. 그 자리에 지동훈만 있었던 게 아니라는 걸 놈들도 이미 알았던 거지."

조지훈이 신음을 삼키며 조설훈의 말을 받았다.

"……그러면, 지동훈의 입만 다물게 해선 소용이 없다는 거군."

"그래. 혹시라도 입을 열면 어떻게 될지, 다른 놈들에게 본보기를 보여 줄 필요가 있었거든. 하지만, 결과는 너도 알다시피 이 모양 이 꼴이다. 안 하느니만 못한 결과가 되었어."

"……."

"내 딴엔 아버지처럼 해 봤는데 그게 이젠 더 이상 통하지 않는 시대가 오고 말았다는 걸 나만 몰랐던 거야."

조설훈은 쓴웃음을 지었다.

"하지만 보다시피 조직 기강은 이미 무너지는 중이다. 나로서는 뭐라도 본보기를 보일 필요가 있다는 생각이었는데, 보기 좋게 실패했군."

"……."

조지훈은 약해진 형을 보며 무슨 말을 해야 할지 몰랐지만 이럴 땐 위로라도 해야겠단 생각을 했다.

"늦어서야 하는 말이지만 나한테 상담이라도 하지 그랬수."

"……너한테?"

"그래. 형님이 남을 쉽게 믿지 않는다는 건 예전부터 알고 있지만, 그래도 난 동생 아니우? 가족이고. 다른 사람은 몰라도 나 한 사람쯤은 믿어도 좋단 거요."

"……."

조설훈은 잔을 든 채 입매를 비틀었다.

"어쩌면 그럴 수도 있었겠지."

조설훈의 대답은 어딘지 모호했다.

하지만 조지훈은 그 모호함을 깨닫지 못하고 당당하게 말을 받았다.

"그래, 내 밑의 애들도 있잖수. 아니, 오히려 내 밑의 애들이 그런 몸 쓰는 일 처리는 좀 더 낫지. 형님도 알겠지만 주먹깨나 쓴단 놈들은 다 내가 데리고 갔잖수. 뭐, 그만큼 머리는 멍청하지만 어쨌건 말이오."

"……."

조설훈은 아무 말 없이 술을 한 모금 마셨다가 잔을 내려놓았다.

조지훈은 그런 조설훈을 보며 조심스레 물었다.

"……그러면 이제 어떻게 할 거요?"

"뭘?"

"심영한 말이오."

"아, 그거 말이냐."

조설훈은 대수롭지 않게 말을 받았다.

"어떻게 하긴. 내가 이 상황에 뭘 더 어떻게 할 수나 있을까?"

조지훈이 인상을 찌푸렸다.

"그래도 가만히 손 놓고 있기엔 사안이 크잖소. 말 그대로

엎친 데 덮친 격인데, 경찰도 분명 형님 뒤를 캐려고 안달일 거요. 하다못해 변호사를 써서라도 입을 맞출 필요는…….”

조설훈이 피식 웃었다.

“늦었어. 난 이미 놈들 손바닥 위다.”

“……무슨 소리요?”

“말 그대로. 담당 검사가 냄새를 맡은 지 오래더군. 며칠 전엔 대놓고 압박을 가해 왔지.”

“…….”

“세광이 녀석의 구속영장을 발부받고 우리 집에 들이닥쳤던 건, 모두 그 예정된 수순을 밟아 나간 것일 뿐이야.”

조설훈의 중얼거림에 조지훈은 할 말을 잃고 술을 벌컥벌컥 들이켰다.

조설훈은 조지훈의 빈 잔에 술을 채워 주었다.

“여기 오는 길에 잠깐 생각을 해 봤다.”

“……무슨?”

“과연 나는 이대로 끝일까, 하고. 하지만 꼭 그렇지만도 않더군.”

조설훈의 말에 조지훈이 씩 웃었다.

“역시, 뭔가 수가 있었구먼. 그래야 내 형님이지.”

조지훈이 몸을 앞으로 기울였다.

“그래서, 그게 뭐요?”

“그 전에.”

조설훈은 손목시계를 힐끗 살피더니 깍지 낀 손을 무릎에 올렸다.

"너, 이성진을 어떻게 생각하느냐?"

질문에 질문으로 답한 조설훈의 말은 다소 생뚱맞았다.

"……이성진? 혹시 그 꼬마 사장 말이오? 삼광 그룹 장손이라던."

"그래."

그걸 왜 지금 묻는담.

조지훈은 곰곰이 생각하며 턱을 긁적였다.

"나이에 비해 똘똘하고…… 흠. 글쎄올시다. 이제 와서 새삼 갑자기 녀석을 어떻게 생각하느냐고 물어본들……."

그는 조설훈이 이성진을 이 자리에서 언급하는 것조차 뜬금없다고 여겼다.

"형님, 대체 하고 싶은 말이 뭐요?"

조설훈은 대답 대신 술을 한 모금 마셨다가 다시 한번 손목시계를 힐끗 쳐다보곤 천천히 말을 이었다.

"곧 손님이 한 사람 올 거야. 다음 이야기는 그때 이어서 하지."

"……손님?"

조지훈이 인상을 찌푸렸다.

"형님은 여기서 나랑 둘이서만 보기로 했던 거 아니었나?"

조지훈은 그걸 자신에게 미리 알리지 않은 조설훈에게 언짢음을 느낀 모양이었다.
조설훈이 고개를 끄덕였다.
"처음에는 그랬지."
"……."
"하지만 이왕이면 손 하나 더 빌리는 게 한결 수월할 것 같아서."
"나 참."
조지훈이 신경질적으로 술을 마셨다.
"형님의 방식이 나로선 썩 유쾌하진 않소."
"나도 안다."
"쯧, 나는 그동안 술이나 마셔야겠군. 그래서 손님이란 양반은 대체 누구요?"
조지훈이 히죽 웃으며 농담을 던졌다.
"설마 이성진은 아니겠지?"
"그럴 리가."
그때 딸랑, 방울 소리가 울리며 문이 열렸다.
"양반은 못 되겠군. 시간은 딱 맞춰서 왔지만."
조설훈의 말을 들으며 조지훈은 예의 그 '손님'을 발견하곤 저도 모르게 멈칫했다.
배성준.
그는 빗물이 뚝뚝 떨어지는 우산을 든 채 그 자리에 섰다.
마스터는 그런 배성준을 지나쳐 그제야 문을 잠근 뒤, 정중하게 말을 건넸다.

“우산을 맡아 드리겠습니다.”

“됐소. 오래 있을 생각은 없으니까. 조설훈 사장님은요?”

“안쪽에 계십니다.”

배성준은 안내를 기다리지 않고 성큼 걸음으로 그 자리에 갔다가 멈칫했다.

‘조지훈?’

조설훈이 앉은 채로 배성준을 반겼다.

“어서 오시오.”

뒤이어 조설훈이 근처에 서 있던 마스터를 보았다.

“곽 실장, 잔을 하나 더 가져오게.”

“아니오.”

배성준은 선 채로 사양했다.

“운전을 해야 해서.”

“흠, 그렇겠군. 그래도 일단 앉으시오. 이야기가 기니까.”

조설훈이 자리를 권했으나, 배성준은 그 누구의 곁에도 앉지 않고 바에서 스툴을 가져와 각자와 마주 보지 않는 삼각 형태로 앉았다.

조설훈은 배성준의 노골적인 경계에도 아랑곳하지 않았다.

“그러고 보니 내 생각에 둘은 초면이겠군.”

물론 배성준과 조지훈은 초면이 아니었지만.

“인사하시오. 내 동생인 조지훈이오. 그리고 이쪽은 Y서의 배성준 형사님.”

배성준은 조지훈에게 짧게 고개를 숙였고, 조지훈은 술을 한 모금 마신 뒤 악수를 청했다.

“조지훈이오.”

“……배성준입니다.”

하지만 배성준은 조지훈의 악수를 받지 않고 고개를 돌려 조설훈을 보았다.

“다른 손님이 있다는 말은 못 들었습니다만.”

“신경 쓰지 마시오. 필요해서 부른 거니까. 그쪽에게도 나쁜 이야기는 아니고.”

신경이 안 쓰일 리가 있나.

조설훈이 말을 이었다.

“그러면 배 형사님. 전화 통화로 하려던 말씀이 뭐였는지, 대답해 보시죠.”

“……여기서?”

“아까도 말했지만 지훈이는 내 형제요. 나는 지훈이가 들어도 무방하단 판단을 하는 거고.”

조지훈은 그 신뢰가 묻어나는 말에 조금 우쭐해하긴 했지만, 내색하진 않았다.

“형님, 잠깐만. 나는 이 이야기가 어떻게 진행되는지 전혀 모르겠는데, 최소한의 설명은 해 줘야 할 거 아니오.”

답답해하는 조지훈과 달리 조설훈은 담담하게 대답했다.

"아까 말했듯, 이성진에 관한 이야기다."

"……이성진?"

그 꼬마 이야기를 왜 배성준에게서 들어야 한다는 건지, 감이 잡히질 않았다.

하지만 조설훈의 대답은 충격적이었다.

"그래. 우리는 처음부터 그놈의 손바닥 위에서 놀아나고 있었던 건 아닐까 해서."

"……."

조지훈은 멍하니 눈을 껌뻑였다.

우리가 이성진의 손바닥 위에 있었다고?

그 조그만 손바닥 위에?

"……그게 갑자기 무슨 소리요? 지금 형님은, 우리가 그 꼬맹이 손바닥 위에 있었다고 말하는 거요?"

당황한 조지훈의 말에 조설훈이 고개를 끄덕였다.

"그래. 실은 여기 오기 전, 내가 경찰에 심어 둔 사람에게 들은 내용이 있다."

배성준 말인가.

'그래서 저 인간을 이 자리에 부른 것이구먼.'

조지훈은 모른 체하며 대답했다.

"무슨 이야기?"

"그건 지금부터 들어 봐야지."

조설훈이 고개를 돌려 배성준을 보았다.

"자, 그럼 배성준 씨. 이성진이 뭘 어쨌다는 건지 말해 보시오."

배성준은 이 자리가 영 어색하고 불편하였으나 조지훈까지 대동한 마당에 지금은 협상을 할 단계가 아니라고 생각했다.

"……알겠습니다."

배성준이 말을 이었다.

"두 분 모두, 오늘 지동훈의 동생이 괴한에게 납치될 뻔한 걸 경찰이 막아 냈다는 사건은 알고 계실 겁니다."

그 말에 조지훈이 고개를 끄덕였다.

"형님께 들었소. 심지어 범인은 그 자리에서 체포되었다지."

제3자를 말하듯 하는 뉘앙스가 배성준은 불쾌하고 우스웠다.

"예. 범인은 심영한이라고 하는 인물로, 귀하의 조광 그룹과 무관하지 않은 사람이었습니다."

"……."

배성준의 노골적인 언급에 조지훈은 인상을 찌푸리며 묵묵히 술을 홀짝였다.

배성준은 웃음기 없는 얼굴로 말을 이었다.

"또한 현장에서 심영한의 납치 미수를 막고 체포에 협조한 인물들이 있는데, 공교롭게도 SBY였습니다."

SBY?

그게 뭔데.

조설훈마저 모르는 눈치이자, 배성준은 하는 수 없이 덧붙였다.

"아이돌 그룹입니다."

"아이돌?"

조지훈의 말에 배성준이 고개를 끄덕였다.

"가수입니다. 남성 5인조."

"……허어."

조지훈은 황당해하며 조설훈을 보았다.

"형님도 알고 계셨수?"

"……아니. 나도 처음 듣는다."

조설훈이 배성준을 보았다.

"말 그대로 공교롭군. 그런데, 그래서 그게 어쨌단 거요?"

"……공교롭다면 한 가지 더 공교로운 일이 남아 있습니다. SBY의 소속사는 다름 아닌 SJ엔터테인먼트로, SJ컴퍼니의 자회사이지요."

배성준의 대답에 조설훈은 입을 꾹 다물고는 술을 한 모금 들이켰다.

조지훈이 인상을 구겼다.

"떠그럴. 별 개 같은 일도 다 있군그래. 근데 그게 뭐 어쨌다고? 설마 이성진이 그걸 사전에 알고 훼방 놓았을 거라는 거요?"

조지훈의 말은 타당했다.

그 일 자체는—희박한 확률이긴 해도—우연에 불과할지 모를 일이며, 고작 그런 걸 가지고 지금껏 이성진의 손바닥 위에서 놀아났다는 걸 인정하는 건 자존심이 용납지 않았다.

그건 조설훈 역시 마찬가지였다.

이번 일에 이성진이 경영하는 소속사가 개입해 훼방을 놓았다는 정보 자체는 기이하리만치 요상한 일이었으나, 그렇다고 해서 이성진에게 무슨 신통력이 있는 것도 아닐 테니 그걸 의도하고 저지르진 않았을 것이다.

그만큼 조설훈의 납치 지시는 충동적이었고, 그런 만큼 외부로 정보가 샐 리 없는 사안이었다.

한편 배성준은 안기부의 존재를 떠올리며 '그들이라면.' 하고 생각했지만, 그들에게는 이를 내색하지 않았다.

그게 아니더라도 '이성진 배후설'을 주장할 근거는 차고 넘친다.

배성준이 입을 열었다.

"저도 그렇게까지 생각하지는 않았습니다. 예의 납치 미수 사건이 막히고만 일 그 자체는 독립적인, 말 그대로 우연한 일일 수 있으니 말입니다."

"내 말이 그거요."

조지훈의 잔에 담긴 얼음이 조금 녹으며 달그락 소리를 냈다.

"하면, 그쪽은 그 외에 달리 생각한 게 있는 모양이구려. 뜸들이지 말고 말해 보시오. 여기서 이성진이 뭘 어쨌단 거요?"

배성준은 조지훈의 바람대로 즉시 대답했다.

"……도깨비 신문을 아십니까?"

"도깨비 신문?"

모를 리 없다.

그들은 얼마 전, 그러니까 박상대가 아직 살아 있을 적에 구봉팔을 시켜 도깨비 신문이 '특종'을 터뜨리게끔 조치를 취한 바 있었다.

그로 인해 궁지에 몰리기 시작한 박상대는 본격적으로 몰락의 길을 걷기 시작했고, 조광은 박상대와의 유착이 드러나기 전에 무사히 꼬리를 잘라 낼 수 있었다.

'그러니 한강에서 발견된 시체 건수는 경찰도 형님이 개입한지 모르고 있을 테고.'

다만 조지훈은 그런 사실을 이 자리에서 밝혀도 될지 몰라 괜히 조설훈의 눈치를 살폈다.

조설훈의 표정은 담담했다.

"알고 있소. 그 신문사에게 박상대를 몰아넣도록 '부탁'한 게 나니까."

"……그렇습니까."

배성준은 그런 것까진 몰랐단 눈치였다.

조설훈이 고개를 끄덕였다.

"인터넷엔 없는 게 없더군. 아니, 없는 게 없단 식으로 만들었겠지. 도깨비 신문의 대표인 김기환이란 작자는 심지어 꼴에 익명인 척 이전에 몸담고 있던 중우일보의 검열된 기사를 올려 여론 몰이를 하려 했소. 그래서 나는 김기환 대표가 자신의 꿈을 펼칠 수 있도록 구봉팔을 시켜 그를 '설득'했고."

"……."

여기서 무엇을 더 감추랴, 싶은 조설훈의 말에 배성준은 속으로 혀를 찼다.

조설훈이 무표정한 얼굴로 배성준을 보았다.

"구봉팔. 박상대가 죽었을 때 그쪽에서 구봉팔을 소환해 조사했으니, 배성준 씨도 구봉팔이 누구인지는 알 거라고 생각하오만."

"……압니다."

배성준이 잠시 뜸을 들였다가 말을 이었다.

"하지만 거기서 김기환 대표에게 사주한 건 사장님이 실수를 하신 겁니다."

이미 구봉팔과 이성진이 거래 중이리란 생각을 하고 있던 조설훈은 배성준까지 이들의 유착을 아는 눈치이자 눈썹을 씰룩였다.

"내 실수라니?"

"처음부터 김기환과 이성진은 한통속이었으니까요."

"……."

"중우일보를 퇴사한 김기환이 도깨비 신문을 설립할 수 있게끔 기술 및 자본을 대 준 이가 이성진입니다."

조설훈은 입을 굳게 다물었고, 조지훈은 무슨 말을 해야 할지 몰라 멍한 얼굴이었다.

"……."

"……."

배성준이 막간의 침묵을 깨며 입을 뗐다.

"더군다나 그때 구봉팔을 쓰셨다니, 공교롭군요. 구봉팔의 새마음아동복지재단은 이성진의 SJ컴퍼니로부터 후원을 받고 있지 않습니까?"

배성준의 말에 조지훈은 인상을 찌푸리며 술잔을 비운 뒤, 잔 속에 위스키를 채워 넣었다.

"그 부분은 우리가 허락한 거요. 암만 그래도 거기까지 엮고 들어가진 마시오."

"아니."

조설훈이 조지훈의 말을 부정하며 끼어들었다.

"나는 구봉팔 그놈도 의심하고 있다."

"……뭐요?"

조지훈은 도대체 일이 어떻게 돌아가고 있는지 몰라 뜨악한 얼굴을 했다.

"배성준 씨."

조설훈이 고개를 돌려 배성준을 보았다.

"보아하니 그쪽'도' 구봉팔과 이성진이 한통속이라고 생각하는 모양인데, 경찰 측의 근거는 무엇이오?"

배성준은 잠시 뜸을 들였다가 대답했다.

"저는 처음부터 구봉팔, 이성진, 김기환 세 사람이 한통속이었다고 봅니다."

구봉팔과 이성진, 이성진과 김기환이라면 모를까, 그 조합에 구봉팔까지 들어가 삼두를 이루자 조설훈은 의아해하며 물었다.

"구봉팔까지?"

"예. 세 사람에겐 공공의 적이 있었던 거죠……. 박상대 말입니다."

박상대.

배성준이 몸을 앞으로 기울였다.

"여기부턴 어느 정도 우연과 필연이 겹쳐 일어납니다."

배성준은 어조를 바꿔 말을 이었다.

"정순애. 박상대와 만나 사생아를 낳은 여인의 이름입니다."

배성준의 입에서 정순애가 언급되자 조설훈은 묵묵히 고개를 끄덕였다.

'맞아, 그런 이름이었지.'

조설훈은 정순애라는 이름 석 자를 속으로 곱씹으며 시체를 처리하는 과정에서 발견된 여권과 신분증을 떠올렸다.

이미 기억 속에서 지웠다고 생각했지만, 그렇지만도 않았던 것 같다.

배성준이 말을 이었다.

"몇 달 전, 한강 둔치에서 정순애의 시체가 발견되었습니다. 물론 그 당시엔 시체의 신원을 추정할 단서가 부족했지요."

물론 그렇게 하게끔 처리했으니까.

"그런데 당시 현장에 있던 정진건 형사와 강하윤 형사는 '우연히' 물고기 배 속에서 반지 하나를 찾았습니다."

반지.

이번 일의 불찰이라고 하면, 조설훈이 슬쩍 장물을 챙긴 부하로부터 반지를 빼앗아 신경질적으로 던져 버린 데에 있었다.

"조금 나중 일이지만 그 반지 주인을 찾는 데에는 이성진이 도움을 주었죠."

"……잠깐, 그게 무슨 소리요?"

조지훈이 끼어들었다.

"그건 어디까지나 그 반지 회사가……."

조설훈이 조지훈의 말을 끊었다.

"국내에 그 회사가 입점해 있는 곳은 이성진의 외가인 뉴월드백화점이 유일하다. 설령 경찰이 협조 요청을 한다고 해도 회사가 거기 따를 의무는 없지."

"……."

“어떻게 된 일인지 이제야 조금 알 것 같군. 계속해 보시오.”

배성준이 짧게 고개를 끄덕였다.

“예. 또한 같은 날, 현장과 멀지 않은 곳에서 신고가 들어옵니다. 모텔에서 며칠간 홀로 지내는 아동이 있단 제보였습니다.”

“……그건 박상대의 사생아라던?”

“예. 당시엔 이름도 제대로 몰랐지만, 그때 정진건 형사는 보호를 위해 임시로 요한의 집이라는 고아원에 박강선을 비공식적으로 위탁합니다. 아시다시피 그곳은 새마음아동복지재단 산하의 보육 기관이죠.”

“……설마 방금 말한 정진건 형사라는 사람 또한 이성진과 아는 사이였소?”

“공교롭게도 그렇습니다. 딸과 친구라더군요.”

조설훈은 계속해 보라는 듯 입을 다물었고, 배성준이 다시 입을 열었다.

“이후, 경찰은 박강선의 유전자를 채취, 한강에서 발견된 변사체와 모자지간임을 알아내고 지인을 확보해 그녀가 실종된 정순애라는 것을 알아냅니다. 그리고 반지 안에 새겨진 이니셜을 통해 박상대와 정순애가 연인 관계였음을 알아내기에 이릅니다. 또한 정순애의 사체에 남아 있던 교살 흔적에서 그녀가 박상대에게 살해되었으리란 정황에 이르죠.”

거기까진 조설훈과 조지훈도 뉴스를 통해 아는 내용이었다.

그래서 조지훈이 조급증을 참지 못하고 끼어들었다.

"장황하기도 하군. 그래서 도깨비 신문이랑 이성진이 뭘 어쨌단 거요?"

배성준이 조지훈을 물끄러미 쳐다보았다.

"그 모든 걸 경찰보다 더 손바닥 꿰듯 알고 기사를 냈던 건 도깨비 신문입니다."

"……."

"그뿐만 아니라, 도깨비 신문의 대표가 되기 전, 중우일보라는 이류 신문의 일개 기자에 불과한 김기환은 신문사를 관두기 전 박상대를 표적으로 한 특집 기사를 준비 중이었습니다."

배성준이 고개를 돌려 조설훈을 보았다.

"마침 앞서 김기환 대표를 설득해 검열 전의 기사를 싣도록 설득하셨다고 들었습니다만, 사장님도 그 내용이 어땠는지는 잘 아시겠군요."

조설훈은 그 말에 퍼뜩 정신을 차렸다.

비록 '누군가에 의해' 검열을 당하긴 했으나, 그 당시 김기환이 준비했던 건 '발로 뛰지 않으면' 나올 수 없는 기사였다.

심지어 김기환은 '외국에 있던' 정순애 모자를 국내로 불러들여 인터뷰하기까지 했다.

그리고 그 검열된 기사를 대가로 무슨 거래라도 한 양, 당시 D구 유력 당선 후보였던 박상대는 돌연 사퇴를 하고 만다.

조설훈의 표정을 읽은 배성준이 고개를 끄덕였다.

"예. 그건 이미 짜인 판이었습니다. 개인적으로 박상대에게 사생아가 있으며, 박상대가 그 사생아와 모친에게 정기적으로 입막음비를 지불해 오고 있었다는 건 '당사자가 아니라면' 결코 알 수 없는 일이라고 생각합니다만."

"……."

"그 돈이 어디서 어떻게 흘러갔는지는 저보다 사장님이 더 잘 알고 계시겠지요."

조설훈이 의자에 등을 붙이며 입매를 비틀었다.

"맞소. 그 뒤치다꺼리하는 일은 구봉팔 그놈이 도맡아 오고 있었지."

역시.

배성준은 속으로 혀를 찼다.

'조광이 박상대의 스폰서였다는 건 이제 공공연한 일이었으니 말이야.'

그때 잠자코 있던 조지훈이 끼어들었다.

"잠깐, 잠깐만. 보시오, 그러면 구봉팔 그놈이 우리를 배신했다는 말이 되는데, 그놈이 왜 그랬단 거요?"

조지훈이 인상을 찌푸렸다.

"게다가 뭐, 공공의 적? 아무리 생각해 봐도 나는 구봉팔

이가 우리를 배신해 가며, 이성진이랑 손잡고 박상대를 제거할 까닭을 하등 찾을 수가 없소. 박상대나 구봉팔, 둘은 서로를 모르는 사이일 건데."

"아니."

조설훈이 무표정한 얼굴로 조지훈의 말을 끊었다.

"구봉팔은 박상대와 이미 오래전부터 알고 지내던 사이였다."

"예? 그게 무슨……."

조설훈이 술잔을 들었다.

"원래는 박상대, 우리가 죽이려고 했었지?"

"……형님."

그걸 암만 프락치라도 경찰 앞에서 말하나.

조지훈이 황망해하거나 말거나 조설훈은 감출 것도 없다는 듯 말을 이었다.

"안 그래도 그때 구봉팔은 놈을 살려 주면 안 되겠냐고, 부탁까지 했거든."

"……."

"생각해 보면 그때 눈치를 챘어야 했는데, 이번에도 내 불찰이었군."

조설훈은 히죽 웃으며 술을 한 모금 마셨다.

조지훈은 조설훈의 말에 배성준의 눈치를 살피며 조심스레 입을 뗐다.

"무슨 소리요, 형님. 구봉팔이?"

"모르고 있었나? 구봉팔과 박상대는 동향인이다."

조설훈이 씩 웃었다.

"아니, 정확히 말해서 고향이 같다고는 말 못 하겠군. 구봉팔은 한때…… 소년교도소 신세를 지기 직전까지 D구 고아원에 있었지."

조지훈이 인상을 찌푸렸다.

"거 세상 좁구먼. 그래서 구봉팔이 그 옛 인연인지 뭔지가 있어서 박상대를 봐주잔 이야기를 했단 거요?"

"그 반대다."

조설훈이 술을 한 모금 마셨다.

"나도 비교적 최근에 알게 된 일이지만, 구봉팔이 소년교도소로 간 건 박상대와 아주 무관하지 않더군."

"……박상대랑?"

조설훈이 고개를 끄덕였다.

"그래. 구봉팔은 박상대의 부친, 박영효를 습격하고 불을 질렀다. 구봉팔이 징역살이를 했던 건 그런 이유에서고."

"……."

조지훈은 할 말을 잊은 듯 벌컥벌컥 술을 마신 뒤 잔을 쿵 소리 나게 내려놓았다.

"씁. 그러면 형님은 그런 놈을 박상대 곁에 두고 그 돈 관리를 맡겼단 거요?"

그 말에 조설훈이 희미하게 웃었다.

"그 또한 내 불찰이지."

"……."

"정확히 말하자면, 과감하게 싹을 잘라 버리지 못했던 불찰이다."

조설훈이 말을 이었다.

"구봉팔이 하던 일은 아버지가 놈에게 직접 맡긴 일이었다. 엄밀히 말해 아버지가 주워 온 놈이니 내 부하도 아니고, 마냥 섣불리 쳐낼 수 있는 놈도 아니었다."

뒤이어 조설훈은 변명처럼 덧붙였다.

"당시에 내가 할 수 있는 최선의 수는 놈이 가진 권한을 축소해서 한직에 박아 두는 것이 고작이라 생각한 거지."

확실히.

구봉팔은 '편의상' 조설훈의 감시하에 놓여 있었으나 엄밀히 따지면 조지훈이나 조설훈의 부하라기보단 오늘 긴급 임원회의에서 반기를 들었던 광금후와 비슷한 입장의 인물이다.

지금도 조직 내에선 경력과 실력, 실적을 겸비한 구봉팔을 존경하거나 신뢰하는 인물들이 적지 않았고, 그랬기에 작정한다면 하나의 파벌을 만들 수도 있었으리라.

한편으론 구봉팔의 그 특수한 위치 덕에 그를 지금의 위장 신분—조성광의 숨은 오른팔—으로 포장하는 것이 가능했다.

오히려 구봉팔을 총알받이로 세우잔 계획을 세운 당시만 하더라도 그걸 획기적인 전략이라고 생각했을 정도니, 그 부분은 조지훈도 조설훈을 비난할 입장이 되지 않았다.

조설훈은 술을 한 모금 더 마셨다.

"솔직히 말해서 나는 당시만 하더라도 구봉팔을 크게 눈여겨보지 않았다. 최소한 조광이 내 손에 들어오기 전까지 만이라도 그 팔다리를 잘라 내 감시하에 두고 있으면 불미스러운 일은 방지할 수 있으리란 판단이 섰던 거야."

"……."

'조광이 내 손에 들어오기 전까지'라. 별것 아닌 말이 아니었다.

조설훈이 말을 이었다.

"……구봉팔 그놈이 박상대를 없애고자 외부 세력을 끌어들일 줄은 나도 몰랐던 거지."

자조하는 조설훈을 보며 조지훈이 슬쩍 입을 뗐다.

"그러면 설마 아버지는 처음부터, 그러니까 구봉팔을 주워 올 때부터 놈이 박상대와 사이가 어떻단 걸 알고 있었단 거요?"

조설훈이 고개를 끄덕였다.

"그런 것 같군. 아버지는 박영효와 왕래가 있었으니까 말이다."

조지훈이 황당해하며 물었다.

"아버지는 대체 왜 그런 거요?"

"알게 뭐냐."

조설훈이 입매를 비틀었다.

"이 못난 자식으로선 아버지의 원대한 뜻을 감히 짐작도 못 하겠구나. 그렇게 따지면 광금후 놈을 살려 둔 것도 아버지 뜻이고."

거, 이 사람. 경찰을 앞에 두고 못 하는 말이 없군.

조지훈은 불리한 화제를 바꾸고자 얼른 말을 받았다.

"그나저나, 구봉팔 놈은 왜 박영효를 공격한 거요?"

"모르지. 아버지가 시켰나?"

조설훈은 킬킬 웃었다가, 웃음을 거두며 배성준을 보았다.

"자세한 건 나보다 기록 열람이 자유로운, 여기 계신 배성준 씨가 더 잘 아는 것 같은데."

한편 배성준은 조설훈의 입에서 스스럼없이 나오는 죄의 고백에 불쾌감을 느끼고 있었다.

'이젠 나를 아예 경찰로도 보지 않는군.'

하긴, 생각해 보면 그는 여기서 줄곧 자신을 '배성준 형사'가 아닌 '배성준 씨'로 지칭하고 있었다.

그러면서 배성준은 자신이 이 범죄자들과 공범의 단계에서 도매금으로 엮이고 있는 현실에 자조 섞인 자괴감이 들었다.

하지만 그렇다고 그걸 조설훈과 한패가 되었단 것만을 의미하는 시그널로 착각해선 안 될 일이었다.

방심하면 안 된다.

비밀이 실토되는 자리는 비밀을 지키기 위한 대비도 함께 하는 법이니까.

배성준이 고개를 저었다.

"저도 이유는 모릅니다. 그나마 몇 가지 추정할 수 있는 건 당시 D구는 일종의 마을 공동체였고, D구 전체가 암암리에 고아원 아동들의 노동을 착취해 왔단 것뿐입니다. 또한 말씀하신 대로 구봉팔은 소년 시절 짧은 기간 동안 옛 요한의 집에 몸을 의탁하고 있었고 말입니다."

조설훈이 코웃음을 쳤다.

"그거면 충분하지 않소?"

"……."

"그 시절의 부당함을 참지 못하고 젊은 혈기에 마을 유지로 명망 높던 박영효를 공격한 것이라면, 그뿐이지 않나."

시시콜콜한 이야기를 입 밖에 낼 생각은 없지만 배성준은 구봉팔과 박상대 사이의 관계가 단순히 옛 시절의 복수며 은원으로 정리할 수 있는 것이 아니라고 생각했다.

하물며 방금 조설훈이 말하기를, 구봉팔은 박상대를 '제거할' 기회를 얻었음에도 불구하고 그를 살려 주길 간청하지 않았는가.

그렇기에.

"그러면 구봉팔은 왜…… 형님께 그런 간청을 한 거요?"

"나야 모르지. 제 손에 피를 묻히기 싫었거나, 박상대도 이미 사회적으로 죽은 것이나 진배없어졌으니 제 소임을 다한 거라고 생각했을 수도 있지 않겠느냐. 때론 살아서 치욕을 감내하도록 하는 것이 더 그럴듯한 복수이기도 한 법이니까."

배성준은 조지훈과 조설훈의 대화, 구봉팔이 박상대를 살리고자 한 동기에 공감할 수 없었다.

'……뭐, 어차피 다 지나간 일이지.'

그럼에도 불구하고 박상대는 죽었다. 그가 가진 돈 가방을 노린 강도에 의해 어처구니없는 최후를 맞이한 것이다.

배성준 역시 혹시나 경찰이 놓치고 만 것이 없는가 하여 잠자코 조설훈이 떠드는 것을 내버려 두었으나, 박상대의 결과적 죽음에 조광이 개입하지 않았단 얄궂은 현실만을 재확인하였을 뿐이었다.

'또한 이 술집이 당초 박상대의 목적지였다는 것도 분명해졌군.'

박상대의 죽음 직후, 택시 기사를 현장에서 제압한 박순길은 광수대로 복귀하지 않고 정진건을 인도해 그 목적지 부근을 찾았다.

그리고 박순길이 찾아낸 것이 이 술집이었으나, 그들은 이렇다 할 뚜렷한 성과를 내지 못하고 발길을 돌렸다(이는 배성준의 오해로, 이때부터 배성준을 의심하기 시작한 박순길이 의도적으로 자신이 찾아낸 정보를 은폐한 것이지만, 그는 짐작하지 못했다).

'즉, 원래 예정대로 일이 흘러갔더라면 박상대는 여기서 구봉팔과 접선한 뒤 해외로 도피했겠지.'

문제는 이 '비밀스러운 장소'에 자신을 초대한 조설훈의 저의를 알 수 없단 점이었다.

'나를 완전히 한패로 끌어들일 생각인가.'

조설훈의 목소리가 배성준의 상념을 깨트렸다.

"됐고."

조설훈이 배성준을 보며 말을 이었다.

"어쨌건 구봉팔이 김기환과 손잡고 박상대를 끝장내려 했단 건 알겠소. 김기환 입장에서야 기사를 검열케 하고 기자 인생을 망가트린 박상대를 용서할 수 없었겠지. 구봉팔과 김기환에게 박상대는 눈엣가시고, 그의 몰락은 서로의 이익에 합치하는 바, 둘에게 박상대는 공공의 적이었소."

조설훈이 냉소적인 어조로 물었다.

"……그러면 이성진은? 내 생각이지만 왠지 이성진은 박상대와 일면식도 없을 것 같은데. 혹시 놈이 이성진의 사탕이라도 뺏은 적이 있나?"

"그건 저도 모릅니다."

배성준은 솔직하게 대답했다.

경찰과 조광, 양측에 발을 걸쳐 쌍방의 정보를 쥔 배성준조차, 아무리 생각해 봐도 이성진이 박상대와 척을 질 이유가 없다는 결론에 도달할 뿐이었다.

하다못해 이성진이 아닌 삼광 그룹으로 시선을 옮겨도, 삼광은 박상대와 아무런 은원이 없다.

박상대가 아닌 그 장인인 최갑철도 삼광과 척을 지는 관계는 아닐 것이고, 설령 실제로는 서로를 견제하고 있었다고 한들 그건 자신 같은 일개 형사가 알아낼 단계도, 발 들일 수준도 아닐 것이다.

'굳이 꼽자면, 안기부가 중간에 다리를 놓고 무언가 정치적 전략을 획책했을지 모른다는 것이겠지만……. 그걸 이 둘에게 말할 필요는 없지.'

그러니 이성진의 복안이 무엇인가 하는 건 죽었다 깨어나도 알 수 없겠으나.

'이성진이 배후에 개입해 있다는 정황만큼은 남아 있어.'

배성준이 말을 이었다.

"제가 가지고 있는 정보라는 건, 어디까지나 결과에 끼워 맞춘 정황뿐이니 말입니다."

조설훈이 술잔을 쥔 채 고개를 끄덕였다.

"그리고 그건 줄곧, 나에게 불리한 방향으로 작용하고 있다는 것이고?"

"예. 아직 모르고 계신 듯해 말씀드리자면, 사실 심영한이 체포되었단 소식은 이미 대중에게 공개되었습니다."

조설훈이 움찔하는 반응을 보였다.

"어떻게?"

지금은 아직 신문이나 뉴스가 나올 시간대가 아닌데.

"인터넷. 정확히는 도깨비 신문을 통해서입니다."

"……."

배성준이 말을 이었다.

"공교로운 일입니다만, 심영한이 체포된 것과 인터넷에 기사가 올라간 시간차가 극소하더군요. 이성진의 부하가 납치를 방해한 건 우연일 수 있으나, 그것을 공론화하는 과정까지도 우연이라고는 생각하지 않습니다."

조설훈은 말없이 고개를 끄덕인 뒤, 술을 한 모금 비우곤 잔을 내려놓았다.

"모르긴 몰라도, 이번 일을 기사에 실은 그 자체는 의도적이란 거군."

조설훈의 말은 어느샌가 아예 반말로 변해 있었지만, 배성준은 아랑곳하지 않았다.

"예. 그리고 상황을 종합해 보자면 이성진에게 박상대의 죽음이나 몰락은 그저 더 큰 목적으로 이르는 길에 거쳐 가는 수단에 불과할 거란 것이 제 생각입니다."

"……더 큰 목적?"

조설훈의 말에 배성준이 고개를 끄덕였다.

"조광입니다."

배성준의 말에 조지훈은 눈을 크게 부릅떴고, 조설훈은 마치 지금은 그걸 확신하고 있었다는 듯 담담히 고개를 끄덕였다.

"하긴. 어쨌건 사업가 입장에서 조광은 그런대로 먹음직스러운 회사일 테니까."

뿐만 아니라, 조설훈의 말속에선 '당신도 그렇게 생각하고 있었군' 하는 동조의 기색마저 읽을 수 있었다.

조설훈이 입에 담은 냉소 섞인 성찰의 중얼거림에 조지훈은 울컥했다.

"잠깐, 지금 그게 형님이 할 말이오? 나는 그런 거 인정 못 해!"

조지훈이 고개를 돌려, 오늘 처음으로 배성준을 직시했다.

"보시오, 형사 양반. 비록 내가 이성진 그놈을 만난 건 몇 번 되지 않지만, 그럴 놈은 아니라고 생각하오. 오히려 이 사태에 도움을 주면 주었지……."

조지훈은 저도 모르게 말끝을 흐렸다.

그는 지금껏 나눈 대화를 통해, 이성진의 역할이 어떠했는가를 떠올리기 시작한 것이다.

이성진이 도깨비 신문의 투자자인 것은 사실인 듯했고, 구봉팔과도 어쨌건 '사업상의 일'로 엮인 것도 맞았다.

더군다나 이성진이 박상대를 궁지로 몰아넣는 일에 일조한 것도 분명해 보였다.

하지만 그건 어디까지나 '박상대'에 국한한 일이지, 이성진은, 조광에, 아무런…….

……아무런 일도 하지 않은 게 아니었다.

그걸 깨닫자마자, 기분 탓일까, 조지훈은 온몸에 힘이 쭉 빠져나가는 걸 느꼈다.

이성진은 김기환을 통해 정순애를 한국으로 불러냈고, 박상대는 정순애를 살해했다.

조설훈은 박상대의 청탁을 받아 정순애의 시체를 처리했고, 이성진은 처리한 시체의 신원을 찾는 데 도움을 주었다.

그 조설훈의 약점이 담긴 도청기를 손에 넣은 것은 이성진이었고, 이어서 그는 도청기를 조세광에게 건넸다.

조세광이 박길태를 살해한 장소는 구봉팔이 소유한 땅이었으며, 그 부지는 이성진이 후원하여 구매가 이루어졌다.

박길태가 죽은 것을 계기로 조지훈은 조설훈과 함께 이성진을 끼워 넣어 삼자대면을 했고, 구봉팔은 조세화의 바지사장 노릇을 하며 조성광의 오른팔인 양 포장되었다.

뿐만 아니라 오늘 있었던 납치 미수 사건 일이 덮이기는커녕 인터넷을 통해 그 소식이 대대적으로 전파되었다.

이성진이 이 모든 걸 밑바닥에서부터 차근차근 계획한 것은 아니겠지만, 그 상황에 몇 번이고 개입하지 않거나 다른 선택을 할 수도 있었음에도 불구하고 그는 자신의 '목적'을 향해 변칙적인 상황의 변수에 맞춰 상황을 조율해 나갔다.

그리고 이성진의 선택은 결과적으로 지금처럼 조광의, 아니 정확히는 조성광에서 이어져 내려오는 조설훈의 입지를 약화시켰다.

이 모든 걸 깨달은 조지훈은 식은땀이 등줄기를 타고 흐르는 걸 느꼈다.

'그런 거였나? 그놈은 처음부터 그런 목적을 갖고 우리에게 접근했던 거였어?'

당황도 잠시, 조지훈은 배신감에 머리에 피가 몰리는 걸 느끼며 반사적으로 벌떡 자리에서 몸을 일으켰다.

"빌어먹을 애새끼! 내 지금 당장이라도 놈을 찾아서 사지를 찢어 버리겠소!"

"앉아라."

조설훈이 나직이 말했다.

"그래서 넌 지금 삼광이랑 전쟁이라도 하겠단 거냐?"

삼광.

조설훈의 말마따나, 빌어먹을 꼬맹이의 배후엔 대 삼광 그룹이 자리하고 있었다.

하지만 지금 머리끝까지 화가 치밀어 오른 조지훈에게 그런 것 따위는 안중에도 없었다.

"씁, 못 할 게 뭐요, 삼광이 뭐 어때서? 그래 봐야 공부만 하던 샌님들 집단 아니오? 내 밑에 애들만 데리고 쳐들어가도 그까짓 꼬맹이 하나 낚아채는 건 일도 아니오."

조지훈이 목소리를 높였다.

"씨팔, 한번 붙어 봅시다! 설마 겁이 난다면, 형님은 가만 있으시오. 난 지금이라도 애들을 불러 모아서……. 어라.”

그 순간, 조지훈은 비틀거리며 소파에 도로 주저앉았다.

“……제엔장.”

방금 전 몸에 힘이 쭉 빠져나갔다고 느낀 건, 이성진의 음모를 눈치챈 충격뿐만은 아닌 듯했다.

갑자기 머리에 피가 쏠린 탓에 연거푸 들이켰던 술의 취기가 훅 올라온 것 모양이라고 생각하며, 조지훈은 소파에 등을 기댔다.

“미안하오. 술이.”

조설훈은 그런 조지훈을 바라보면서, 마치 비웃는 것처럼 입매를 비틀었다.

‘……웃어? 이 상황에?’

조지훈은 자신을 바라보는 조설훈의 시선에 약간의 위화감을 느꼈지만, 그보단 남들 앞에서 취한 모습을 보였단 부끄러움이 앞섰다.

“나도 늙었나. 앞으론 작작 마셔야겠수.”

조지훈은 꼬부라진 혀를 굴려 가며 일부러 말을 뱉은 뒤, 소파에 양다리를 쩍 벌린 채 드러눕듯 깊숙이 등을 파묻었다.

“곽 실장, 물!”

그러자 마스터가 기다렸다는 듯 생수 한 병을 들고 다가오더니 조지훈의 잔에 담긴 술을 따라 내고 그 잔에 물 한 컵을 가득 따라 주었다.

조지훈이 벌컥벌컥 물을 들이켜는 걸 보며 배성준은 자신도 목이 마르단 생각에 마스터가 놓고 간 생수병에 손을 가져갔다.

그때.

툭.

'응?'

조설훈의 손이 생수병을 향하는 배성준의 손을 가볍게 밀쳐냈다.

'……조설훈, 설마.'

그사이 물 한 잔을 싹 비운 조지훈은 으드득, 으드득 얼음을 씹으며 몸을 조금 앞으로 기울였다.

"끄윽, 이제 조, 좀 낫네."

조지훈이 풀린 눈으로 조설훈을 보았다.

"……그러믄, 이제부턴 어, 어떻게 하실 거요?"

"글쎄."

조설훈이 담담하게 입을 뗐다.

"이성진을 처리하는 건 좀 더 신중할 필요가 있어."

하긴, 이성진의 배후에 있는 건 다름이 아닌, 그 삼광이니까.

'그래도 한발 뒤로 뺄 줄 알았더니, 형님도 제법이군.'

조지훈이 씩 웃었다.

"그, 그거 좋소. 나도 이성진 그놈을 씹어 먹어야 성이 찰

거 같고.”

조설훈이 재킷 안주머니를 뒤적이더니 담배 한 개비를 꺼내 입에 물었다.

“……그전에 일단은 내부의 적부터 없애야겠지. 그게 먼저야.”

“아, 아암. 지, 지금은 과, 광금후 그 자식을 처리하는 게 먼저겠지. 나도 그 새낀 눈엣, 가, 가시였구…….”

조지훈이 웃으며 말을 이었다.

“이, 이성진을 불러내는 건, 나, 나중에 세, 세화한테 말하면, 되, 될 거야…….”

“…….”

조설훈은 조지훈의 말을 흘려들으면서 불을 붙여 보라는 듯 배성준을 쳐다보았지만, 배성준은 딱딱한 얼굴로 고개를 저었다.

“불 없소.”

“…….”

“진짜요. ……나도 오늘 불을 빌려 피웠으니까.”

조설훈은 하는 수 없다는 양 마스터를 향해 눈짓을 했고, 마스터는 소리 없이 다가와 라이터를 꺼내 조설훈에게 불을 붙여 준 뒤, 재떨이와 Paradise Lost가 적힌 라이터를 탁자 위에 놓고 뒤로 물러섰다.

치익.

조설훈은 담배를 한 모금 빤 뒤, 이를 조지훈에게 내밀었다.

"고, 고맙수. 나도 땡겼는데."

담배를 이어받은 조지훈이 부들부들 떨리는 손으로 담배를 태우는 사이, 조설훈이 입을 뗐다.

"어쨌건 내가 아는 것 외엔 네가 이성진이랑 관계가 없다는 건 알겠구나."

"……무, 무슨 소리요?"

"혹시나 했거든. 너까지 이성진이랑 손을 잡고 나를 엿 먹이려고 한 건 아닐까, 하고."

"……."

"그래서 몇 번 떠봤지만, 너에게 그런 낌새는 없었다. 다행이군."

"혀, 형님도 참."

조지훈이 서운하다는 듯 혀 꼬부라진 소리로 말을 이었다.

"누, 누차 말했잖수. 다, 다른 사람 다 못 믿어도, 이, 이 동생 하나만큼은 미, 믿어도 좋다구."

"……그러냐."

조설훈은 덤덤한 얼굴로 안주머니를 뒤적이곤 담뱃갑, 아니, MP3 플레이어를 탁자 위에 툭 올려놓았다.

MP3?

배성준과 조지훈이 의아한 듯 탁자에 놓인 전자 기기를 바라보고 있으려니, 조설훈이 무표정한 얼굴로 입을 뗐다.
"곽 실장."
물러나지 않고 서 있던 마스터가 재깍 대답했다.
"예."
"가게 스피커로 틀어."
"예."
마스터는 탁자 위의 MP3 플레이어를 챙겨 자리를 비켰고, 조설훈은 조지훈을 보며 다시 입을 뗐다.
"지훈이 너는 나더러 '나 한 사람쯤은 믿어도 좋다'고 말했지."
"……으, 응? 그랬수."
조설훈이 씩 웃었다.
"대체 내가 왜?"
비록 입매는 웃고 있으나, 그건 웃는 얼굴이 아니었다.
"내가 이번에도 너에게 흉금을 터놓고 할 말 못 할 말 가리지 않을 거라고 생각한 거냐?"
조설훈의 말에 조지훈은 혼란스러워했다.
"……혀, 형님."
조지훈은 그제야 술집을 떠도는 공기가 심상찮음을 느꼈다.
"가, 갑자기 무슨 말을 하는 거요? 나, 나는 그저……."
조설훈은 끌어올렸던 입매를 내려 무표정한 얼굴로 조지

훈의 말을 끊어 냈다.

"네가 오전에 말했지. 세광이는 '아직 미성년자고, 정당방위였단 걸로 밀어붙이면 형량도 그리 빡세게는 안 나올 거'라고."

"……."

"그게 정당방위였다는 걸 네가 어떻게 아는 거냐?"

조지훈은 마른침을 꿀꺽 삼켰다.

"그, 거야, 그, 나도 경찰에 심어 둔 프락치가 있어서……."

"맞혀 보지. ……여기 있는 배성준?"

조설훈의 말에 조지훈은 그만 헛숨을 뱉을 뻔한 걸 간신히 참았다.

하지만 조설훈은 조지훈이 이미 뜨악한 걸 꿰뚫어 보기라도 한 듯 힐끗, 배성준의 굳은 얼굴을 한 차례 살폈다가 담담하게 말을 이었다.

"조지훈, 너는 아버지 병실에서 내게 도청 카세트테이프가 담긴 가방을 보인 뒤, 이를 드럼통에 넣고 통째로 태웠다."

"……."

"그때 참 공교로운 일이 생겼지. 어떻게 알았는지는 몰라도 그 은밀했을 일이 경찰에게 들켜 네 부하들이 벌금을 물지 않았더냐. 마치 나더러 보란 듯 말이다."

조설훈은 마치 남 일을 말하듯 무표정했다.

"그리고 그때 너는 카세트테이프만 태운 것이 아닐 것이다. 불에 잘 타지 않는, 무언가가 있었지. 경찰은 그걸 제외하고서 보고를 올렸을 거야."

그때.

정적이 감도는 가게 스피커에 음악 대신 치칙, 치칙, 잡음이 들리기 시작하더니 뒤이어 공간감이 느껴지는 잡음 사이로 조지훈의 목소리가 흘러나왔다.

—아버지, 이성진이라는 꼬마가 왔습니다. 저번에 왔던 애요. 너도 인사해.

그리고 앳된 소년의 목소리.

—오랜만에 뵙습니다. 이성진입니다.

—주무시나 보군. 형님이 올 때까지 기다리자고. 녹차랑 주스, 뭐로 할래?

—주스요.

—좋아. 그럼 저기 앉아 있어.

조설훈은 더 들을 것도 없다는 양 가볍게 손을 위로 들어 저었고, 즉각 뚝, 스피커에서 소리가 끊겼다.

정적.

불쾌하리만치 기이한 정적 속에, 끼익, 하고, 조설훈이 소파에 등을 기대는 소리가 시간의 흐름을 상기시켰다.

"……."

조지훈은 굳은 자세로 마른침을 꿀꺽 삼켰고, 배성준은 손에 쥔 접이식 우산을 거세게 꾹 쥐었다.

툭.

담뱃재가 조지훈의 바지 위로 떨어졌다.

조설훈은 그런 조지훈의 바지를 물끄러미 바라보면서 입을 뗐다.

"……그리고 그건 홀인원 기념 골프 트로피였지. 어떤가, 배성준 씨. 내 말이 틀렸나?"

배성준은 마지못해 대답했다.

"……맞습니다."

"그렇다는군."

조설훈이 어깨를 으쓱였다.

"나도 물렀지. 그때 그 자리에서 가방을 열어 봤어야 했는데 말이야. 아니면, 그땐 그때에 맞춰 무슨 변명을 쏟아 냈을까?"

조설훈의 감정이 실리지 않은 말에 이어, 조지훈이 몸을 벌떡 일으키며 다급히 입을 뗐다.

"오, 오해요, 형님! 나, 나는 그때, 그러니까, 그, 그때만 하더라도 나는……."

조지훈의 손가락 사이에 낀 담배가 미끄러지며 바닥에 떨어졌다.

'……어?'

순간, 조지훈의 몸이 앞으로 기울어졌다.

'어어?'

쿵!

조지훈은 섰던 모습 그대로, 탁자 위로 쓰러졌다.

"어, 어어어."

조지훈은 탁자 위로 쓰러진 채 몸을 허우적거렸다.

그 바람에 탁자 위에 놓인 술이며 각종 집기가 카펫 바닥을 나뒹굴었고, 한 병에 수십만 원을 호가하는 고급 위스키마저, 꼴꼴꼴 쏟아지면서 카펫을 적셨다.

"……어, 뭐, 이, 이거느은……."

조지훈이 입을 벙긋거렸다.

"……으, 으어, 어어어어……."

하지만 혀가 굳은 모양인지, 조지훈의 입에서 나오는 건 언어화되지 않은 의미 불명의 소리 죽인 비명뿐이었다.

조설훈은 경악과 당황, 분노가 뒤섞인 조지훈의 부리부리한 눈을 내려다보며 툭툭, 옷에 묻은 술을 털었다.

"이제야 약빨이 든 모양이군."

"어, 야, 너, 으……."

필사적으로 조설훈을 노려보던 조지훈의 눈에 힘이 풀리

더니, 스르륵 감겼다.

"……."

짧은 소란 뒤, 정적.

배성준은 자리에서 일어선 채 딱딱하게 굳은 얼굴로 정적을 깨트리며 물었다.

"……죽었소?"

일문에.

"아니."

일답한 조설훈이 말을 이었다.

"마취만 했을 뿐이다. 그것도 과하면 죽는다지만……."

조설훈은 짧게 대답한 뒤, 조지훈의 눈을 까뒤집곤 소파에 등을 기댔다.

"다행히 아직 살아 있군그래."

"……."

그리고 조설훈은 품을 뒤져 그제야 제 몫의 담배를 입에 물었다.

"대한민국 경찰이 유능하다는 건 이번 일을 겪어 오며 질리도록 알았다."

"……."

그는 허리를 굽혀 바닥에 떨어진 라이터를 주워 불을 붙이곤.

"그런데 내가 부검만 하면 결과가 뻔한 독살 같은 걸 할 거 같나?"

담배를 길게 한 모금 빨아 연기를 토해 낸 뒤, 배성준에게 라이터를 건넸다.

"불이 없댔지?"

"……물에 약을 탔군."

조설훈은 언제라도 내키면 쓰라는 듯, 엎어진 조지훈의 머리맡에 라이터를 내려놓았다.

"아쉽군. 반만 정답이다. 물에도 탔지만, 그 전에 이미 얼음에 얼려 두었지."

"……."

"앉아. 이야기는 지금부터니까."

배성준이 응하지 않고 슬쩍 거리를 벌리자, 조설훈은 피식 웃었다.

"왜, 아니면, 우산 안에 숨긴 그 총으로 나를 쏠 셈인가?"

그 말에 배성준이 움찔했다.

하지만 그 순간, 턱 하고 얹은 낯선 손이 배성준의 어깨를 짓눌렀다.

마스터의 손이 묵직하게 배성준의 어깨를 눌렀고.

"큭!"

그 바람에 배성준은 그만 의자에 주저앉고 말았다.

'손을 쓸 수가 없어.'

배성준의 직감에 마스터는 명실상부 프로였다.

그것도, 그 조설훈조차 '아주 중요한 일'에만 쓸 수 있는 그런 인물.

지금 자신은 독 안에 든 쥐라는 말로도 부족한 상황이었다.

술집 주인은 마치 충성스러운 개가 다음 명령을 기다리듯 배성준의 어깨를 누른 채 그 등 위에 서 있었고, 조설훈은 그런 배성준을 보며 담배를 한 모금 더 태웠다.

"죽이려면 진작 했어."

"……."

"하지만 그건 하책이지. 대한민국 경찰을 죽인다는 건 내게도 리스크가 크니까. 안 그래도 한창 감사가 진행 중인데, 댁이 덜컥 실종이라도 된다면 나부터 의심하지 않겠나?"

"……."

"애들도 아빠를 찾아 하염없이 기다릴 텐데 말이야. 몇 살이랬지?"

감히, 네놈이 내 가족을 언급해?

배성준이 조설훈을 노려보았다.

"하고 싶은 말이 뭐냐."

"일단은 아까도 말했듯 그 총…… 아니, 우산? 아무튼 그것부터 내려놓았으면 한다는 거. 아참, 지금은 손을 쓸 수가 없겠군."

조설훈이 눈짓하자 마스터는 배성준의 어깨 위에 올린 손을 풀어낸 뒤, 마치 배성준이 공기인 양 묵묵히 의식 없는 조지훈을 소파에 앉혔다.

배성준은 잠시 조설훈을 노려보다가.

"……."

툭. 빈 탁자 위에 우산을 놓았다.

"좋아."

조설훈은 손을 뻗어 우산을 집어 든 뒤 선물상자 속 선물을 꺼내듯 안에서 리볼버를 꺼냈다.

"역시 우산 안쪽을 분해해서 총을 숨긴 거였군. 이거 아까워서 어쩌나. 비 오는 날 우산만큼 값진 건 좀처럼 없는데."

"……."

"걱정하지 마라. 나중에 돌아가는 길에 우산 하나 정돈 챙겨 주지. 그래도 그쪽이 총을 챙겨 와서 나로선 다행이군."

다행?

배성준은 의아함을 느꼈지만 이를 내색하지 않으며 조설훈을 노려보았다.

"할 말이나 하시오."

조설훈은 고개를 끄덕이곤 마스터가 올려 둔 재떨이 위에 담배를 걸쳐 놓았다.

"연극은 좀 하나?"

"……연극?"

찰칵.

조설훈은 리볼버 실린더를 열어 탄창을 확인했다.

“그래, 연극. 들어 봐. 자네한테도 전혀 나쁠 거 없는 이야기니까.”

차르르.

조설훈은 리볼버에서 모조리 탄환을 빼낸 뒤 이를 보란 듯 손바닥 위에 올려놓았다.

“그나저나 여섯 발 전부 실탄으로만 가득 채웠군그래.”

“…….”

재킷 주머니에 탄환을 집어넣은 조설훈은 자신을 노려보는 배성준을 향해 피식 웃어 보였다.

“너무 경계하지는 마. 방금 말했듯 죽이려면 진작 죽였을 거니까.”

“…….”

“뭐, 어쨌거나.”

조설훈은 주머니에서 탄환 하나를 빼내 실린더에 밀어 넣곤, 러시안룰렛을 하듯 실린더를 돌렸다가.

툭. 탁자 위로 리볼버를 내려놓았다,

손만 뻗으면 닿을 거리였다.

배성준은 당장이라도 리볼버를 챙겨 저 괴물을 향해 쏘고 싶었지만, 지금은 그 범상치 않은 마스터가 배성준 근처에서 묵묵히 카펫 위를 정리하고 있었다.

‘게다가 한 발뿐인가.’

이래서야 누굴 먼저 쏘아야 할지 모른다. 조설훈 역시 만만치 않은 싸움꾼이었고, 어쩌면, 그에 대한 방비도 해 두었으리라.

그마저도 지금 와선 몇 번 빈 공이를 당겨야 할지 모를 지경이고.

'그게 아니면……. 아니, 적의는 없어.'

배성준은 몸의 근육을 이완시켰다.

'최소한 지금은.'

조설훈은 다시 담배를 쥐더니 배성준을 물끄러미 바라보며 말을 이었다.

"다시 본론으로 돌아가지. 간단한 이야기야. 자네는 나를 모르는 걸세."

"……뭐?"

"아, 전혀 모른다고는 할 수 없고. 얼굴은 며칠 전에 한 번 본 사이라고 해 둘까. 그 왜, 배성준 씨를 차에 태웠던 그날 처음 말이지."

"……."

조설훈이 사무적으로 읊었다.

"회계 서류를 뒤지던 나는 어느 날, 배성준이라는 형사가 내 동생과 내통하고 있었다는 걸 어느 순간 눈치챘다. 모범 납세자이자 선량한 시민인 나는 깜짝 놀라 인맥을 동원해 당신과 만남을 청했고, 당신은 그 만남에서 내 의혹을 부인했다."

"……."

"하지만 내가 배성준 형사와 동생이 내통하고 있다는 걸 눈치챈 건, 그쪽에게는 위태로운 일이었지. ……왜냐하면 배성준 형사는 지금껏, 아픈 아내의 병원비를 내 준 조지훈과 내통하며 경찰 측의 정보를 빼돌리고 있었거든."

조설훈은 그사이 담배를 한 모금 태웠을 뿐, 눈 하나 깜짝 않고 각본을 술술 내뱉었다.

"시쳇말로 똥줄이 탄 배성준 형사는 마침 시작된 감찰 압박과 양심에 못 이겨 조지훈에게 자수를 권하지. 그동안 조지훈이 저질러 온 모든 죄, 박상대를 도와 정순애의 시체를 훼손해 유기했던 일, 박길태 살인 사건의 주요 증인인 지동훈을 협박했던 일, 지동훈이 끝내 경찰에 출두하자 그 가족을 납치해 협박하려 했던 일 등등……."

조설훈의 이야기를 들으며, 배성준은 속이 뒤집힐 것 같은 기분을 꾹 눌러 참았다.

"……그 결과 몇 가지 불행한 일의 진상이 규명되고 모든 죄는 조지훈이 했던 것이 된다. 어떤가? 이만하면."

조설훈의 말을 끝까지 경청해 준 배성준은 냉소로 감상을 표했다.

"당신이 한 가지 간과한 일이 있군."

배성준이 힐끗, 소파 위에 기절하듯 잠든 조지훈을 보았다.

"그러려면 그쪽의 동생이 당신이 제시한 시나리오에 협의를 해야 하지 않나?"

"그건 걱정할 거 없다."

슥.

조설훈이 탁자 위에 놓인 리볼버를 배성준을 향해 밀었다.

"죽은 자는 말이 없는 법이니까."

턱.

배성준은 리볼버를 손바닥으로 덮으며 조설훈을 노려보았다.

"지금 나더러, 조지훈을 죽이라는 거냐?"

"그래."

"당신 동생인데."

"그랬지."

"……미친 거냐?"

"어쩌면?"

조설훈이 입매를 비틀었다.

"곽 실장."

철컥.

배성준은 쇳소리에 놀라 힐끗 소리가 난 방향으로 고개를 돌렸다.

마스터가 품에서 꺼낸 권총 장전을 마쳤고.

달각.

그는 조설훈이 앉은 자리 앞에 권총을 내려놓았다.

"토카레프 자동권총."

조설훈은 태연히 그 총을 집어 들었다.

"몇 년 전 소련이 망했을 때 무기가 왕창 풀렸지. 몇몇은 너무 흔해서, 소문에 일부는 땅에 파묻어 버려야 했을 정도였다던가."

"……."

"그리고 몇몇 권총은 물 건너 이곳, 총기 금지 국가인 대한민국 땅에도 도달하고 말았다는 거다."

조설훈이 피식 웃었다.

"박길태 같은 놈도 총 한 자루를 꿍쳐 두고 있었는데, 하물며 박길태를 부리던 조지훈 그놈은 어련할까."

조설훈은 손에 든 권총을 배성준에게 겨눴다.

"……뭐 하는 거지?"

"이렇게."

빙글.

조설훈이 손잡이를 놓자, 방아쇠울이 손가락을 타고 빙글 돌았다.

"궁지에 몰린 조지훈은 욱하는 성질에 기어코 권총을 꺼내 배성준 형사를 겨눴고, 당신은 정당방위를 행사해야만 했다는 거지."

"……."

조설훈이 탁자 위에 권총을 내려놓았다.

"그리고 현장에서 조지훈을 사살한 배성준 형사는 본부에 연락에 이 모든 상황을 밝히고, 영웅이 된다."

"……헛소리."

"그래? 얼마 전에 매스컴이 박상대를 강도 살해한 박 모라는 형사를 치켜세워 주었던 걸 생각하면, 내가 말한 것도 영 허튼소리는 아닐 거라고 보는데."

"……."

"설령 그렇지 않더라도, 사안의 경중을 고려해 자네가 저지른 죄는 어느 정도 정상참작이 가해질 걸세."

이어서 조설훈은 보란 듯 소파에 등을 기대며 빈틈을 드러냈다.

"혹여 징계위원회가 배성준 형사에게 해임, 또는 파면에 이르는 중징계를 내린다면 연락하겠다. 마침 우리 그룹엔 무수한 자회사가 있고, 그 자회사와 협력하는 업체 중엔 적임자를 기다리는 일자리가 많아. 아주 많이는 못 주더라도 형사 박봉보단 안전하고 안정적인 돈벌이가 될 거란 것쯤은, 내가 보장하지."

배성준이 손바닥 아래 놓인 리볼버를 의식하면서 물었다.

"나에겐 그쪽이 내 뒤통수를 치지 않으리란 보장이 없는데."

"아직 뭘 모르는군."

조설훈이 미간을 찌푸렸다.

"자네나 나는 지금 서로의 약점을 쥐고 있다. 그리고 이번 일은 피차 이득이 되는 일이지. 이는 그쪽이 현 상황을 타개할 방책이면서 나 역시도 내게 가해진 혐의를 벗기 위해선 당신이 '증언'을 해 주는 일이 중요하다."

조설훈이 말을 이었다.

"게다가 방금 말했듯이, 자네가 '실종'되는 건 하책이야. 가능하면 서로가 원만한 협의에 이르러 최선의 수를 궁리하는 게 피차 좋지 않겠나?"

"원만한 협의라."

배성준이 이죽거렸다.

"……그런다고 해서 내가 당신의 그 시답잖은 계획에 어울려 줄 것 같나? 심지어 살인을?"

조설훈이 입매를 비틀었다.

"이거 왜 이러시나. 이제 와서 새삼 경찰 직업윤리를 가슴에 품은 건 아닐 텐데."

"……."

"그리고 해야만 할 거야."

조설훈이 깍지 낀 손을 무릎에 얹었다.

"자네의 처제 집에 얹혀살고 있는 아이들을 생각해서라도."

"……!"

개자식.

배성준은 지금 당장이라도 조설훈을 쏴 버리고 싶은 충동을 느꼈다.

조설훈은 부들부들 떨리는 배성준의 손을 물끄러미 쳐다보다가 몸을 일으켰다.

"이만하면 협의는 원만하게 끝난 것 같군. 그러면."

조설훈은 탁자를 빙 돌아 조지훈에게 향하더니, 그 안주머니를 뒤적여 핸드폰을 꺼냈다.

딸각.

그는 몇 차례 통화 내역을 살피더니 그중 하나를 찾아 전화를 걸었다.

뚜르르.

몇 차례 신호가 가고, 상대가 전화를 받은 듯했다.

"나다, 조설훈."

조설훈은 이어서 인사불성인 조지훈을 힐끗 쳐다보았다.

"……지훈이가 인사불성이 되어서 그런데, 옮기는 걸 도와줬으면 좋겠군. 공터 뒷문, 비상계단으로 올라와라. 그래."

뚝.

용건을 전하자마자 전화를 끊은 조설훈은 손수건을 꺼내 조지훈의 핸드폰을 닦았다.

"괜찮다면 자네도 옮기는 걸 도와주었으면 좋겠는데. 보는 바대로 덩치만큼 무게도 많이 나가는 놈이어서."

"……뭐 하는 짓이냐?"

조설훈이 조지훈의 품에 핸드폰을 넣으며 대꾸했다.
"무거우니까."
"그게 아니라……!"
배성준이 욱하며 받아치려다가 입을 다물자, 조설훈이 담담하게 입을 뗐다.
"이 술집은 내가 좋아하는 곳이어서, 가능하면 방해를 받고 싶지 않거든."
조설훈이 탁자 위에 놓였던 자동권총을 집어 들었다.
"이제 와서 위선 떨 생각은 마라. 피차 갈 곳까지 간 인생인데."
"……."
"부담이 되는 모양이니 소품은 내가 잠시 맡아 두지."
혹시라도 생각이 바뀌었다고 느끼면 안 될 일이다.
말 그대로 총을 쥔 건 저쪽이니까.
배성준은 인상을 구기며 조설훈을 향해 슥, 리볼버를 밀었다.
"좋아."
조설훈이 리볼버를 주머니에 넣었다.
이윽고, 문이 덜컥이는 소리에 이어 가볍게 두드리는 소리가 들리자 마스터는 성큼 걸음으로 문을 향해 걸어가 잠금을 풀고 문을 열었다.
딸랑, 하는 방울 소리가 청아하게 울려 퍼졌다.

"시, 실례하겠습다!"

이제 갓 스물을 넘겼을까 싶은 앳된 까까머리 청년이 꾸벅 허리를 숙이며 인사했다.

숙인 머리를 타고 물이 뚝뚝 떨어져 카펫을 조금 적셨다.

"이쪽으로."

"예, 옙."

청년은 마스터의 안내를 받아 쭈뼛쭈뼛 테이블로 다가왔다.

청년은 기절한 듯 소파에 기대앉아 있는 조지훈을 발견하곤 눈을 동그랗게 떴다.

"으아, 세상에나……."

이 정도로 정신을 잃을 만큼 취한 조지훈을 처음 보았다는 듯, 저도 모르게 중얼거린 청년은 그 자리에 있는 조설훈을 보곤 아차 하며 입을 다물었다.

조직의 '큰형님'을 처음 본 청년은 바짝 얼어 있었다.

하지만 조설훈은 신경 쓰지 않는다는 듯 그 청년을 보며 빙긋 웃었다.

"자네가 지훈이 운전기사인가?"

"예, 옙! 그렇습니다!"

"젊은데 고생이 많군."

"아닙니다! 오히려 뵙게 되어 영광입니다!"

"음. 그러면 이분들을 도와서 수고 좀 해 주게."

청년은 조설훈의 지나가듯 건넨 공치사조차 영광이라는 듯 으쓱한 얼굴로—하필이면—배성준을 보았다.

"저, 그러면 나눠서 들까요?"

"……."

배성준은 청년의 얼굴을 보지 않으려 애썼다.

청년은 그걸 두고 자신이 '관례상의 예의에 어긋난' 행동을 한 줄로 착각하고 얼른 조지훈을 향해 발걸음을 옮겼다.

"제, 제가 무거운 쪽을 맡겠습니다."

이후, 세 사람은 혼수상태의 조지훈을 나눠 들었다.

청년이 조지훈의 양 어깻죽지를 잡았고, 마스터와 배성준이 나란히 다리 한 쪽씩을 들었다.

조지훈은 무거웠다.

조설훈은 우산을 쓴 채 그 뒤를 말없이 따라올 뿐이었다.

빌딩은 복도 비상구 외에도 술집 안쪽에서 이어지는 외부 계단이 있었다.

쏴아아.

바깥은 억수 같은 비가 쏟아지고 있었다.

배성준은 외부 계단 너머로 보이는 어둠과 축축한 물비린내, 빗소리를 들으며 쓸데없는 생각을 했다.

'이런 날에 놀이공원을 가려고 했다니.'

그때, 청년이 비에 젖은 계단에 미끄러져 기우뚱하는 걸, 배성준은 얼른 손을 뻗어 그를 낚았다.

"가, 감사합니다."

"……."

괜한 짓을 했다.

가능하면 아무 말도, 인연의 조각조차 연루되고 싶지 않았다.

세 사람은 몇 번인가 비에 젖은 철제 계단 위를 미끄러질 뻔해 가며 조지훈을 빌딩 뒤편, 공터까지 옮길 수 있었다.

그나마 2층이어서 다행이었다.

출구와 멀지 않은 공터에는 헤드라이트가 켜진 고급 외제차가 대기하고 있었다.

달각.

세 사람은 조설훈이 열어 준 뒷문에 조지훈을 욱여넣듯 밀어 넣었고, 청년은 조지훈이 편하게 누울 수 있도록 자리를 정리한 뒤 몸을 일으켰다.

"휴우, 도와주셔서 감사합니다. 그러면 저는 이만……."

마스터가, 뒤에서 청년의 목을 줄로 감아 당겼다.

"꺽, 꺼억. 끅……!"

배성준은 눈을 감았다.

머리 위로, 어깨 위로 떨어져 내리는 빗줄기가 차가웠다.

텅.

마스터가 시체를 트렁크에 싣고 문을 닫은 뒤, 자연스럽게 운전석에 올라탔다.

조설훈이 배성준의 뒤에서 말을 건넸다.

"차 몰고 왔지?"

"……죽일 필요가 있었나?"

배성준은 날 선 대답을 하며 조설훈은 어떤 표정을 짓고 있을까, 생각했다.

"리스크는 줄여야지."

"……."

"조지훈의 동선을 알고 있는 놈이야. 불필요한 입은 적을수록 좋고."

그 담담한 말씨에 배성준은 속으로 욕지기가 치밀어 올랐다.

조설훈은 그런 배성준의 속도 모르는지, 아니면 알 바가 아니라고 생각했는지, 담담히 말을 이었다.

"시체 처리라면 걱정할 거 없어. 나도 정순애 때 일을 계기로 교훈을 얻었으니까. 이번엔 제대로 이 세상에 남지 않게끔 할 거다."

"……."

"또, 어차피 저런 놈 한 사람쯤 없어져도 찾는 사람은 없을 거다."

배성준은 주먹을 꾹 쥐었다.

기분 같아선, 지금이라도 몸을 돌려 조설훈의 면상에 주먹을 꽂아 넣고 싶었다.
아니, 권총으로 저 괴물의 머리를 날리고 싶다.
하지만.

「자네의 처제 집에 얹혀살고 있는 아이들을 생각해서라도.」

할 수 없었다.
배성준은 주먹 쥔 손아귀를 스르르 힘없이 풀었다.
칙.
조설훈이 담배에 불을 붙였다.
"됐으면 가 봐. 나는 내 차로 따라갈 테니까."
"……왜, 동생이랑 마지막 가는 길을 함께하지 않고?"
배성준의 이죽거림에 조설훈은 무표정하게 대꾸했다.
"다시 말하지만, 리스크는 줄여야지."
"……."
"더욱이, 나는 자네가 맡은바 역할에 충실할 수 있도록 도와줘야 하지 않겠나."
조설훈이 덧붙였다.
"그 소품도 나한테 있고."
빌어먹을 자식.
혹시라도 달아날 생각은 하지 말라는 암시였다.

배성준이 몸을 돌려 조설훈을 보았다.

"계획이 뭐지?"

조설훈은 담배를 한 모금 태운 뒤 대답했다.

"차 세 대가 간다. 곽 실장, 너, 나. 장소에 도착하면 너는 조지훈을 죽이고, 나는 곽 실장과 함께 저 차 트렁크의 시체를 내 차로 옮겨 실은 뒤 뒤처리를 한다. ……이만하면 됐나?"

처음부터 작정하고 있었군.

'누굴 죽일지, 그리고 내가 어떻게 움직일지…….'

배성준이 물었다.

"목적지는?"

"가 보면 알 거다. 혹시 길이라도 잃을까 봐 그러나?"

"……."

조설훈이 말을 이었다.

"밤이 짧다. 움직여."

"이성진이라는 꼬맹이도 처리해야 하니까?"

배성준이 이성진을 언급하자 조설훈의 표정에 처음으로 균열이 생겼다.

"……그놈을 내가 어떻게 처리하든 자네가 신경 쓸 바는 아닐 텐데."

"……."

짧은 침묵 뒤에 배성준이 물었다.

"지금 상태로 운전했다간 음주운전 단속에 걸릴 텐데."

"설마, 걱정해 주는 건가?"

"……리스크는 줄여야지."

조설훈이 했던 말로 되받아치자, 조설훈은 눈을 가늘게 뜨더니 피식 웃었다.

"의외야. 자네도 유머 감각이 있군. 이런 사람인 줄 알았으면 좀 더 가까이할 걸 그랬어."

"……좆까."

조설훈은 배성준의 욕설에도 담담했다.

"평일, 쏟아지는 비. 경찰도 이런 날 음주운전 단속은 하지 않을 거다. 차는 교외로 갈 거고, 설령 운이 나빠 단속에 걸린다 한들 그땐 자네가 대처해 주겠지."

"……."

"아니면 따로 기사를 부르고. 요즘 대리운전이라는 게 있다지?"

"됐어. 알아들었다."

배성준은 더는 상대하고 싶지 않아 그대로 발걸음을 옮겼다.

그렇게 빗길을 걸어 자신의 애마로 돌아온 배성준은 운전대를 잡고 머리를 박았다.

"……씨팔."

나직이 욕을 뱉은 배성준은 그대로 시동을 걸었다.

부릉.

차를 몰고 공터로 향하자, 뒤에서 조설훈이 탄 차가 헤드라이트를 깜빡였다.

그걸 신호로, 조지훈의 차가 천천히 움직였다.

배성준은 기어를 넣고 조지훈의 차 뒤를 따라가며 사이드미러로 힐끗, 자신을 따라오는 조설훈을 확인했다.

'진퇴양난이야.'

하지만 그 '철두철미한' 조설훈이 간과한 것이 있다면.

이 차에 배성준이 혼자 타도록 방치했다는 점이었다.

배성준은 앞차를 따라가며 딸각, 핸드폰을 열었다.

'좋아, 지금부턴…….'

따르릉.

그때, 전화가 울렸다.

'……씁.'

따르릉.

따르르릉.

배성준은 인상을 구기며, 하는 수 없이 전화를 받았다.

"……."

–받는 게 늦군.

조설훈이었다.

"무슨 일이냐."

–별거 아니야. 가는 길이 심심하지 않도록 통화나 하자는 거지.

"……."

—아, 전화가 끊어지지 않게끔 계속 유지해. 잠깐이라도 전화가 끊어지면 나도 어디론가 전화를 걸 테니까.

"개자식."

—오히려 말동무가 되어 주는데 고마워해야 하는 거 아닌가? 그러면 서로 안전운전하지.

"……."

그렇게 차량 세 대는 비 오는 밤길을 일렬로 달려 나갔다.

후두둑.

석동출은 자신의 개인 소유 차에 앉아 보닛 위로 쏟아지는 빗줄기를 멍하니 바라보았다.

「조설훈과 만나기로 했다.」

배성준의 말이었다.

「……석 형사. 도와주지 않겠나?」

석동출은 배성준의 말을 떠올리며 아랫입술을 질끈 깨물었다.

지금 배성준은 홀로 적지로 향한 것이다.

석동출로서는 감히, 거기서 무슨 일이 벌어지게 될지 짐작도 하기 힘들었다.

'별일 없어야 할 텐데.'

그때.

똑똑.

하고, 조수석 유리를 두드리는 손이 있었다.

"뭐야!"

석동출은 화들짝 놀라 반사적으로 고개를 돌렸다가, 한숨을 내쉬며 창문을 내렸다.

그것도 안도를 해야 할지 말아야 할지는 모르겠지만.

"여기는 어쩐 일입니까? ……김철수 씨."

창문을 두드린 건, 자칭 안기부 요원 김철수였다.

"아, 예. 다름이 아니라 괜찮다면 차 좀 얻어 탈 수 있겠습니까?"

"……."

이번엔 또 무슨 꿍꿍이속인지.

석동출은 경계를 늦추지 않으며 그를 위아래로 훑었다.

김철수는 이 날씨에 우산도 없는지, 온몸이 젖어 있었다.

"……제가 왜 그래야 합니까?"

"글쎄요, 사람 간에 오가는 정?"

석동출이 창문 버튼에 손가락을 얹었다.

"아, 스톱, 스톱!"

위이잉, 올라가는 창문 틈으로 김철수가 다급히 말을 이었다.

"배성준 형사의 연락을 기다리고 계신 거 아닙니까?"

석동출이 창문 버튼에서 손가락을 뗐다.

"지금……."

김철수는 석동출이 노려보는 시선을 넉살 좋은 미소로 끊어 냈다.

"아마, 연락은 오지 않을 겁니다."

"……."

"자세한 건 차에서 말씀드리고 싶은데요."

석동출은 인상을 구기며, 하는 수 없이 문의 잠금을 열었다.

"휴우, 감사합니다."

가방까지 손에 쥔 김철수는 물에 젖은 생쥐 꼴로 얼른 뒷좌석에 올라탔다.

"차 좋네요. 아, 이 수건 좀 쓰겠습니다."

"잠깐……."

석동출은 말리려고 했지만, 김철수는 허락도 없이 뒷좌석의 걸레를 써서 가방이며 머리에 묻은 물기를 털다가 멈칫했다.

"……킁킁. 혹시, 이거."

"걸레입니다만."
"……그랬군요."
김철수는 걸레를 조심스럽게 내려놓았다.
"그나저나."
석동출이 몸을 돌려 김철수를 바라보았다.
"방금 그건 무슨 말씀입니까? 연락이 오지 않을 거라니."
"아, 그거요."
김철수는 킁킁, 손에 남은 냄새를 맡으며 대답했다.
"감시 중이었거든요."
"……뭐요?"
그 뻔뻔하리만치 당당한 태도에 석동출은 잠시 할 말을 잊었고, 김철수가 미소 띤 얼굴로 말을 이었다.
"배성준 형사님은 지금, 조설훈과 함께 있죠? 그 전에는 석동출 형사님께 도움을 요청했고요."
"……."
"숨기실 거 없습니다. 다 알고 하는 말이니까요."
"어떻게……."
석동출은 그 순간 김철수가 조수석이 아닌 뒷좌석에 탄 이유가, 자신에게 멱살을 잡히지 않기 위해서라는 걸 깨달았다.
"……설마 저희 선배님의 핸드폰을 도청한 겁니까?"
"에이. 무슨 말씀을."
석동출의 말에 김철수가 손사래를 쳤다.

“그건 못 합니다. 아니, 최소한 지금의 저희 안기부는요. 안 그래도 배성준 형사님은 삼광전자에서 나온 클램을 쓰고 계시더군요. 거기엔 CDMA 칩셋이 내장되어 있는데, 당초 군사 목적으로 개발된 거고, 이론상이라면 모를까, 현재 기술력으론 힘들어요. 정말이지, 왜 하필이면 그런 걸 상용화해서는…….”

지금 그딴 말이 나올 때인가.

김철수의 말이 계속 이어졌다.

“그래서 배성준 형사님이 자리를 비운 사이 차에다가 별도의 기계를 설치했습니다. 놀이공원에 사람이 없어서 다행이었죠, 하하.”

“……무슨 말을 하고 싶은 겁니까, 지금?”

석동출의 노기 섞인 목소리에 김철수는 웃음기를 거두었다.

“궁금하시면 출발하시죠.”

“……지금은 자리를 비울 수가…….”

“더 멀어지면 저도 장담 못 합니다.”

더 멀어지면?

“……씁.”

석동출은 김철수의 말에 하는 수 없이 기어를 넣고 차를 출발했다.

부웅.

석동출이 차를 모는 사이, 김철수는 뒷좌석에 앉아 가방을 열었다.

자세히 살피지는 못했지만, 무언가 기계가 복잡했다.

"어디로 갑니까?"

"아마, 직진입니다."

아마?

"지금은 정확하질 않아서요. 아, 라디오 좀 틀어도 될까요?"

"……."

"필요해서요."

내가 지금 뭘 하는 건지.

석동출은 구시렁거리며 라디오를 틀었다.

「깊은 밤 너에게 전화를 걸까 말까 망설였지…….」

마침 라디오에서는 SBY의 노래가 흘러나오는 중이었다.

김철수는 기계를 만지작거리며 쉴 새 없이 입을 떠들어 댔다.

"캬, SBY, 너란 이름으로. 좋은 노래죠. 남정네뿐이어서 아주 좋아하진 않지만, 언젠가 머지않은 미래에 비슷한 기획과 실력을 겸비한, 여성진만으로 이루어진 아이돌 그룹이 나온다면 진심을 다해 사랑해 줄 자신이 있습니다. 그런데 왜 안 나오는 걸까요……."

"……."

정말로, 내가 지금 뭘 하는 건지.

아니, 애당초 안기부 요원이 맞기는 한가? 저놈은 자신을 안기부 요원이라고 믿는 정신병자는 아닐까?

왠지 모르게 그 말을 따라 차를 몰고는 있었지만, 석동출은 지금이라도 생각을 재고해야 하는 건 아닌지 진지하게 고민했다.

노래가 끝나고 DJ가 입을 뗐다.

「예, 지금까지 SBY의 너란 이름으로, 들으셨습니다. 오늘 대단한 활약을 했다죠? 당시 현장에 있었다는 목격자의 제보가 쏟…….」

그때였다.

「아……칙, ……지지직, 칙,」

카 오디오에서 흘러나오는 목소리에 노이즈가 끼기 시작하더니.

「……네……로……지마.」

희미하게, 방금 전과 달리 남자 목소리가 들리기 시작했다.

"……이건?"

"쉿."

방금 전까진 실컷 떠들어 댄 주제에, 김철수는 묻지 말라는 듯 손가락을 입술에 가져갔다.

「……금하지도 않아.」

배성준의 목소리였다.

"전파가 잡혔군요."

"……."

"아, 이제 물어보셔도 됩니다. 궁금해하셨죠? 이건 일종의 무전기 기술인데…… 여기서 좌회전이요."

석동출이 운전대를 꺾었다.

"……핸드폰을 도청하는 건 어렵지만, 무전기는 하이재킹이 어렵지 않거든요. 주파수에는 각각에 부여된 고유 신호가 있는데, 여기 기지국 역할을 하는……."

"그런 걸 물어본 게 아니잖습니까!"

석동출이 참다못해 버럭 소리를 지르자, 김철수가 어깨를 으쓱였다.

"아, 다행이네요. 이 이상은 기밀이었는데."

"……상황이 지금, 어떻게 되는 겁니까?"

김철수가 잠시 생각에 잠겼다가 입을 뗐다.

"제 생각에 배성준 형사는 지금 조설훈과 통화 중인 것 같습니다."

"……."

"혹시나 다른 생각을 품지 못하도록, 전화가 끊어지지 않게끔 하면서 말이죠."

……그래서 배성준에게 연락이 오지 않을 거라고 말한 건가.

꾸욱.

운전대를 쥔 석동출의 손아귀에 힘이 들어갔다.

3장

배성준이 탄 차는 외곽 순환도로를 빠져나와 빗길을 헤치며 달렸다.

차를 몰고 가면서 배성준은 음주운전 검사가 있길 바라야 할지, 아니면 없길 바라야 할지 모를 기분이었다.

하지만 불행인지 다행인지 음주운전 검사는 없었다.

—익숙한 길이지?

조설훈은 계속해서 떠들어 댔다.

—자네라면 아마 눈 감고도 운전할 수 있을 거야.

말 그대도, 낯설지 않은 길이었다.

배성준은 조설훈이 자신을 어디로 이끄는지 깨닫곤 속으로 혀를 찼다.

분명 그 장소라면, 총성이 몇 발이 울리건, 아무도 모를 것이 분명했다.

"……그쪽이야말로."

배성준은 일부러 덤덤하게 조설훈의 말을 받았다.

"이렇게 비가 내리는 날에 술까지 마시고, 핸드폰으로 쉴 새 없이 떠들어 대면서 잘도 쫓아오는군."

–그 정도로는 취하지 않아. 빗길에 미끄러질 만큼 싸구려 차도 아니고. 설마 나를 걱정해 주는 건가?

걱정은 무슨.

바라기로는 이대로 조설훈의 차가 빗길에 미끄러져 사고라도 나 주면 좋겠단 생각이 들 정도였다.

하지만 그건 어디까지나 감정적으로 그렇다는 것뿐, 만에 하나 조설훈이 교통사고를 내면 많은 일이 꼬이게 된다.

'더욱이 하필이면 조지훈과 시체가 저 술집 주인 차에 들어 있으니.'

배성준은 그 혹시나 생길지 모를 불운한 사고에서 마스터가 어떻게 움직이게 될지 짐작하기 어려웠다.

'……그러니 지금은 장단을 맞춰 줘야 해.'

배성준은 태연하게 대답했다.

"새삼스러운 이야기지만 댁이 사고라도 내면 이 모든 게 말짱 황이니까. 더욱이 최근 전문가들 의견에 의하면 운전 중 통화가 위험할 수 있다는 분석도 있거든."

—그래? 그건 몰랐는데.

"아직은 핸드폰 사용 인구가 적으니 공론화하고 있질 않지만 나중에 통계가 쌓이면 운전 중 핸드폰 사용도 단속 대상이 될 테지."

—그건 참고해야겠군.

배성준이 슬쩍 조설훈을 떠보았다.

"그렇게 생각한다면 다른 날을 잡아도 됐을 텐데. 하다못해 화창한 날로."

—아니, 딱 좋은 날이야.

수화기 너머 조설훈이 피식 웃었다.

—더군다나 비까지 내려 주니 나로선 더할 나위 없지. 나로선 최대한 리스크를 줄이고 싶으니까.

조설훈이 말을 이었다.

—비가 내리면 어지간한 증거는 씻겨 내려간다. 앞서 말했듯 나는 경찰의 수사 능력을 높이 평가하고 있어. 그러니 이 정도로 비가 내려 준다면 혹시 남아 있을지도 증거도 씻겨 내려갈지 모르고. 변호사에게 들었다만, 박길태의 부검 당시 화약 잔매란 것이 사건의 모순을 밝히는 데에 제법 중요한 역할을 했다지?"

"……그래."

배성준이 대답했다.

"거기에 흔히들 알고 있는 지문뿐만 아니라 총이 발사된 거리, 각도, 약실의 구조 등이 모두 고려 대상이었지. 국과수

담당자가 여간내기가 아니었으니 그쪽도 이번 일에 신중해야 할 거다."

—하하.

조설훈의 메마른 웃음소리가 들렸다.

—그래. 그래야겠지.

조설훈이 덧붙였다.

—생각해 보면 말이야, 우리 때만 하더라도 경찰의 부실 대응으로 많은 사건이 미제로 남지 않았나?

"……무슨 말이 하고 싶은 거지?"

조설훈은 잠시 뜸을 들였다.

—두 번이었다.

"……."

조설훈의 목소리가 이어졌다.

—내가 알던 무능한 경찰이라면 그중 하나, 하나 정도는 놓쳐야 했어. 정순애란 여자는 신원 불상의 변사체로 남아도 하등 이상할 게 없어야 했다. 그런데 그걸 기어코 찾아냈을 뿐만 아니라 우연히 발견된 증거품을 통해 박상대를 용의자로 지목하기에 이르렀지.

"……."

배성준은 조설훈의 푸념을 들으며, 그가 아닌 척하고 있으나 이미 궁지에 몰릴 대로 몰려 있다는 것을 알아보았다.

그것도 심지어, 적이나 다름없는 자신에게 그 속내를 털어놓아야 할 만큼, 조설훈은 고독했다.

조설훈이 조성광의 병실을 자주 찾아 대답이 돌아오지 않을 혼잣말을 상담 조로 늘어놓았던 것도, 그 고독에 기인한 것이리라.

—박길태가 죽었을 때도, 그래, 어느 정도는 허술했다. 인정하지. 그건 내 아들놈이 충동적으로 벌인 일일 것이야. 하지만 그 뒷수습은 그때 해야 할 조치로는 최선이었다고 평가할 만해. 덤터기 쓸 놈도 있었고, 그걸 증언해 줄 놈도 있었다. 심지어 덤터기를 써 줄 놈은 영원히 입을 다물 만한 상태였어. 그런데 왜 하필이면 그때, 경찰은 평소처럼 무능하지 않았던 거냐?

배성준을 향한 조설훈의 감정이 고조되어 소리를 지르기 직전, 배성준은 차분하게 조설훈의 말을 받았다.

"그래서, 어떻단 거지?"

—…….

하지만 그에게는 위로의 말 한마디조차도 건넬 필요가 없다.

"당신은 이번에도 그 모든 게 이성진 때문이라고 생각하는 거냐?

배성준의 말에 냉정을 찾았는지 조설훈의 격앙되었던 목소리가 다시 차분해졌다.

—별로. 길을 가는 중에 떠드는 영양가 없는 소리 중 하나일 뿐이야.

"……."

—암만 그래도 놈이 그 모든 걸 조종했을 리는 없지. 하지만 그렇게

되도록 협력했단 것은 틀림없다.

"……미리 말해 두지만, 이성진이라는 꼬마를 어떻게 하든 그 일에 나는 없을 거다.

–알아. 부탁할 생각도 없어.

조설훈은 잠시 뜸을 들였다가 말을 이었다.

–생각해 보면 이번 일은 내게도 나쁜 일이 아니지. 이걸 두고 전화위복이라고 하나? 지훈이 놈이 죽으면, 놈이 가져갈 상속 자격은 고스란히 내게 돌아오는 거니까.

조설훈의 말은 끔찍했지만 한편으론 그 말을 뱉는 목소리에 자조가 섞여 있는 듯했다.

–이번 일을 끝으로 나는 조광을 지배하고, 지금 나오는 모든 불만을 잠재운다. 그래, 그것 하나만큼은 이성진에게 감사해야겠지. 덕분에 조지훈 그놈이 나를 어떻게 생각하는지도 잘 알게 되었고.

"……."

–물론 그렇다고 나를 엿 먹인 일 모두를 잊겠다는 건 아니야. 애당초 그놈이 이 일에 끼어들지만 않았어도 정순애가, 박상대가, 박길태에 김수영이란 놈까지 죽을 필요는 없었으니까.

그 모든 걸 오롯이 이성진의 탓으로 돌리는 건 비겁하다 못해 비열하다고 생각했지만, 배성준은 아무런 말도 하지 않았다.

–아, 조지훈 그놈을 빠트릴 뻔했군.

"그래서 앞으론 어쩔 거지?"

—……자네가 알 필요 있나? 그때 자네는 이미 나와도, 경찰과도 무관한 사람이 될 텐데.

"별로. 길을 가는 중에 떠드는 영양가 없는 소리 중 하나일 뿐이야."

조설훈이 했던 말 그대로 받아치자 그는 웃었다.

—재밌는 친구군. 하지만 비밀이야.

"……."

—그보다, 슬슬 준비해라. 도착한 것 같으니까.

조설훈의 말마따나 차량 세 대는 어느덧 인적 드문 폐공장 부지로 들어섰다.

얼마 전, 조지훈의 부하들이 도청 카세트테이프를 드럼통에 넣고 태웠던 그 장소였다.

조지훈의 차가 멈춰 서고, 조설훈의 차는 마치 퇴로를 차단하듯 뒤에서 가로막듯 서며 두 차에 헤드라이트를 비쳤다.

텅.

차에서 내린 조설훈이 배성준의 차를 지나치며 핸드폰을 붙잡은 채 빗속에서 입을 벙긋거렸다.

빗소리에 묻힌 목소리는 수화기를 타고 차 안의 배성준에게 전해졌다.

—내려.

조설훈은 그 말을 남기곤, 그제야 보란 듯 전화를 끊었다.

배성준이 손에 쥔 핸드폰이 뜨거웠다.

"……."

배성준은 자신을 바라보는 조설훈에게서 시선을 떼지 않은 채 차에서 내렸다.

쏴아아.

머리 위로, 어깨 위로 비가 하염없이 쏟아졌다.

폐공장의 먼지 내음은 비에 씻겨 사라졌고, 멀지 않은 곳, 몇 달 전에 배성준이 발로 걷어찬 드럼통은 여전히 그 자리 그곳에서 쓰러진 채 방치되어 있었다.

"어때, 덕분에 오는 길이 심심하진 않았지?"

"닥쳐."

배성준의 말에 조설훈은 아랑곳하지 않으며 마스터가 서 있는 조지훈의 차로 갔다.

"좀 도와주겠나?"

"……."

세 사람은 뒷좌석에 쓰러진 조지훈을 힘겹게 꺼내서 비에 젖은 콘크리트 바닥에 내려놓았다.

"자, 그러면."

조설훈이 숨을 고르며 허리를 펴더니 배성준에게서 뺏어 간 리볼버를 꺼냈다.

"자, 이제부터 자네는 조지훈과 총격전을 벌이게 된다."

그러면서 조설훈은 자동권총을 꺼내 다른 손에 쥐었다.

"자네의 자수 권유에 욱한 조지훈은 준비해 둔 총을 뽑아

들었고, 배성준 형사는 현장 대응을 위해 정당방위차 발포를 하는 거지. 그 바람에 불운하게도, 조지훈은 죽는다. 이만하면 즉석에서 짜낸 시나리오치곤 나쁘진 않지?"

"……."

빙글.

조설훈이 리볼버 손잡이를 배성준에게 향하며 이를 건넸다.

"알아들었으면 이제, 쏴라."

그 상태에서 그는 이제 와서 허튼 생각은 하지 말라는 양 자동권총을 배성준에게 겨눈 채였다.

"정 뭣하면 '좀 더 확실하게' 상황을 만들까? 조지훈이 먼저 발포를 한 것으로 말이야."

배성준은 아무 말 없이 리볼버를 받아 들었다.

"……."

잠시 배성준이 아무 움직임도 없이 그 자리에 서 있으려니 조설훈이 닦달하듯 손에 든 자동권총을 흔들었다.

"뭘 망설여. 왜, 새삼 사람 죽이는 게 겁이 나서? 그런 거라면 내가 하고."

"……아니."

배성준이 눈을 지그시 감았다가 떴다.

"그쪽 시나리오대로라면, 조지훈은 이 총으로 죽어야 한다. 총마다 총알에 새겨지는 탄조흔이 다르고, 심지어 리볼버와 토가레프는 탄환 구경도 다르지."

"호오."

"그래서 말인데, 조금 더 도와줘야겠군."

"뭘?"

배성준이 빗길에 방치된 조지훈을 힐끗 살피며 대답했다.

"아까 차에서 말했듯이 국과수는 박길태의 사체에서 총이 발사된 거리와 각도를 계산해 상황을 분석했다."

"……그래서?"

"이 상황대로라면 내가 바닥에 쓰러진 무저항의 조지훈을 총으로 쏴서 죽였다는 것쯤은 그들도 눈치챌 거야. 그건 부자연스럽지 않겠나?"

배성준이 실린더를 확인해 즉시 발포가 되게끔 끼릭, 끼릭, 탄통을 돌리며 말을 이었다.

"그러니 그럴듯한 거리와 각도가 나올 수 있도록 둘이서 조지훈을 붙잡고 서 있어 주면 좋겠군."

"하."

조설훈이 헛웃음을 터뜨렸다.

"그럴듯해. 역시 경찰이 한패가 되니 도움이 되는군. 아마추어가 떠올리기 힘든 걸 잘 짚어 주었어."

"……."

"좋아, 분부대로 하지."

조설훈이 마스터를 보았다.

“곽 실장, 들었지? 도와.”

“예.”

조설훈과 마스터는 각각 바닥에 쓰러진 조지훈의 겨드랑이를 나눠 들고 섰다.

조지훈은 마치 십자가에 매달린 것처럼 축 처진 채 눈을 감고 있었다.

그때.

푸쉬이.

지린내가 나며 조지훈의 바짓단이 젖어 들어갔다.

조지훈은 그 상황에 오줌을 지린 모양이었다.

조지훈에게 의식이 남아 있어서 그랬는지, 아니면 마취된 부작용인지는 알기 힘들었다. 아니, 설령 그렇다 한들 변하는 건 없을 것이다.

조지훈의 사타구니를 적신 오줌이 그 바짓단 아래로 흘러내리며 비에 젖은 콘크리트 위로 뚝뚝 떨어져 내렸다.

“쯥.”

조설훈이 인상을 찌푸리며 설마 자신의 바지에 묻지 않았는지 발을 털었다.

“가지가지 하는군. 그나마 비가 내려서 다행이야.”

조설훈이 고개를 들어 배성준을 보았다.

“이제 더 이상 지체하지 말고 쏴라. 빨리 돌아가서 씻고 옷을 갈아입었으면 하거든. 계속 들고 있는 게 무겁기도 하고.”

배성준은 조지훈을 향해 권총을 겨눈 뒤, 공이를 당겼다.

끼릭, 하고 실린더가 시계 방향으로 돌아가며 총구멍에 탄을 배치시켰다.

"거기 든 건 한 발뿐이니, 빗나가지 않게 잘 조준하는 게 좋을 거야. 뭐, 정 부족하면 몇 발 더 꺼내 줄 테지만."

조설훈의 이죽거림을 들으며 그 순간, 배성준은 총구를 왼쪽으로 조금 틀어 조설훈의 머리를 겨누는 동시에, 허리춤에 넣어 둔 리볼버를 꺼내며 마스터의 머리를 겨눴다.

"동작 그만."

순식간에 삼자 대치가 이루어졌다.

배성준이 가진 히든카드였다.

"……지금 뭐 하는 거냐?"

빗물 때문인지, 당황한 탓인지, 눈살을 찌푸린 조설훈을 향해, 배성준은 담담하게 대답했다.

"조설훈. 이 시간부로 너를 체포하겠다."

처음부터 배성준은 총 두 자루를 준비해 두고 있었고, 이제는 자신이 숨긴 패를 꺼낼 때가 온 것이었다.

잠시 벙벙해하던 조설훈은 상황 파악을 마치고 씩 웃었다.

석동출이 모는 차는 미행이 들키지 않게끔 먼 거리를 두고

움직이는 중이었다.
"그래서 말인데요."
뒷좌석의 김철수가 말을 이었다.
"제 생각이지만 배성준 형사님은 어쩌면 조설훈과 담판을 지으러 갔던 게 아닐까요?"
"……."
"어라, 혹시 제 말이 틀렸습니까?"
"……그걸 왜 저에게 물으십니까?"
김철수가 어깨를 으쓱였다.
"왠지, 배성준 형사님은 석동출 형사님에게 만큼은 이를 알려 드린 것 같아서요."
석동출은 백미러로 의뭉스러운 미소를 짓고 있는 김철수를 보며 혀를 찼다.
저 사람 앞에서는 발뺌도 소용없으리라.
망설이던 석동출이 힘겹게 입을 뗐다.
"……한 가지 여쭙겠습니다."
"제가 답할 수 있는 거라면요."
"요원님은 누구 편이십니까?"
김철수가 빙긋 웃었다.
"당연한 걸 물으시는군요. 그야 물론, 국민의 편 아니겠습니까?"
"……."

대답하기 싫거든 말을 하지 말든가.

"농담입니다."

김철수가 웃음기를 슬쩍 거뒀다.

"정확히는 국가에 더 큰 이득이 되는 방향의 사람들에게 좀 더 애착이 가는 편입니다."

"……그렇다면 범죄자의 편은 아니겠군요."

"아무래도 그렇죠. 범죄란 대소여하를 막론하고 국가에 암적인 요소가 아니겠습니까."

뻔한 일반론으로 받아치는 말이었지만 '대소여하를 막론'한다는 말에 석동출은 어딘지 뒤가 찜찜했다.

그래서 석동출은 이 기회에 마음속에 담아 두고 있던 걸 단도직입적으로 끄집어냈다.

"……혹시 안기부는 조광과 유착 중인 건 아닙니까?"

"조광이랑요?"

"예. 아무래도 직속 기관인 안기부 입장에선 여당을 비호하고 싶지 않겠습니까?"

"……."

"정황상 조광은 박상대와 유착했음이 분명하고, 그 박상대의 예비 장인은 다름 아닌 최갑철 여당총재이니까요."

그 말에 잠시 가만히 있던 김철수가 웃음을 터뜨렸다.

"하하하, 나는 또. 무슨 말씀을 하시나 했더니."

김철수는 무엇이 그렇게 우스운지 한동안 끅끅거리며 소

리 죽여 웃다가 뚝, 웃음을 그쳤다.

"그리고요?"

"……."

"괜찮습니다. 그저 가볍게, 석동출 형사님의 견해가 궁금해서요."

한동안 침묵을 이어 가던 석동출은 끼익, 끼익, 빗물을 쳐내는 와이퍼를 보며 입을 뗐다.

"……저는 당시, 광수대가 김보성 검사를 통해 배성준 형사님을 배제하는 것으로 조광을 향한 수사를 중단시키려 한다고 생각했습니다. 배성준 형사님은 광수대 출범 이전부터 조광을 전담하던 분이니까요."

"흠, 흠."

짜증 나는 맞장구였다.

"……어디까지나 당시에는 그렇게 생각했다는 겁니다. 은퇴가 머지않은 여종범 검찰총장이 최갑철 총재와 어떻단 것쯤은…… 저도 알고 있으니까요."

석동출의 말에 김철수가 빙긋 미소 지었다.

"석동출 형사님, 꽤 많이 알고 계시는군요. 혹시 정치에 관심이 많으십니까?"

"……그걸 아는 사람을 알고 있어서일 뿐입니다."

"그렇군요."

김철수는 석동출의 견해에 대해 맞다 틀렸다 평가를 하지 않았다.
"뭐, 알겠습니다."
대신, 그는 어떻게 보면 석동출이 바라는 대답을 해 주었다.
"일단, 안기부는 조광과 일체의 관계도 없다고 말씀드리죠."
"……."
"저도 말단 중의 말단에 불과해 잘은 모릅니다만, 오히려 제가 모시는 어르신은 최갑철 총재님과 별로 사이가 좋지 않으시거든요."
"……그렇습니까?"
"예, 제가 보기에는 그렇단 말이지만요. 아, 이건 비밀입니다만, 김보성 검사님의 좌천은 이미 확정 사안인 것 같습니다."
"……."
즉, 여종범 검찰총장과 최갑철 총재가 김보성에게 외압을 가했을 수는 있으나, 김보성은 그에 굴하지 않았다.
'……그런 것이었나.'
그 말에 석동출은 김보성을 향한 그간의 오해가 씻겨 사라짐과 동시에 복잡한 기분에 사로잡혔다.
결국 김보성이 배성준을 수사에서 배제시킨 건, 배성준이 조광과 유착 중이라는 걸 알았기 때문에 불과했다.

짧은 침묵 사이.

치직.

「그래서 앞으론 어쩔 거지?」

도청 중인 배성준의 목소리가 보다 또렷하게 들리자, 김철수가 입을 뗐다.

"아, 여기선……."

"아뇨. 이제부턴 저도 알 것 같습니다."

익숙한 길이었다.

분명, 언젠가 한 번 와 봤던 길.

'그래. 여기가 아니면 생각할 곳이 없긴 하지.'

김철수가 툭 하고 물었다.

"곧장 진입하실 겁니까?"

"……왜요?"

"아니, 좀 신중해야 할 필요가 있지 않나 해서요."

"……."

"혹시 모르니 권총이라도 챙기시죠."

대답 없는 석동출을 향해 김철수가 뜨악한 얼굴로 물었다.

"……설마, 안 가지고 오셨습니까?"

"아뇨."

석동출이 떨떠름해하는 얼굴로 글러브박스를 힐끗 쳐다보았다.

"이미 배성준 형사님께 빌려드렸습니다."

"……엑?"

"필요할지도 모른다고 하셔서."

"……."

김철수는 석동출을 어처구니없다는 듯 바라보다가 한숨을 푹 내쉬었다.

그 웃음.

배성준은 조설훈의 입가에 드리운 비틀린 웃음을 보면서 리볼버 손잡이를 쥔 손에 꽉, 힘을 주었다.

왠지, 손에 든 권총이 빗물에 미끄러질 것만 같았다.

"……왜 웃는 거지?"

"아니, 아니."

조설훈이 허리를 펴 조지훈을 한 차례 들추었다.

"한 방 먹었단 생각에서. 설마하니 총을 두 자루나 챙겨 왔을 줄이야."

"……."

"즉, 자네는 처음부터 권총을 두 자루 준비한 채, 일부러 내가 우산에 감춘 총을 의식하게 해 두었단 거지? 그 상황에서 이중으로 함정을 파다니, 역시 형사 짬밥이 어디 가진 않았어."

배성준은 조설훈을 무시하며 조준을 유지한 채 마스터를
힐끗 쳐다보았다.

"그쪽은 가지고 있는 줄로 조설훈을 묶어라."

"……."

그러나 마스터는 미동도 없었고, 배성준은 오른손에 든 권총을 까딱였다.

"얼른 움직여. 내가 너 같은 살인범을 상대로 총을 쏘지 못할 거라고 생각하나?"

"잠깐."

그때 조설훈이 입가에 드리운 미소를 거두며 딱딱한 얼굴로 끼어들었다.

"그런데, 정말 괜찮겠나?"

"뭐가."

"내가 자네에게 제안했던 일은 자네에게도 결코 나쁜 일이 아니야. 심지어 나는 이번 일이 끝난 뒤 자네의 삶까지 고려해 주었다."

"……."

"하지만 자네가 여기서 나와 곽 실장을 체포한다고 한들, 그쪽이 저질렀던 부정은 사라지지 않는다. 그래서 뭐가 남는다고 보나? 부패 형사라는 딱지 외에 뭐가 남는다고 생각하는 건가?"

조설훈은 침묵하는 배성준을 향해 말을 이었다.

"아무것도. 그래, 아무것도 남지 않겠지. 오히려 가졌던 걸 모두 잃고 길바닥에 나앉게 될 거다. 언론은 연일 조광 그룹 이사와 결탁한 부패 형사에 대해 떠들 것이고, 너는 네 자식들과 숨듯이 살아가야 할 거야."

"……일개 형사에게 그렇게 많은 스포트라이트가 집중되지는 않겠지."

"아니."

조설훈이 다시 입매를 비틀었다.

"내가 하게 만든다. 자네는 내게 그 정도 힘도 없을 줄 아나?"

"제정신이 아니군. 이 상황에 나를 도발하는 거냐?"

"그래."

조설훈이 입매를 비튼 채로 배성준을 노려보았다.

"쏠 테면 쏴라. 한 발뿐이니까 정확하게 조준해야 할 거다."

"……."

"사태는 이미 막장이다. 나는 지금 내 동생을 죽이려고 하는 놈이야. 그 상황에서도 나는 자네에게 거기서 빠져나올 수 있는 동아줄을 내려 주었는데, 그걸 마다하려 하다니. 너야말로 제정신이 아니군."

"맞아. 상식적으론 그렇겠지."

배성준이 말을 이었다.

"나 하나만 건사하겠다면 이 일에 눈을 가리고 입을 막고 귀를 덮으면 될 일이다. 하지만 그럴 수 없어."

"……새삼 형사로서 직업윤리가 생각나기라도 한 거냐?"

배성준이 씁쓸한 미소를 지었다.

"최소한 자식에게만큼은 부끄럽지 않은 아버지가 되려고 한다."

"……호오. 감상적이군."

조설훈의 비아냥거림에 배성준이 인상을 찌푸리며 그를 노려보았다.

"입 닥쳐. 더군다나 이 일이 끝나고 난 뒤, 공공연히 초등학생을 죽이겠노라 공언하는 괴물에게 내가 가만히 있을 것 같나? 나는 그 정도로 타락하진 않았다."

"……."

조설훈은 그 말에 잠시 멍하니 있다가.

"거참."

웃음을 터뜨렸다.

"하하하, 이번에도 이성진 그놈이 내 발목을 붙잡는군."

"……관계없이 그 이전부터 생각하던 일이다."

"아니. 그런 의미가 아니야."

조설훈이 고개를 저었다.

"방금 전 문득 깨닫게 된 거지만, 이성진이 내 길에 훼방을 놓은 것도 그런 방식이었던 거군. '어차피 그 사람이 하게 될 일'에 살짝 등을 떠미는 식이었던 거지."

배성준은 조설훈의 말을 들으며 그것이야말로 자신의 선택을 남 탓으로 돌리는 전형적인 비열함이라 생각했다.

하지만 조설훈은 그런 배성준의 생각을 꿰뚫어 보았다는 양 픽 웃었다.

"뭐, 됐다. 당사자가 아니면 모를 수밖에 없는 일이야. 이럴 줄 알았으면 너도 그놈을 한 번쯤 만나게 해야 했는데."

"평생 그럴 일은 없겠지."

"그렇다면 이야기는 끝났군. 협상 결렬이다."

"좋아. 알아들었으면 이제 총을 내려놓……."

하지만 배성준은 하려던 말을 잇지 못했다.

조설훈은 무표정한 얼굴로 손에 든 권총을 들어 올렸고, 그 순간 배성준은 아무런 망설임도 없이 방아쇠를 당겼다.

탕-!

왼손에 들린 권총이 발포되는 그 아주 찰나의 순간에.

'……뭐.'

배성준은 왼손에 들린 리볼버에서 모종의 위화감을 느꼈다.

그리고 배성준이 그 위화감의 정체를 깨닫기도 전에.

탕-!

조설훈의 권총이 발사되었다.

복부를, 트럭이 들이받은 느낌이 들었다.

배성준은 사태를 분석하기도 전, 조지훈을 내버리듯 놓으며 자신을 향해 달려오는 마스터를 향해 오른손에 든 권총을 연거푸 쏘았다.

탕! 탕! 탕!

묵직한 반동.

그래, 왼손에 들었던 총에는 이 반동이 느껴지지 않았다.

조설훈은 차에서 배성준의 리볼버에 든 실탄을 빼내고 그걸 공포탄으로 바꿔 넣은 것이었다.

'개새끼.'

엎친 데 덮친 격으로, 조준점이 흔들린 상태에서 급하게 쏜 총은 마스터를 제압하지 못했다.

순식간에 거리를 좁힌 그는 양손으로 배성준의 오른팔을 붙잡은 채, 그대로 자세가 허물어지는 그를 내리눌러 쓰러트렸다.

"커헉!"

배성준은 아스팔트 바닥에 쓰러졌고.

"……."

조설훈이 무표정한 얼굴로 다가와 배성준의 오른손을 걷어찼다.

탁.

배성준의 권총이 핑그르르 돌아가며 폐공장에 드리운 어둠 속으로 사라졌다.

'아…….'

조설훈은 배성준의 머리에 권총을 겨눈 채, 그를 무표정한 얼굴로 내려다보았다.

"……쿨럭."

그제야 배에 맞은 총상을 제대로 의식하게 된 배성준은 고통으로 손가락 하나 까딱하기 힘들었다.

배성준의 상태를 확인한 조설훈은 권총을 거두곤 마스터를 부축해 일으켰다.

"괜찮나?"

마스터는 일어서지 못하고 바닥에 주저앉았다.

"……조금, 쉬어야 할 거 같습니다."

급하게 쏘았다곤 해도 지근거리에서 세 발의 총알을 맞았다.

맞은 자리에서 핏물이 흘러나와 비에 섞여, 바닥을 타고 흘러내렸다.

마스터가 말을 이었다.

"이걸로, 회장님께 은혜는 갚은 겁니다."

"그래. 그렇게 하지."

"……감사합니다."

마스터는 그대로 고개를 떨궜다.

"……."

쏴아아.

조설훈은 한동안 내리는 비를 묵묵히 맞으며 마스터를 바라보다가 비에 젖은 머리를 뒤로 쓸어넘겼다.

물줄기 몇 가닥이 그 얼굴을 타고 흘러내려 턱 아래로 뚝뚝 떨어졌다.

"번거롭게 하는군."

그는 배성준의 왼 손가락을 펴 가며, 그가 쥐고 있던 권총을 빼앗아 실린더를 열었다.

찰캉.

그 뒤, 조설훈은 주머니에서 총알을 꺼내 실린더 속에 탄을 채워 넣었다.

"이게 네게 지급된 권총이겠지."

혼잣말을 중얼거린 조설훈은 엎드린 채 방치된 조지훈에게 다가가 그 몸을 뒤집은 뒤. 자동권총을 꺼내 이를 조지훈의 손에 쥐여 주었다.

조설훈이 몸을 일으켰다.

"……그, 그만……."

배성준의 희미한 목소리를 듣지 못했는지, 들어도 아랑곳하지 않는지.

탕! 탕! 탕!

조지훈의 가슴팍을 향해 세 발을 쏘았다.

조지훈은 충격을 받을 때마다 그 커다란 덩치를 움찔움찔 떨어 대더니 그대로, 잠든 상태 그대로 숨을 거두었다.

조지훈을 처리한 조설훈은 잠시 동생을 내려다보았다.
이미 마취가 되었으니 고통은 없었을 것이다.
그게 조설훈이 동생에게 해 줄 수 있는 최소한의 인정이었다.
조설훈의 동작은 기계적이었다.
그는 실린더를 확인한 다음, 빈 벽을 향해 두 발을 더 쏘았다.
탕! 탕!
짤각, 짤각. 짤각.
실린더가 돌아가며 공이는 탄두가 사라진 탄피 뒤를 연달아 때렸다.
빙글, 몸을 돌린 조설훈이 배성준에게 다가와 한쪽 무릎을 꿇었다.
"시나리오 변경이다."
"……."
조설훈이 배성준의 손에 권총을 억지로 쥐여 주었다.
"정의감에 불타는 배성준 형사는 조지훈과 총격전 끝에 그를 제압했지만, 그 역시도 조지훈에게 당해 치명상을 입고 말았다."
"……쿨럭."
받아치려고 해도, 목소리가 나오질 않았다.
"그리고 배성준은 아무도 없는 곳에서 홀로 고통에 몸부림

치다가 쓸쓸히 죽음을 맞는다. 운이 좋다면 순직 처리가 될 테지."

작업을 마친 조설훈이 몸을 일으켰다.

"그럼 잘 가라."

조설훈은 헤드라이트가 켜져 있는 자신의 차로 발걸음을 옮겼다.

그때였다.

'응?'

빗소리에 파묻혔던 부웅- 하는 자동차 엔진 소리가 가까워지고.

끼이익!

차가 멈춰 서더니, 그 즉시 석동출이 내렸다.

"멈춰! 경찰이다!"

……옘병.

그 바람에 조설훈은 하는 수 없이 발걸음을 멈추고 우뚝 굳었다.

4장

"다들 차에서 내린 모양이군요."

턱.

김철수가 무릎 위에 올려 둔 가방을 덮으며 말을 이었다.

"석동출 형사님, 여기서 잠시 멈춰 주시겠습니까?"

"……."

석동출은 한시바삐 움직이고 싶었지만, 김철수는 거듭 간청했다.

"잠시면 됩니다."

석동출은 하는 수 없이 잠시 차를 갓길에 세웠다.

그리고 차가 멈춰 서자마자 김철수는 품에서 권총을 꺼내 들었다.

척.

그 바람에 석동출은 움찔했다.

"지금 무슨……."

김철수의 손에 들린 건, 손바닥 안에 다 들어올 만큼 작은 권총이었다.

"발터 PPK. 혹시 다룰 줄 아십니까?"

"……아뇨."

"다행이군요."

김철수가 손잡이를 석동출에게 향하게 해 건넸다.

"이거라도 챙겨 가세요."

"……지금 뭐 하시는 겁니까?"

"총 없다면서요? 만에 하나, 잘못될지도 모르니 챙겨 두시란 겁니다."

김철수의 말에 석동출은 경계를 늦추지 않고 그를 쳐다보았다.

"직접 챙기시죠."

"저희는 음지에서 양지를 지향해야 하는 입장이거든요. 여간해선 남들 앞에 나갈 일이 없으면 합니다."

석동출은 잠시 망설이다가 권총을 쥐었다.

'그래, 저자가 가지고 있는 것보단…….'

하지만 김철수는 총 몸통을 손가락으로 쥔 채 힘을 풀지 않았고.

의아해하는 석동출의 시선에 김철수가 석동출의 눈을 보며 진지하게 당부했다.

"저도 어디까지나 잠시만 빌려드리는 겁니다. 그러니까 절대로, 절대로 쏘지 마세요. 알았죠?"

"……."

"대답해 주세요."

"알겠습니다."

"좋습니다."

김철수가 손가락에 쥔 힘을 풀었다.

그제야 석동출은 그로부터 총을 인계받을 수 있었다.

"저기, 사용 방법은……."

"안 알려 드릴 겁니다. 쓸 일이 없을 테니까요."

"방금 전엔 만에 하나라고 하지 않았습니까?"

"끙."

김철수가 머리를 긁적였다.

"……이건 더블액션 방식 권총이어서 별도의 장전 없이 안전장치를 풀고 방아쇠만 당기면 발사됩니다. 그만큼 방아쇠 압력은 싱글액션에 비해 큰 편이지만요. 그 점만 유의하시면 됩니다."

"공포탄은?"

"없습니다. 그러니 어지간하면 쓰지 마세요. 사용했다간 저도 시말서를 써야 하니까요."

그것만큼은 안기부도 어쩔 수 없는 공무원이군.

그때였다.

탕―!

저 멀리 울리는 총성에 두 사람은 멈칫했다.

그 직후 약간의 시간차를 두고.

탕―!

총성이 다시 한번 더 울렸다.

"……젠장."

석동출은 재빨리 기어를 바꿔 넣고 액셀을 밟았다.

부웅―!

석동출이 차를 모는 사이.

탕! 탕! 탕!

또다시, 세 발의 총성이 연거푸 들렸다.

도합 다섯 발의 총성.

어디에서라도 총이 사용되었다는 건, 사태가 심상치 않단 의미였다.

그것도 특히 이 대한민국 땅에서는 더더욱.

'빌어먹을!'

석동출은 부디, 차라리 이 권총이 배성준의 손에서 발사되었길 바랐다.

이어서, 다시.

탕! 탕! 탕!

세 발의 총성이 연달아 울렸다.

석동출은 자신이 늦지 않았길 바랐다.

그리고.

탕! 탕!

두 발의 총성이 더.

방금 전 발포된 세 발에 더해 모두 열 번의 총성이었다.

저 멀리 자동차 헤드라이트 불빛이 보였다.

끼이익!

석동출은 상황을 알아보기도 전에 차를 세우자마자 문을 열고 내리며 권총을 뽑아 들었다.

"멈춰! 경찰이다!"

자신의 차로 향하던 인물은 석동출의 말에 우뚝 멈춰 섰다.

그제야 석동출은 재빨리 주위를 둘러보았다.

차량 세 대. 그리고 바닥에 누운 사람이 셋. 멈춰 선 사람 하나.

그리고 자신의 말에 멈춰 선 사람은 배성준이 아니었다.

'젠장.'

석동출로선 상상할 수도 없었던 최악의 상황이었다.

석동출은 이내 그 인물이 조설훈임을 알아보면서, 총을 겨눈 채 천천히 앞으로 돌아 나왔다.

"양손을 머리 위로 올리고 무릎 꿇어."

조설훈은 시키는 대로 했다.

석동출은 조준을 유지한 채 옆걸음을 쳐 바닥에 쓰러진 사람에게로 갔다.

그 자리엔 이미 김철수가 한쪽 무릎을 꿇고 앉아 상태를 확인하는 중이었다.

"혹시."

석동출의 말에 김철수가 무표정하게 답했다.

"배성준 형사입니다."

그 말을 들은 석동출은 머리에 피가 오르는 기분이었다.

"젠장! 그럼 빨리 병원으로 옮겨야……."

"늦었어요."

김철수가 고개를 저으며 일어섰다.

"급소에 맞았습니다."

"……."

"일단 수갑부터 채우죠."

"……예."

그나마 불행 중 다행으로, 김철수의 냉정한 지시에 석동출도 냉정을 되찾을 수 있었다.

만약 김철수가 없었더라면, 자신은 조설훈을 향해 방아쇠를 당기고 말았을지 모른다.

'아니, 그 전에 내 손엔 총도 없었겠지.'

석동출은 묵묵히, 무릎을 꿇고 있는 조설훈에게 다가가 발

을 비틀어 등 뒤, 양팔에 수갑을 채웠다.

조설훈은 아무 말도 없이 순순히 따랐다.

뒤에서 그 모습을 지켜보던 김철수가 말했다.

"소지품 검사는 제가 하죠. 형사님은……."

"……고맙습니다."

그런 뒤에야 석동출은 총을 내리고 배성준에게 다가갈 수 있었다.

석동출이 배성준 곁에 무릎을 세워 앉았다.

"선배님."

"……."

하지만 배성준은 입을 반쯤 벌린 채 빗방울이 떨어질 때마다 반사적으로 눈꺼풀만을 끔뻑거릴 뿐 그 눈은 그 어느 것도 보고 있지 않았고, 아마도 이미 의식이 흐려지는 중이었다.

"……쿨럭."

"선배님?"

기침을 한 배성준은 한 차례 몸을 움찔하더니 입을 무어라 벙긋거렸다.

석동출은 배성준이 무슨 말을 하는가 싶어 귀를 가져다 댔다.

아무것도 들리지 않았다.

석동출은 얼른 고개를 돌려 배성준을 보았으나, 이젠 눈꺼풀의 끔뻑거림조차 없었다.

"……."

배성준의 맥을 짚은 석동출은 아무런 말 없이 한 손으로 배성준의 눈을 쓸어 감겨 주었다.

"……개자식."

석동출은 욕설을 뱉으며 몸을 일으킨 뒤, 성큼 걸음으로 조설훈에게 다가갔다.

"……응?"

조설훈의 품을 뒤지던 김철수가 깜짝 놀라 석동출을 막아섰다.

"지금 뭐 하시는 겁니까?"

"비켜."

"안 됩니다."

석동출이 손에 든 권총으로 김철수를 겨눴다.

"이래도?"

하지만 김철수는 눈 하나 깜짝하지 않고 대답했다.

"지금은 상황을 분석하는 게 먼저입니다."

"이미 사람이 죽었는데, 상황 분석이고 자시고가 어디 있어!"

"그래서입니다."

"……뭐?"

김철수가 냉정하게 대답했다.

"예. 배성준 형사는 이미 사망했습니다. 그러니 그분의 죽음을 헛되게 하지 않으려면 더더욱, 조설훈은 이렇게 죽어선 안 됩니다."

김철수의 말에 조설훈은 피식 웃었다.

어깨너머로 본, 조설훈이 피식 웃고 만 그 모습에 석동출은 김철수를 밀치고 조설훈에게 다가가 이마 위에 권총을 겨눴다.

"웃어?"

"……그러면, 자네는 이 꼴이 우습지 않나?"

조설훈은 석동출에게 처음으로 말을 건넸다.

"뭐?"

"누가 보면 정의의 경찰이 범인을 검거하던 중 순직한 줄 착각하겠군."

"이 새끼가."

석동출이 권총으로 조설훈의 이마를 꾹 눌렀으나, 조설훈은 눈 하나 깜빡하지 않고 석동출을 쳐다보았다.

"상황을 잘 봐라. 지금 이건 배성준 형사가 조지훈과 총격전을 벌인 끝에 생겨난 일이야. 이 일에 나는 아무런 관계도 없지."

"……."

"그리고 배성준 형사는 그 총으로 내 동생을 죽였을 뿐만 아니라 이를 제지하려던 그의 충직한 부하 한 사람마저 살해했다. 그에 비해 나는 단순 동행자였을 뿐, 내 차에 숨어 상황이 끝나길 기다렸다가 나와 보니 이런 상태가 되고 말았단 걸 알게 된 목격자에 불과해."

조설훈이 이죽거리며 말을 이었다.

"그런데 자네는 지금 선량한 시민을 상대로 권총을 들이밀며 협박하는군. 더욱이 미란다원칙은 개한테나 주고서 말이야."

"……큭."

석동출은 권총을 쥔 손을 부르르 떨다가 힘없이 손을 떨궜다.

"씨팔, 씨팔, 씨팔……!"

나직이 욕설을 중얼거리는 석동출에게 김철수가 다가와 손을 내밀었다.

"저분 말씀도 정황상 틀리진 않군요. 일단 총은 돌려주시죠."

"……."

석동출이 김철수에게 총을 건넸고, 김철수는 석동출의 생각이 바뀔세라 얼른 총을 손에 쥐었다.

"쏘지 않아서 다행입니다."

"……."

석동출은 아무 말 없이 몸을 돌려 자리를 떠났다.

"자네는 말이 좀 통하는군."

조설훈이 남겨진 김철수를 보았다.

"그런 자네에게, 나도 수갑을 풀어 달란 말은 안 할 테니 괜찮다면 현장 조사를 마칠 때까지 차에 타 있으면 안 될까? 이런 날씨고 구두에 물이 들어가서 영 불편한데."

"아뇨."

김철수가 품속에 총을 넣으며 빙긋 웃었다.

"거기까진 제 관할이 아닙니다."

"……."

김철수의 말에 조설훈이 눈을 가늘게 떴다.

"……넌 경찰이 아니군."

"……."

"그래, 경찰이 발터를 가지고 있을 리 없지. 대체 뭐 하는 놈이냐?"

"오, 그걸 알아보다니 총기에 조예가 있으시군요."

김철수는 미소 띤 얼굴로 말을 이었다.

"어쨌건 안 되는 건 안 되는 겁니다. 정 불편하시면 저분께 간청해 보시죠."

"……."

"그리고."

김철수가 목소리를 낮추며 손바닥을 펼쳐 보였다.

김철수의 손바닥 위에는 방금 전 조설훈의 주머니에서 찾아낸 공포탄 탄피 한 발이 놓여 있었다.

"저는 당신이 한 말을 믿지 않거든요."

"……."

김철수는 빙글 몸을 돌려 보닛 위에 엉덩이를 걸치고 있던 석동출에게 다가갔다.

"형사님, 조금 도와주시겠습니까?"

"……."

"어쨌건 일단 형사님 총은 찾아야 하지 않겠습니까."

"……그러죠."

김철수는 석동출과 함께 배성준의 사체로 향했다.

"이게 형사님 총인가요?"

배성준의 손에 들린 총을 확인한 석동출이 고개를 저었다.

"아뇨, 일련번호가 다릅니다."

"흠."

김철수는 주머니에서 실리콘 장갑을 꺼내 끼곤, 배성준의 손에서 조심스럽게 총을 빼냈다.

"……뭐 하는 겁니까?"

"확인 좀 하려고요."

찰칵, 실린더를 열어 탄을 확인한 김철수는 실린더를 닫은 뒤 이를 다시 배성준의 손에 쥐여 주었다.

"확인했습니다. 그러면 어디."

김철수는 몸을 일으킨 뒤, 마스터의 시체를 지나 배성준의 오른손 방향을 시작으로 바닥을 훑었다.

"아, 여기 있군요."

김철수는 조설훈이 발로 차 낸 리볼버 한 정을 어렵지 않게 찾아냈다.
그 뒤 김철수는 자연스럽게 실린더를 열어 내용물을 확인하고 사용되지 않은 실탄 두 발을 챙겼다.
"이건 제가 잠시 맡아 두겠습니다."
"……."
"혹시 모르니까요. 자, 확인해 보시죠. 아, 참고로 세 발은 이미 격발되었습니다."
석동출은 어안이 벙벙한 얼굴로 김철수가 내민 권총을 받았다.
"……뭐 하는 겁니까, 지금?"
"형사님 총 맞습니까?"
그제야 석동출은 총기를 확인했다.
"……예. 그보다."
"말씀드리지 않았습니까."
김철수는 마스터의 시체를 확인한 뒤, 조지훈의 시체를 향해 걸었다.
"확인 좀 한다고요."
"……."
"이왕이면 빠를수록 좋습니다. 아, 이거군요."
김철수는 조지훈의 손에 쥐여진 토카레프를 발견하고 마치 어린아이처럼 기뻐하며 이를 손에 쥐었다.

"토카레프. 아무래도 소련 연방이 망한 뒤 우리나라까지 온 모양입니다."

안기부가 현장 감식도 했나?

석동출은 어안이 벙벙한 얼굴로 김철수를 따라다니며 그가 하는 양을 지켜보았다.

권총을 챙긴 김철수는 조지훈의 차 문을 열어 보더니 뒷좌석에 남은 물기를 손가락으로 슥 닦아 보곤 트렁크를 열었다.

덜컹.

"흠."

트렁크에는 시체 한 구가 더 들어 있었다.

"……이런 썅."

목에 교살 흔적의 멍 자국이 뚜렷한, 젊은 녀석이었다.

석동출이 반사적으로 조설훈을 노려보자, 조설훈이 어깨를 으쓱였다.

"내가 안 했소. 보면 알 텐데?"

"……그러면 누구 짓이지?"

"글쎄. 기억이 안 나는군."

저 새끼를 진짜.

한편 김철수는 트렁크 속의 시체를 보며 잠시 생각에 잠겼다가 트렁크를 닫고 성큼성큼 마스터의 시체로 향했다.

이윽고 김철수는 어렵지 않게 교살에 쓴 줄을 찾았다.

"흥."

조설훈은 코웃음을 치며 그 모습을 보았고, 김철수는 고개를 끄덕이곤 혼잣말을 중얼거렸다.

"……좋아. 이러면 되겠군."

뭐가 된다는 건지.

지금 당장이라도 조설훈을 한 방 후려갈기고 싶은 마음이 굴뚝같은 석동출을 향해, 김철수가 말을 건넸다.

"석동출 형사님, 조설훈 씨를 여기로 모셔 와 주시겠습니까?"

이걸 두고 울고 싶을 때 뺨 때린다고 하나.

김철수가 덧붙였다.

"아, 폭력은 안 됩니다."

"……."

그럼 그렇지.

김철수가 고개를 갸웃했다.

"음? 아니다. 괜찮습니다. 조금 두들겨 패도."

"……뭐?"

"피만 내지 마세요. 아시겠죠?"

"……."

석동출은 김철수가 대체 무슨 생각을 하고 있는 건지, 아직도 감이 오질 않았다.

영문을 알 수 없는 부탁이긴 했으나, 석동출은 일단 조설훈에게로 갔다.

조설훈은 수갑을 찬 채, 자리에서 일어나 석동출을 물끄러미 쳐다보았다.

“그래, 저놈이 시키는 대로 할 거냐?”

“……끌고 갈 걱정은 덜었군. 닥치고 걸어.”

하지만 석동출은 조설훈에게 폭력을 행사하지 않았다.

‘망할 자식.’

그건 김철수가 아예 멍석을 깔아 주는 것이 수상하기도 했고, 김철수의 말에 옳다구나 석동출을 두들겨 패 봐야 자신만 한심해진다는 걸 깨달은 덕분이었다.

조설훈은 등 뒤에 선 석동출을 의식하면서 조지훈의 차 곁에 선 김철수를 향해 발걸음을 옮겼다.

“무슨 일이냐.”

“몇 가지 여쭙고 싶은 게 있어서요.”

“그건 내 변호사에게 말하지.”

김철수는 조설훈의 이죽거림을 무시하며 주위를 둘러보았다.

“현장에서 사용된 총탄은 공포탄을 포함해 도합 열 발이었습니다. 그렇죠?”

“…….”

조설훈은 묵비권을 행사했다.

‘……공포탄?’

석동출이 김철수의 말에 멈칫한 사이, 김철수는 바닥에 쓰러진 시체를 손가락으로 가리켰다.

"이 중 조지훈 씨에게 쓴 총알이 세 발. 저쪽의 이름 모를 인물에게 쓴 총알이 세 발. 공포탄을 포함하면 여기서 벌써 일곱 발이 사용되었고, 이제 세 발이 남았습니다."

"……."

"그중 배성준 형사의 권총 약실에 빈 탄피 다섯 개가 있었다는 걸 생각해 보면 저희가 오기 전 사용된 열 발 중 절반은 배성준 형사의 권총에 사용되었겠죠. 아니, 공포탄을 포함한다면 여섯 발입니다."

김철수가 말을 이었다.

"그러니 남은 세 발 중 두 발은 배성준 형사의 권총으로…… 아마 두 발은 허공에 날려 버렸겠죠. 이 시점엔 그걸 '누가 쏜 것인지'는 명확하지 않습니다만."

김철수는 빙긋 웃으며 조지훈의 시체를 내려다보았다.

"조설훈 씨의 말씀대로라면 배성준 형사와 조지훈 씨 둘이서 총격 중에 빗나간 것이 되겠군요."

"……그렇게 되겠지."

조설훈의 말에 김철수가 고개를 끄덕였다.

"그렇군요. 다만, 그렇다면 단 한 발로 배성준 씨를 제압한 것이 되는데…… 조지훈 씨는 사격에 무척 조예가 깊으셨던 모양입니다."

"……."

“물론 그럴 수도 있겠죠. 그야 어쨌건 배성준 형사도 조지훈 씨의 가슴팍에 탄착군이 형성될 만큼 정확한 사격을 하신 모양이고……. 거리며 각도가 조금 걸리긴 하지만, 그건 어떻게든 잡아뗄 수 있겠죠. 아무튼 부검 때 각각이 입은 총상을 조사해 보면 객관적인 데이터가 나올 겁니다.”

김철수는 토카레프를 꺼내 킁킁, 총구 냄새를 맡아 보더니 고개를 끄덕이곤 탄창을 분리해서 내용물을 확인했다.

“탄창은 좌상탄, 홀수. 토카레프는 여덟 발이 장전되는 총이니 꽉 채워 넣었다고 가정한다면 여기서 한 발을 쏜 건 분명하군요.”

“…….”

“즉, 이걸로 열 발이 모두 사용되었다고 생각해도 좋겠습니까?”

……대체 뭐 하는 놈이지?

조설훈은 이미 김철수가 경찰은 아닐 거라고 생각했지만, 그 정체가 무엇인지는 가늠하지 못하고 있었다.

‘설마.’

조설훈이 움찔하더니 김철수를 보았다.

“……안기부?”

그 바람에 찰칵, 하고 도로 탄창을 집어넣던 김철수가 움찔했다.

“역시 그랬군.”

조설훈이 김철수를 향해 씩 웃었다.

"어디 조직 느낌은 아니고, 오히려 공무원에 가까운 데다 심지어 발터를 소지하고 다닌다면 답이 나오지."

"……하하, 이거 참."

김철수가 멋쩍게 웃었다.

"들켰군요. 평소라면 시말서감입니다."

순순히 시인하는 김철수를 보며, 조설훈은 그가 현재로선 —석동출과 달리—마냥 자신의 '적'이 아닐 것이라 판단했다.

'아니, 오히려 내 편일지도 모르지. 하늘이 무너져도 솟아날 구멍은 있다더니.'

한편 석동출은 김철수의 대답에 아차 하며 자신의 손에 들어온 권총을 의식했지만.

'실탄은 저쪽에 있었지.'

그를 경계하며 속으로 혀를 찼다.

……생각해 보면 저 안기부 요원이 자신과 한패이리란 보장도 없었는데도.

조설훈은 석동출의 아차 하는 반응을 보며 입가에 미소를 띠었다.

"그래, 빨갱이나 잡아야 할 안기부 요원이 여긴 어쩐 일인가."

"그러게 말입니다."

김철수가 어깨를 으쓱였다.

"저 같은 말단이야 위에서 시키는 대로 할 뿐이죠."

"그건 대답이 안 되는데. 그렇다면 윗선의 지시는 뭐였나?"

"가급적이면 현장 대응 판단입니다. 말단이긴 해도 꽤 사랑받고 있거든요. 유능한 인재는 지위 고하를 막론하고 신뢰받기 마련이니 말입니다."

그걸 제 입으로 말하나…….

그때.

철컥.

토카레프 슬라이드를 뒤로 당긴 김철수가 권총을 들어 석동출을 겨눴다.

"그리고 이왕이면 상황에 허점이 없게끔 하려고 합니다."

총구가 자신을 향하자 석동출은 반사적으로 몸을 움츠렸다.

"무슨 짓이냐."

"아, 이 말을 깜빡했네요. 잠깐 옆으로 비켜 주시겠어요?"

"뭐라고?"

"자, 얼른."

석동출이 반사적으로 비켜서자, 김철수가 방아쇠를 당겼다.

탕, 탕, 탕, 탕!

도합 네 발의 권총탄이 석동출의 뒤에 있던 배성준의 차에 총흔을 남겼다.

개중 한 발은 석동출의 차 앞 유리에 금이 가게 했고, 남은 세 발은 각각 보닛, 조수석 창문, 조수석 방향 문에 구멍을 냈다.

사격을 마친 김철수는 어깨를 으쓱이더니 조지훈의 차 트렁크에 엉덩이를 기댔다.

"여기서 조지훈 씨가 몇 발 정도는 지향 사격을 가했다고 하는 편이 좀 더 말이 되지 않겠습니까?"

"……그것도 그렇군."

이 대목에서 조설훈은 '안기부'가 자신의 편을 들어 주고 있음을 확신했다.

그런 조설훈과 달리, 석동출은 으득, 이를 갈면서 김철수를 노려보았다.

"……지금 뭐 하는 거지?"

"조작입니다."

"……."

"앞서 말씀드렸듯 조설훈 씨가 즉석에서 지어낸 허점투성이인 말보단 좀 더 좋게 상황을 만들어 보려고요."

개자식.

석동출은 지금이라도 김철수에게 달려들고 싶었지만, 애석하게도 총은 김철수의 손에 있었다.

'김철수의 말에 의하면 저 안엔 세 발이 남았나.'

뿐만 아니라 그에겐 따로 권총이 한 정 더 남아 있었다.

더군다나 김철수는 총을 다루는 데 허술하지 않았다.

'이길 수 있단 자신이 없어.'

어째서일까.

석동출은 지금, 어젯밤 김보성의 사무실에서 형편없이 박살 났던 상황을 떠올리고 말았다.

'검사 공무원도 그 정도인데, 안기부 요원은 오죽할까.'

김철수가 석동출을 보았다.

"그러면 계속해도 될까요?"

석동출은 하는 수 없이 고개를 끄덕였다.

"해 봐."

"좋습니다."

김철수가 입을 뗐다.

"자, 여기서부턴 조설훈 씨의 거짓말이 아닌 제가 자의적으로 판단한 상황을 말씀드리겠습니다."

자의적 판단, 이라.

그렇게 해석되게끔 조작할 정황이겠지.

석동출은 속으로 이죽거리며 김철수의 말을 기다렸다.

김철수가 조설훈을 보았다.

"조설훈 씨, 술 마셨죠?"

"……."

"검사하면 다 나옵니다. 마셨죠?"

"……왜, 자네도 나더러 음주운전이라고 할 텐가?"

"아뇨. 그래야 조금 더 설득력이 생기거든요. 아무튼 그럼 마신 걸로 하겠습니다."

김철수가 말을 이었다.

"여기 계신 조설훈 씨는 Paradise lost……. 귀찮으니 실낙원이라고 하죠. 어쨌건 실낙원이라는 술집에서 조지훈 씨에게 납치됩니다."

"……내가 그랬나?"

조설훈의 말에 김철수가 고개를 끄덕였다.

"예. 품에 상호가 적힌 라이터가 있더군요."

"……."

"아마 제 손에 있는 이 권총으로 협박을 당하셨겠죠. 그리고 저기 계신…… 저분."

김철수가 마스터의 시체를 가리키자 조설훈이 대답했다.

"곽 실장."

"성이 곽 씨인가요?"

"그래."

"이거, 조금 공교롭네요. 흔한 성씨가 아닌데……."

김철수는 뭐가 우스운지 픽 웃었다가 고개를 저었다.

"아무튼 이때 실낙원에서부터 곽 실장이라는 분이 조지훈 씨를 도와주었습니다."

김철수가 트렁크를 퉁, 하고 건드렸다.

"곽 실장님은 조설훈 씨의 운전기사를 살해한 뒤, 살해 도구로 쓴 줄로 조설훈 씨를 구속합니다."
조설훈은 마스터의 시체를 물끄러미 바라보았다.
자신을 위해 몸을 아끼지 않은 충신이 말 한마디에 배신자로 전락한 꼴이었지만.
"그럴듯하군."
조설훈은 짤막하게 중얼거렸을 뿐이었다.
"아참, 여기서 한 가지 여쭙겠습니다만, 동생분이 조설훈 씨를 살해할 만한 동기는 충분한가요?"
조설훈은 잠시 생각하다가 고개를 끄덕였다.
"만들고자 하면 얼마든지 있지. 일단 내가 죽으면 놈에게 유산 유류분이 돌아갈 테니까."
석동출이 이죽거렸다.
"그 반대 상황도 마찬가지겠군."
조설훈이 석동출을 노려보았다.
"……모르면 닥치시지."
"까고 있네. 안 그래도 꼴같잖았는데, 좀 두들겨 패 줄까?"
마침 허락도 받았고.
"워워."
김철수가 끼어들었다.
"그러지 마세요. 아무튼 상황은 알겠습니다."
김철수는 어깨를 으쓱이곤 석동출을 보았다.
"그러면 석동출 형사님, 잠시만 저를 조금 도와주시겠습니까?"

"……내가 뭘?"

김철수가 챙겼던 줄과 실리콘 장갑을 꺼냈다.

"이걸로 조설훈 씨를 묶어 주세요. 지문이 남지 않게끔 조심해서요."

"……."

"이왕이면 조설훈 씨가 구속된 상태에서 납치되었다는 게 좀 더 설득력이 생기지 않겠어요?"

"……."

미동도 않는 석동출을 향해 김철수가 보란 듯 줄을 흔들었다.

"이건 석동출 형사님께 나쁜 이야기가 아닙니다. 물론 배성준 형사님도요. 그분이 이미 돌아가시고 만 건 저도 어쩔 수 없지만, 저는 최소한 그분의 명예만큼은 지켜 주고 싶습니다."

"……어디 뭘 하려는지 두고 보지."

석동출은 김철수에게 다가가 장갑을 낚아채듯 빼앗아 낀 뒤, 줄을 가지고 조설훈에게 다가갔다.

"……엎드려."

"이제 상황 파악이 되는 건가? 아니면 총이 무서워서?"

"닥쳐."

석동출은 조설훈의 무릎을 강제로 꿇리곤, 그 양팔과 다리를 줄로 묶었다.

조설훈의 차에서 나오는 헤드라이트 불빛이 이 어둠 속에 좋은 조명이 되어 주었다.

"이거, 너무 세게 조인 건 아닌가?"

"……."

바닥에 누워 석동출을 향해 이죽거린 조설훈이 몸을 비틀어 김철수를 보았다.

"그런데 안기부 양반, 굳이 묶을 필요가 있나? 몸이 젖는데."

"줄을 묶었단 자국이 필요해서요. 잠시만 그러고 계세요. 금방 끝납니다."

"……흥."

조설훈의 코웃음을 뒤로하고 석동출이 김철수를 보았다.

"됐고, 그다음은?"

"수갑도 풀어 주시겠습니까? 이중 구속이라니, 이상하잖아요. 이제부턴 조설훈 씨에게 수갑을 채울 까닭도 없고요."

"……."

찰칵.

석동출은 시키는 대로 했다.

그 뒤, 김철수는 입술에 침도 바르지 않고, 턱을 타고 흘러내린 빗물을 손등으로 훔쳐 내며 거짓말을 이어 갔다.

"이어서, 마침 배성준 형사님은 조설훈 씨 혹은 조지훈 씨를 감시 중이었습니다."

"……."

"사태가 심상치 않다는 걸 눈치챈 배성준 형사님은 석동출 형사님을 부르죠. 그래서 차 세 대가 이 자리에 있게 됩니다."

무슨 소리지?

석동출은 김철수의 말에 무언가 위화감을 느꼈지만, 석동출이 끼어들기도 전에 김철수가 재차 말을 이었다.

"그리고 두 분은 조지훈 씨가 조설훈 씨를 살해하는 현장을 목격하고, 즉시 현장 대응에 나섭니다. 총격전이 벌어지고, 불행하게도 그 와중 배성준 형사님은 조지훈 씨가 쏜 총탄에 의해 순직합니다. 여기서 곽 실장은 석동출 형사님이 사살한 게 되겠군요. 죄송합니다만 그렇게 입을 맞춰 주세요."

"……잠깐."

거기서 조설훈이 재빨리 끼어들었다.

"당신, 지금 무슨……."

"외우셨죠? 그럼."

김철수가 조설훈에게 다가갔다.

그 순간, 조설훈은 앞으로 무슨 일이 벌어지게 될지 직감한 듯 공포에 질려 외쳤다.

"머, 멈춰!"

조설훈이 비명을 지르며 몸을 비틀어 댔지만, 김철수는 그 등을 지그시 밟았다.

"도, 돈! 돈이라면 얼마든지 내겠습니다! 선생님! 제발!"

이어서.

김철수의 손에 들린 권총이 조설훈의 뒤통수를 향했고.

"아, 안 돼!"

탕!

김철수가 쏜 총이 조설훈의 머리를 관통했다.

쏴아아.

쏟아지는 빗물이 조설훈의 머리에서 쏟아진 오물과 피와 섞여 울퉁불퉁한 콘크리트 바닥 위로 스며들었다.

조설훈이 죽었다.

말릴 새도 없이, 부지불식간에 벌어진 일이었다.

"나 참, 선생님이라니."

"……."

석동출은 눈도 감지 못하고 죽은 조설훈을 멍하니 쳐다보다가 고개를 들어 김철수를 보았다.

"……지금, 뭐 하는……."

"말씀드리지 않았습니까."

김철수가 비에 젖은 머리칼을 뒤로 쓸어 넘겼다.

"이게 제가 현장에서 자의적으로 판단한 상황입니다."

다음 권으로 이어집니다

南宮魔帝 남궁마제

문운도 신무협 장편소설

회귀한 뇌왕, 가족을 지키기 위해 정파의 중심에서 제대로 흑화하다!

세상을 뒤집으려는 귀천성에 맞서 싸우다
가족을 모두 잃고 제물로 바쳐진 뇌왕 남궁진화
마지막 순간 원수의 뒤통수를 치고 죽으려 했으나
제물을 바치는 진법이 뒤틀리며 과거로 회귀하다!?

남궁세가의 양자가 된 어린 시절로 돌아온 후
귀천성이 노리는 자신의 체질을 연구하다 기연을 얻고
회귀 전과 다른 엄청난 미모와 함께
뇌전의 비밀마저 알아내 경지를 뛰어넘는데……

**가족들에게는 꽃처럼 사랑스러운 막내지만
적이라면 일단 패고 보는 패악질의 끝판왕!
귀천성 때려잡기에 나서다!**